Endlich Urlaub! Mit ihrer Geliebten Margrete, ihrem Sohn Jim und dessen Freund Rudi fliegt Kriminalkommissarin Lena Wertebach nach Paris. Doch von Erholung keine Spur: Die Jungen werden Zeugen eines Bombenanschlags, und Rudi wird entführt. Diesmal muss Lena den Fall ohne den Berliner Polizeiapparat lösen – doch sie hat zu allem entschlossene Mütter an ihrer Seite. Der dritte Band der Lena-Wertebach-Trilogie ist wieder ein spannender Thriller – mit dem bekannten, liebenswerten Personal der ersten beiden Romane.

Maria Gronau (Pseudonym), geboren 1962 in Hildesheim, zog Anfang der 8oer Jahre nach Berlin-Kreuzberg. Verschiedene Hilfsjobs, u. a. im Buchhandel und in der Gastronomie. Politische Arbeit im Hausbesetzerrat und in Lesbengruppen. Heute ist Maria Gronau Chefin einer renommierten Werbeagentur. Im Fischer Taschenbuch Verlag erschienen auch ihre Romane »Weiberwirtschaft« (Band 14011) und »Weiberlust« (Band 14012).

Unsere Adresse im Internet: www.fischer-tb.de

Maria Gronau

Weibersommer

Roman

Fischer Taschenbuch Verlag

Die Frau in der Gesellschaft
Herausgegeben von Ingeborg Mues

Veröffentlicht im Fischer Taschenbuch Verlag GmbH,
Frankfurt am Main, August 2001

Lizenzausgabe mit freundlicher Genehmigung des
Schwarzkopf & Schwarzkopf Verlags, Berlin
© Schwarzkopf & Schwarzkopf Verlag GmbH, Berlin 1998
Satz: Pinkuin Satz und Datentechnik, Berlin
Druck und Bindung: Clausen & Bosse, Leck
Printed in Germany
ISBN 3-596-14013-7

Weibersommer

Erstes Kapitel

1

Ich bin in den Ferien. Wir sind in den Ferien. Margrete, Lena, Rudi und Jim sind in den Ferien. Sie sind in den Ferien.

»Margrete, Lena, Rudi et Jim sont en vacances«, sprach ich halblaut vor mich hin. »Elles sont en vacances.«

Margrete legte mir die Hand auf den Arm, ich hob den Blick von meinem Lehrbuch und schaute sie von der Seite an.

»Ils sont«, berichtigte mich meine Liebste. »Wenn zwischen tausend Frauen ist nur ein Mann, dann … Wie heißt das auf Deutsch? Je, tu, il? Ach ja, persönliches Pronomen. Ein Mann unter tausend Frauen, und das Pronomen ist männlich.«

»Auch wenn die Männer nur halbe Hähne sind?« Ich deutete auf meinen Sohn Jim und dessen Freund Rudi, die wie wir in Reihe zwanzig saßen, aber jenseits des Ganges. Schon auf der Taxifahrt zum Flughafen hatten sie sich um den Fensterplatz gestritten, und der Streit endete erst, nachdem Rudi meinen Sohn bestochen hatte: Er hatte am Zeitungskiosk das Buch *Akte X – Die unheimlichen Fälle des FBI* erworben und es Jim kurzerhand geschenkt. Nun las Jim seit dem Start, während sich Rudi mittlerweile langweilte, denn außer Himmel und Wolken gab es nichts zu sehen. Die beiden Jungen waren dreizehn, sie spielten gern den starken Mann, aber Männer waren sie noch nicht.

»Selbst bei Babys«, erklärte Margrete. Für mich war sie ein Sprachgenie, denn außer Englisch und Französisch beherrschte sie sogar Russisch, weil sie als Diplomatentochter in Moskau aufgewachsen war. »Die französische Sprache ist männerzentriert. Es heißt sogar *Madame le Ministre*.«

»Aha.« Ich nickte und wandte mich wieder meinem Lehrbuch zu. »Dann müssen die tausend Frauen eben den einen Mann totschlagen, um zu ihrem grammatikalischen Recht zu kommen. Elles sont en vacances.« Margrete kicherte, ich schlug eine Seite um. Das unregelmäßige Verb *aller* sollte mir nahe gebracht werden. Das Interesse an Unregelmäßigkeiten hatte mir jedoch der verspätete Abflug verleidet: Eine Stunde lang hatten wir warten müssen, nur weil das Luftkreuz Frankfurt überlastet war. Mittlerweile war die Menschheit so weit, dass sie nicht einmal mehr genug Luft zum Fliegen hatte. Ich verstaute das Buch in meiner Handtasche und warf einen Blick aus dem Bullauge. Die Wolkendecke unter der Tragfläche vermittelte den trügerischen Eindruck, von fester Konsistenz zu sein, und machte mir Lust, barfuß bis zum Horizont zu laufen.

»So ein Scheiß«, krähte Jim plötzlich los. Nicht nur ich, sondern auch andere Fluggäste wandten ihm ihre Aufmerksamkeit zu. »Ein Tarnkappenkiller! Mit so 'ner Scheiße hat sich das FBI bestimmt nie beschäftigt.«

Je suis en vacances, betete ich seufzend vor mich hin. Einfach würden diese vierzehn Tage mit Margrete und den beiden Blagen bestimmt nicht werden, dabei war ich dermaßen urlaubsreif, dass ich vollständiger Ruhe und liebevoller Pflege bedurfte und auf Streitereien und unflätige Ausrufe dankbar verzichten konnte. Vielleicht sollte ich mir doch die Konjugation von *aller* einprägen, um allen Anforderungen gewachsen zu sein.

»Willst du ans Fenster?«, fragte Rudi sanft. Er liebte meinen Sohn so sehr, dass er sogar auf seinen schwer errungenen Platz verzichtete, um ihn zu besänftigen; oder er bedauerte sein Geschenk längst und versuchte nun, es wieder in seinen Besitz zu bekommen.

»Ach, Scheiß«, schimpfte Jim noch lauter, da er sich allgemeiner Anteilnahme erfreute. Offenbar machte er gerade eine verspätete anale Phase durch. »Was gibt's draußen schon zu sehen? Mam?« Damit war ich gemeint, und ich lächelte schief. Der gesamte *Air-France*-Flug 1531 von Berlin-Tegel nach Paris-Charles de Gaulle würde sich noch in Wochen das Maul zerreißen über die Mutter, die ihren vorlauten Sohn nicht im Griff hat. »Mam?«

»Tu es un …«, hob ich an, aber mir fiel keine passende Vokabel ein: die Schimpfworte hatte ich noch nicht gehabt, und ich bezweifelte, dass Langenscheidt sie für wichtig hielt.

»Braillard«, schlug Margrete vor.

»Was ist das?«, wollte Jim wissen.

»Schwer auf Deutsch«, meinte Margrete. »Wie sagt man das? Schreiender Hals?«

Rudi prustete los, und sogar Jim musste lachen. Wir kreischten dermaßen, dass Papageien vor Neid ihr Gefieder verloren hätten. Nur Margrete schwieg verständnislos, und der Steward schaute uns an, als ob er ernsthaft überlege, einen Krankenwagen ans Pariser Rollfeld zu bestellen. Ein paar Reihen vor uns begann ein Kind zu wimmern.

Ich kramte mein Lehrbuch wieder vor und blätterte im Vokabelteil.

»Nous«, sagte ich und kam mir dabei vor, als würde ich seit Jahren Französisch parlieren, »nous … rire?« Am Wort *lachen* scheiterte ich sogleich jämmerlich.

»Rirons«, sagte Margrete, noch immer pikiert.

Auch das fanden wir komisch.

2

Flugkapitän Durand hatte den Sinkflug angekündigt, und nun forderte uns eine weibliche Person über den Bordfunk auf, die Sicherheitsgurte anzulegen. Zum ersten Mal seit unserer Abreise war ich aufgeregt, nicht weil ich Angst vor der

Landung hatte, sondern weil ich noch nie in Paris gewesen und in Sorge war, ob wir uns in der französischen Hauptstadt überhaupt zurechtfinden würden, beladen mit der Verantwortung für zwei unreife Knaben. Je näher die Sommerferien gerückt waren, desto absonderlichere Reisepläne hatten wir geschmiedet, dabei hatte ich vor einem Vierteljahr eigentlich nur mit Jim nach Kreta oder Malta fliegen wollen. Damals hatte ich allerdings Margrete noch nicht gekannt, und auch von Rudi als Mitreisendem war noch nicht die Rede gewesen.

Jim hatte mich erpresst. Seitdem ich seinen Vater zum Teufel geschickt hatte, musste er meine wechselnden Liebschaften ertragen, was schon unter im bürgerlichen Sinne normalen Umständen für ein Kind nicht leicht war. Dass ich allerdings nach meinem lesbischen Coming-out nur Frauen mit nach Hause brachte, machte es für ihn noch schwieriger. Er tat zwar so, als wäre er auf seine Mutter nicht nur wegen ihres ungewöhnlichen Berufs als Chefin einer Mordkommission extrem stolz, sondern auch wegen ihrer sexuellen Vorlieben, die ihn aus der Masse seiner Mitschüler heraushoben, aber ich fürchtete, dass er im Geheimen doch eine Papa-Mama-Kind-Familie bevorzugt hätte: Ich merkte es daran, wie er jede meiner Frauen behandelte. Viele waren es nicht gewesen, aber für Jim bedeutete jede neue eine Herausforderung an seine Phantasie. Nur Margrete hatte mit ihrer stoischen Ruhe, die sie vermutlich von den Wikingern geerbt hatte, alle seine kleinen Attacken weggesteckt, ohne sich ein einziges Mal darüber aufzuregen oder nur zu beklagen.

Die Maschine durchstieß die Wolkendecke. Ich schaute angestrengt aus dem Bullauge und hielt nach dem Eiffelturm Ausschau, aber unter uns breiteten sich nur Felder und ein paar kleinere Siedlungen aus. Zwischen Jim und Rudi hatte eine Debatte begonnen, denn plötzlich bestand Jim auf Rudis Angebot, die *Akte X* gegen den Fensterplatz zu tauschen, während sein Freund davon nichts mehr wissen wollte.

»Je suis en vacances«, wiederholte ich angestrengt. »Je suis, tu es, il est, elle est.«

Wir hatten alles Mögliche und vor allem Unmögliche erwogen, nur Frankreich nicht. Kreta und Malta waren rasch über den Jordan gegangen, weil Jim urplötzlich xenophobische Anwandlungen bekommen und verkündet hatte, die beiden Griechen und der Italiener in seiner Klasse reichten ihm und er wolle seine Ferien unter keinen Umstände weder am noch im Mittelmeer verbringen. Ich hatte ihm einen längeren Vortrag über Rassismus und Ausländerhass gehalten, aber nachdem er mir vorgehalten hatte, ich selber würde doch auch hin und wieder Italiener als Heißluftballons in Menschengestalt bezeichnen, hatte ich mich seinen Wünschen gebeugt; darüber, dass Malta nicht besonders italienisch sei, mochte ich mich nicht auch noch auseinander setzen.

»Nous sommes, vous êtes, ils sont, elles sont«, betete ich. Die Erde kam näher.

Bergen hatten wir als Nächstes erwogen. Ich hätte Margretes Heimatstadt, ihre Eltern und ihre norwegischen Freunde gern kennen gelernt, und auch, dass wir Übernachtungskosten hätten sparen können, war ein Argument gewesen; ein Herzanfall des Vaters hatte diesen Plan jedoch ebenfalls zunichte gemacht. Damit hatten die phantastischen Spekulationen begonnen, die allesamt darauf hinausliefen, mein Konto zu plündern. Jim hatte seine Liebe zu Kanada entdeckt, Margrete hatte mir offenbart, sich schon immer für Afrika interessiert zu haben, in erster Linie, um die Lage der Frau unter patriarchalischen Stammesverhältnissen zu studieren, Jim hatte erklärt, er wolle unbedingt Kängurus in freier Wildbahn sehen, Margrete hatte auch die Lage der Frau in Lateinamerika einer näheren Betrachtung für wert befunden. Ich wollte zu diesem Zeitpunkt noch immer nach Malta.

»J'habite à Berlin«, flüsterte ich. Der Airbus *Ville de Copenhague* sprang auf die Landebahn.

Den Gordischen Knoten hatte mein Stellvertreter Lüders zerschlagen, Lüders, den ich nicht nur als Kollegen achtete, sondern den ich auch als Menschen mochte. Bei ihm hatte ich mich während einer Tatortbesichtigung bitterlich über meine exzentrische Familie beklagt, in der wohl auch bald Blut fließen würde, Lüders hatte mich gefragt, was ich von Paris hielte. So hatte ich erfahren, dass seine Cousine bereits zwanzig Jahre in einem Vorort der französischen Kapitale lebte, sich in dem Haus seit dem Tod ihres Mannes einsam fühlte und gern deutsche Gäste beherbergte. Über Paris hatte ich noch nie nachgedacht, aber ein Stadturlaub im Sommer erschien mir nicht erstrebenswert. Lüders telefonierte dennoch mit seiner Cousine. Sie war bereit, uns aufzunehmen. Ganz unverbindlich, wie er es nannte, rief Lüders auch bei *Air France* an. *Air France* offerierte uns ein Sonderangebot. Das gab den Ausschlag, und ich diskutierte nicht mehr. Vor die Wahl gestellt, entweder in Paris Urlaub zu machen oder gar nicht, gaben Margrete und Jim klein bei. Die erste Hürde war genommen.

»Nous arrivons à Paris«, erklärte ich.

»Oui«, sagte Margrete. Die Maschine rollte zum Terminal zwei. Jim und Rudi lösten ihre Gurte und standen auf. Sofort war der Steward bei ihnen und übergoss sie mit einem Schwall unbekannter Worte. Ich wandte mich unverzüglich meinem Fenster zu und widmete mich der Asphaltbahn, die nicht enden wollte.

3

Lüders' Cousine hatte versprochen, uns vom Flughafen abzuholen, doch während wir auf das Gepäck warteten und ich mich unter den anderen Reisenden umsah, fragte ich mich, woran sie uns erkennen konnte. Lüders hatte ihr zwei gut aussehende Frauen und einen frühreifen Knaben mit rotem Basecap angekündigt, aber zum einen hatte Jim statt eines roten ein Basecap in den Farben der Trikolore auf dem Kopf, das er sich aus unbekannter Quelle beschafft hatte, und außerdem hatten wir einen zweiten, nicht minder frühreifen Jungen dabei: die zweite Hürde unserer Reiseplanung. Ich hatte bereits die Tickets bestellt, als Jim mich mit der Nachricht überraschte, ohne seinen besten Freund nicht verreisen zu wollen. In einer der Nächte, die die beiden Bengel zuerst im Web verbrachten und dann, wie ich annahm, auch im Bett, hatten sie aus dem *CIA World Fact Book* Informationen über Frankreich gezogen, und nachdem sie von den Bombenanschlägen algerischer und korsischer Terroristen gelesen hatten, war ihnen Paris ebenso aufregend und gefährlich vorgekommen, wie sie sich New York oder Los Angeles dachten. Sie hatten sich eine Stadt vorgestellt, in der eine Art Ausnahmezustand herrschte und an allen Ecken und Enden schwer bewaffnete Polizisten patrouillierten. Das hatte sich auch Rudi ansehen wollen, und so hatten die beiden den Plan geschmiedet, gemeinsam auf Reisen zu gehen. Ich folgte dem Beispiel eines Einheimischen und zündete mir eine Zigarette an, obwohl auf dem Flughafen das Rauchen verboten war. Margrete hatte mir erklärt, dass sich in der Grande Nation niemand gern an Verbote hielt, und in Paris schon gar nicht: Gott war ein Franzose, also waren seine Landsleute alle kleine Götter.

Rudis Vater hatte es als Wirtschaftsanwalt zu einigem Ruhm und vor allem zu einem dicken Bankkonto gebracht, also konnte es sich sein Sohn leisten, für das zu schwärmen, was er linke Ideale nannte. Als künftiger Erbe eines ansehnlichen Vermögens schwärmte er für die gerechte Verteilung des Reichtums, und um das öffentlich zum Ausdruck zu bringen, trug er am liebsten Springerstiefel mit roten Schnürsenkeln und ein Palästinensertuch. Terroristen waren in seinem Weltbild Kämpfer für eine gerechte Sache, und wahrscheinlich würde er in Frankreich zumindest während der Nachrichtensendungen auf seine Kosten kommen. Ich entdeckte einen Mann, der im *Le Figaro* las, und der Aufmacher versprach offenbar einiges an Spannung: *Les terroristes corses appellent au meurtre.* Ich stieß Margrete an und wies auf die Schlagzeile.

»Die korsischen Terroristen rufen zum Mord auf«, übersetzte sie exklusiv für mich.

Das Gepäckband setzte sich in Bewegung, und wenig später kamen nicht nur die ersten Koffer und Reisetaschen zum Vorschein, sondern auch ein Zollbeamter mit Hund tauchte plötzlich auf. Der Hund, ein Beagle, wenn ich mich nicht täuschte, war sicher auf Drogen oder Sprengstoff abgerichtet, aber er interessierte sich mehr für Menschen als für langweilige Gepäckstücke und sprang einen jungen Mann an.

»Cherche!«, befahl der Zöllner. Widerwillig schnüffelte der Hund an einem Koffer, bevor er sich dessen Besitzerin widmete. »Cherche!«, rief der Zöllner. Aber er konnte das Unheil nicht mehr abwenden, und die Frau ging zu Boden. Mehrere Umstehende bemühten sich um sie, und der Zollbeamte verzichtete, offensichtlich aus Scham, auf die weitere Suche nach gefährlichen Stoffen.

Da ich meinen Urlaub nicht damit verbringen wollte, einen Sack voller Flöhe zu hüten, war ich von Jims Forderung nicht begeistert gewesen, aber da ich Margrete mitnahm, konnte ich ihm schlecht verweigern, was ich mir zubilligte. Nach einer Krisensitzung mit Margrete hatte ich also meine Einwilligung gegeben. Auch Rudis Eltern hatten im Ergebnis einer Klausurtagung zugestimmt, allerdings darauf bestanden, dass ihr Sohn die Reise aus eigener Tasche bezahlte. Da sie ihn aus erzieherischen Gründen mit dem Taschengeld kurz hielten und der Junge für einen neuen Computer sparte, hatte es ein paar Abende Zeter und Mordio gegeben, bis ich mich entschloss, das Reisegeld vorzustrecken. Eine Kriminalhauptkommissarin hatte es ja. Jedenfalls dachten Jim und Rudi so, und da ich meinem Sprössling nichts abschlagen konnte, hatte ich in den sauren Apfel gebissen. Urlaub hat man nur einmal im Jahr, hatte ich also verkündet und das vierte Ticket anstandslos bezahlt. Ich war Beamtin, meine Zukunft war gesichert, die Mörder starben nicht aus. Trotzdem ärgerte ich mich noch immer.

Als ich schon befürchtete, man habe unser Gepäck nach Übersee verfrachtet, stieg endlich Jims Rucksack aus den unerforschlichen Tiefen des Flughafens auf, und wenig später folgte ihm meine Reisetasche. Ich überließ es Jim und Rudi, nach den Stücken zu langen, und brannte mir noch eine Zigarette an. Zwei Tage vor meinem Urlaub war in einem Ostberliner Wohnheim ein Libanese von einem Landsmann erschlagen worden. Der Mörder befand sich auf der Flucht, aber mich ging das alles nichts an. Lüders war jetzt verantwortlich, und Lüders hatte schon so viele Mörder überführt, ich konnte mich auf ihn verlassen.

Beladen wie eine Karawane, durchschritten wir eine Art Schleuse, wurden aber von niemandem kontrolliert. Meine Tasche war schwer wie ein Felsbrocken, weil ich von meiner Mutter gelernt hatte, man müsse auf Reisen für alle Eventualitäten gewappnet sein, und so hatte ich sicherheitshalber nicht nur Regenkleidung und Badesachen eingepackt, sondern auch meine Galaklamotten.

Ich reckte meinen Hals, um zwischen den Wartenden jemanden auszumachen, der Lüders' Cousine sein konnte, da trat ein junger Mann auf uns zu. Er mochte zwanzig Jahre alt sein, trug das weite Outfit der Jugendlichen und Turnschuhe, und er war groß, blond und blauäugig wie ein Urgermane, was mich ebenso irritierte wie sein Lächeln.

»Sind Sie Lena Wertebach?«, wollte er wissen. Dass er Deutsch sprach, überraschte mich nicht mehr, und ich nickte. »Ich bin Guillaume Duvic«, stellte er sich vor und nahm mir meine Tasche ab. »Meine Mutter bereitet das Empfangsessen vor, da hat sie mich zum Flughafen geschickt. Hatten Sie einen guten Flug?«

»Wenn man von der Verspätung absieht«, sagte ich.

»Lieber verspätet als abgestürzt«, erklärte Jim. Männliche Wesen liebten nun einmal dumme Kommentare, die sie natürlich für geistreich hielten.

Im Fahrstuhl zum Parkdeck stellte ich meine Equipe vor, und Guillaume nahm Rudis Anwesenheit wortlos zur Kenntnis. Dass Frau Duvic einen Sohn hatte, war mir bisher unbekannt gewesen, und ich begriff nicht ganz, warum sie sich einsam fühlte.

»Leben Sie noch bei Ihrer Mutter?«, fragte ich daher.

»Nein.« Guillaume schüttelte den Kopf. »Ich bin vor zwei Jahren in eine Studentenbude im Zwanzigsten gezogen. Im zwanzigsten Arrondissement«, fügte er hinzu, als er meinen verständnislosen Blick sah. »Nachdem meine Mutter nicht mehr ihren Mann kontrollieren konnte, war ich dran. Auf die Dauer geht einem das auf den Geist.«

Guillaume Duvic wies auf eine große, silbergraue Limousine auf einem der Parkfelder, auf einen Renault Laguna, der bestimmt nicht für ein Taschengeld zu haben war. Der junge Mann öffnete den Kofferraum, und Jim strich begeistert über den Lack.

»Ganz schönes Schiff«, meinte er. »Und silbermetallic. Geil!«

»Nein«, sagte Duvic und verstaute unsere Taschen und Rucksäcke, »Fjord.«

Fjord war eine Farbe, die in meinem Spektrum nicht vorkam, die aber Margrete sehr nahe kommen musste, schließlich war sie mit Fjorden aufgewachsen. Sie grinste nur. Ich bekam den Beifahrersitz zugeteilt, schließlich war ich auch im Privatleben die Chefin. Guillaume startete den Motor. Plötzlich begann das Auto mit weiblicher Stimme zu sprechen. Ich schrak zusammen.

»Der Bordcomputer«, sagte der Sohn unserer Gastgeberin stolz. »Ich habe vergessen, den Gurt anzulegen.«

Jim und Rudi versicherten sich gegenseitig, ein sprechendes Auto sexuell erregend zu finden, was mich in meiner Auffassung bestärkte, dass Männer nicht nur Waffen für verlängerte Penisse ansahen, sondern auch Kraftfahrzeuge. Ich hatte Margrete schon des Öfteren geraten, nicht über den Zusammenhang zwischen europäischer und skandinavischer Frauenbewegung zu forschen, sondern ihre Jahresarbeit dem Einfluss von männlicher Identitätskrise und Erektionsproblemen auf die Geschwindigkeit beim Autofahren zu widmen, was ihr aber nicht wissenschaftlich genug war. Ich selbst empfand dieses Thema sogar als eminent erfahrungswissenschaftliche Angelegenheit.

Guillaume Duvic lenkte den Renault in den Farben der Fjorde zielsicher über die Autobahn. Ich schaute in Erwartung des Eiffelturms aus dem Fenster, sah aber nur Hochhäuser, Lagerhallen und Fabriken mit fremden Namen. Niemals würde ich mich hier zurechtfinden, und selbst als ich einen blauen Kasten mit der gelben Aufschrift *IKEA* entdeckte, wurde mir nicht besser. Natürlich hatte ich einen Stadtplan dabei, den ich bereits in Berlin ausgiebig studiert hatte, aber kein Normalsterblicher wie ich konnte sich doch die Metrostationen mit ihren seltsamen Doppelnamen merken; ich würde auf Margrete angewiesen sein wie ein kleines Kind. Gerade noch gelang es mir, einen Seufzer zu unterdrücken. Ich hätte gern geraucht, aber es sah nicht so aus, als ob ich es würde tun dürfen.

»Wir kommen gleich auf den Périphérique«, erklärte Guillaume. »Innerhalb des Autobahnrings befindet sich Paris, außerhalb die Banlieue, die Vororte. Und das Ganze nennt sich Agglomération Parisienne. Mit fast elf Millionen Einwohnern. Jeder fünfte Franzose ist ein Pariser.«

»Und wo ist der Turm?«, erkundigte ich mich zaghaft.

»Welcher Turm?«, wollte Guillaume wissen.

»Na, der Eiffelturm.« Außer dem Louvre, Notre-Dame und der Seine kannte ich nur ihn.

»Den werden Sie jetzt nicht zu sehen bekommen«, sagte unser junger Fahrer. Und ich hatte gedacht, dass jeder Pariser ihn vor Augen haben würde, gleichgültig, wo er wohnte.

Madame Angelika Lüders-Duvic jedenfalls lebte in Vitry-sur-Seine, und dort nicht irgendwo, sondern in der Avenue André Maginot. Der Name erinnerte mich an meinen Geschichtsunterricht. Irgendeine Verteidigungslinie hatte dieser Mann errichtet oder, besser gesagt, errichten lassen, und zweimal hatten die Deutschen diese Linie ohne größere Verluste überrannt. Das war mir ein wenig peinlich.

Auch Lüders' Cousine empfing uns, ohne die Anwesenheit eines zweiten pubertierenden Jünglings zu kommentieren, und sie begrüßte uns voll Überschwang. Ich wusste nicht, ob mein Stellvertreter ein lesbisches Paar angekündigt hatte, aber falls doch, hatte Frau Duvic nichts dagegen, oder sie ließ es sich nicht anmerken. Der Sohn verabschiedete sich mit dem Versprechen, uns in zwei Stunden wieder abzuholen und an die Orte zu bringen, die Frauenherzen höher schlagen ließen. Ich erkundigte mich bei seiner Mutter, was er damit wohl gemeint haben könnte.

»Na, was Männer eben darüber denken, warum eine Frau Paris besucht«, sagte sie. »Zum Einkaufsbummel. Wahrscheinlich wird er Ihnen die Rue du Faubourg Saint Honoré zeigen, wo Sie sich arm kaufen können. Oder die Feinkostläden um die Madeleine. Oder die Kaufhäuser auf dem Boulevard Haussmann. Das Printemps, die Galeries Lafayette. Am besten natürlich alles zusammen. Die Erkenntnis, dass Frauen mehr im Kopf haben könnten als Shopping, wird sich wohl nie durchsetzen.«

»Shopping ist Weiberkram«, bestätigte Jim ungefragt.

»Ätzend langweilig«, stimmte Rudi ihm zu. »Ich würd lieber gleich auf den Eiffelturm.«

»Genau«, war Jim d'accord. »Und dann erforschen wir, ob stimmt, was Gullypflaume gesagt hat.« Mein Sohn liebte es, Namen zu verballhornen, und auch Margrete musste sich gefallen lassen, von ihm hin und wieder Margarine genannt zu werden.

»Guillaume«, korrigierte Frau Duvic streng.

»Was hat er denn gesagt?«, wollte ich wissen.

»Dass jeder fünfte Franzose einen Pariser hat«, sagte Jim.

4

Lüders' Cousine hatte uns das gesamte Dachgeschoss ihres Hauses zur Verfügung gestellt, sodass wir fast ein Appartement unser Eigen nennen konnten; deshalb war es kein Problem, auch Rudi unterzubringen. Er würde bei Jim in einem Zimmer schlafen, dessen Fenster zum Garten hinausging, während Margrete und ich die Straße betrachten durften, aber wir hatten ja ohnehin nicht vor, unsere Abende auf der Stube zu verbringen. Margrete war duschen gegangen, ich lag auf dem Doppelbett und betrachtete den Ecce Homo, der zwischen den beiden kleinen Fenstern nicht nur ans Kreuz, sondern auch an die Wand genagelt worden war. Das Gespräch mit Frau Duvic, die sich wieder zu ihren Töpfen und Pfannen begeben hatte, hatte mich ein weiteres Mal über die feige Verklemmtheit der Männer belehrt. Während der Deutsche alles auf die Franzosen schob und das Kondom einen Pariser nannte, machten die Franzosen die Engländer dafür verantwortlich, dass sie sich hin und wieder einen Schutzanzug über ihr Schwänzchen stülpen mussten, und hießen ihn *câpote anglaise*, also englische Kappe, aber die Engländer schoben den schwarzen Peter wieder an Frankreich zurück: *french letter* war ihr Wort für diese offenbar peinliche Sache. Sogar die Sprache hatten die Herren der Schöpfung so eingerichtet, dass man sie nicht ernst nehmen konnte, und natürlich war auch das französische Wort für Mann mit dem Wort für Mensch identisch.

»Liberté, égalité, fraternité«, verkündete ich dem vernagelten Sohn des Schöpfers und verstieß gegen die Brandschutzregel Nummer eins, die mir meine Eltern eingeimpft hatten, indem ich mir eine Zigarette anzündete. *Rauche getrost im Bett,* hatte mein Vater immer gesagt, *die Asche, die runterfällt, könnte deine sein.* »Warum eigentlich Brüderlichkeit?«, wollte ich von Jesus wissen. »Wo bleiben die Schwestern?« Gottes Sohn antwortete nicht, aber das hatte er eigentlich noch nie getan.

Auch Margrete hatte etwas zu verkünden, nachdem sie aus dem Bad gekommen war.

»J'ai pris une douche«, sagte sie aus pädagogischen Gründen. Das mochte wohl sein, aber ich hatte kein Wort verstanden. »Ich habe eine Dusche genommen«, erklärte sie denn auch. Das sah ich. Ihr nackenlanges schwarzes Wikingerhaar hing ihr feucht und wirr über die Wangen, und das Badetuch verbarg nur unvollkommen, was außer mir im Haus der Madame Lüders-Duvic niemand sehen sollte. Irgendwo da draußen vor den Fenstern wartete die Stadt der Verliebten darauf, von uns erkundet zu werden, aber im Moment hatte ich mehr Lust darauf, an Margretes Körper zu entdecken, was ich noch nicht kannte.

»Je«, sagte ich. Mehr fiel mir nicht ein. »Was heißt wünschen?«

»Désirer.«

»Je désirer …« Das war falsch, ich wusste es.

»Je désire«, korrigierte Margrete.

»Genau«, sagte ich und zog Margrete zu mir aufs Bett. »Je désire dich. Und zwar sofort.«

»Aber das Essen«, wandte sie ein.

»Kann warten.« Ich küsste Margrete auf ihre Brustwarzen. Sie ließ sich auf mich fallen.

»Eigentlich müssten wir noch das Kruzifix abnehmen«, flüsterte ich. »Ich mag nicht, wenn mir ein Mann beim Sex zuschaut.«

»Aber warum?« Margrete kicherte. »Das war doch ein Gay.«
»Wenn der überhaupt etwas war«, sagte ich und knabberte ihre Ohrläppchen an.

5

Frau Duvic hatte aufgetragen, was sie ein normales französisches Menü nannte, aber dieses Menü bestand nicht nur aus vier Gängen, sie hatte auch für ein ganzes Bataillon gekocht. Nach den gefüllten Artischocken hatte ich mich voller Optimismus auf das Kalbfleisch mit Kartoffelbrei gestürzt, von der Käseplatte hatte ich mir immerhin noch ein Stück Nusskäse genommen, aber am Eis mit Crème Chantilly, wie hier die Schlagsahne hieß, war ich gescheitert. Ich war schwer wie ein Kohlensack, und selbst die beiden heißhungrigen Gören, die nie genug bekommen konnten, hielten sich nur mit Mühe auf ihren Stühlen. Ich war todmüde, wozu auch der Sex mit Margrete und der Wein ihre Scherflein beigetragen hatten, und während Lüders' Cousine unsere Ausflüge in die Pariser Umgebung plante, hatte ich nur ein Ziel: mein Bett.
»Am Wochenende würde ich Sie nach Chantilly fahren«, sagte Frau Duvic, nachdem sie Versailles abgehakt hatte; dorthin sollte uns ihr Sohn chauffieren. »Das liegt vierzig, fünfzig Kilometer von Paris entfernt, und wir brauchen eine Stunde. Es gibt ein Schloss dort mit einem wunderschönen Park und ein Museum mit lebenden Pferden. Die Schlagsahne wurde übrigens dort von einem berühmten Koch erfunden, für Ludwig XIV. Und man kann mit dem Ballon fliegen.«
»Oh ja, Ballon«, sagte Jim. Mit träger Begeisterung, wenn es so etwas gibt.

Wenn man mich nicht zwang, Schlagsahne zu fressen, hatte ich gegen Chantilly nichts einzuwenden. Versailles, Chantilly, Trouville, das klang alles sehr verlockend, aber noch besser klang das Wort Schlaf.

»In der Woche werde ich Sie allerdings Ihrem Schicksal überlassen müssen«, erklärte Madame Duvic. »Ab und zu kann sich Guillaume um Sie kümmern, aber ich habe sehr viel zu arbeiten.«

»Was machen Sie eigentlich beruflich?«, wollte Rudi wissen. Er interessierte sich für so etwas.

»Ich arbeite am Goethe-Institut«, sagte Lüders' Cousine, offenbar froh darüber, gefragt worden zu sein. »In der dortigen Bibliothek. Aber seit dem Tod meines Mannes habe ich noch einen Nebenjob. Das Haus, verstehst du? Die Hypotheken. Nachts übersetze ich. Aus dem Deutschen und ins Deutsche. Alles Mögliche, vor allem aber Werbebroschüren.«

»Und Ihr Mann? Was war der?« Rudi ließ nicht locker. Ich hielt mich krampfhaft an meinem Stuhl fest, damit ich nicht auf den Boden rutschte; jetzt aufzustehen wäre unhöflich gewesen.

»Mein Mann hat hier in Vitry als Beamter gearbeitet. Im Sozialamt. Zwanzig Jahre lang hat er die Sozialhilfeanträge bearbeitet. Wenn ihr zum Bus lauft, werdet ihr diese hässlichen Hochhäuser sehen. In denen leben viele Ausländer. Aus den früheren Kolonien. Viel Armut. Aber auch viele ausgebuffte Typen, die vom Sozialhilfebetrug leben. Am Ende hat Jérôme, also mein Mann, am Ende hat er das nicht mehr verkraftet. Es hat ihn krank gemacht, glaube ich. Er sollte Abteilungschef werden, und auf diesem Posten hätte er das Elend, das echte und das vorgetäuschte, das hätte er nicht mehr sehen müssen. Aber er ist vorher gestorben. Bei einem Autounfall zwar, aber … Er war ein guter Autofahrer.« Frau Duvic schnäuzte sich. Ich senkte den Blick und suchte nach einem Satz, mit dem ich meine Betroffenheit zum Ausdruck bringen konnte, aber ich wurde nicht fündig; zum einen wegen meines Zustands, zum zweiten, weil mich das menschliche Unglück, mit dem ich in meinem Beruf täglich konfrontiert war, im Urlaub unvorbereitet traf. Wahrscheinlich erwartete Frau Duvic auch kein Mitleid.

»Und warum leben Sie eigentlich in Frankreich?«, fragte Rudi. Er bestritt die Unterhaltung ganz allein, und ich hielt das für eine gute Gelegenheit, mich zurückzuziehen.

»Wegen meines Mannes«, erklärte die Hausherrin. »Vor allem jedenfalls. Ich habe in Paris studiert, ihn hier kennen gelernt und geheiratet. Tja, und da er nicht nach Deutschland wollte ... und ich auch nicht unbedingt ...«

Mit einem klassischen *Excusez-moi* machte ich mich auf den Weg. Ich konnte einfach nicht mehr, weder sitzen noch zuhören. Auch wenn Frau Duvic viel arbeiten musste, auf unseren Ausflügen würde ich schon genug von ihrer Lebensgeschichte erfahren. Sie interessierte mich, aber nicht jetzt.

Auf dem Weg zur Tür sah ich den *Le Figaro* auf der Anrichte liegen. Die Schlagzeile kannte ich schon. *Les terroristes corses appellent au meurtre.* Sollten sie nur.

Je suis en vacances. Und gleich im Bett.

6

Ich war verletzt. Wobei ich mich verletzt hatte, wusste ich nicht, aber ich musste ins Krankenhaus. Wahrscheinlich waren meine Beine gebrochen. Ich konnte nicht gehen, aber man hatte es abgelehnt, mich ins Krankenhaus zu fahren. Ich lag am Boden, doch plötzlich stand ich vor dem Hospital. Es war ein Hochhaus. Eine Tür gab es nicht. Die Patienten kletterten an Stricken in ihre Krankenzimmer. Ich griff nach dem nächstbesten Strick. Ich kletterte und kletterte. Als ich in die

Tiefe schaute, war alles vorbei. Ich konnte nicht mehr vorwärts. Ich konnte auch nicht zurück.

»Mam!«, rief Jim. Ich war glücklich. Mein Sohn war in der Nähe. Mir konnte nichts passieren. »Mam! Geil!« Ich schlug die Augen auf. Ich befand mich in einem fremden Zimmer. Mein Sohn stand neben dem Bett.

»Hab ich geschlafen?«, fragte ich etwas dümmlich.

»Fast vier Stunden«, sagte mein Sohn.

»Und ihr?«

»Wir waren in der Stadt. Mit Gullypflaume. C'est totalement lubrique.«

»Bitte?«

»Total geil. Hab ich von Guillaume gelernt. C'est super, n'est-ce pas?«

»Wie du meinst.« Ich erhob mich mühsam und ließ die Beine von der Bettkante baumeln. »Was habt ihr denn gesehen?«

»Alles«, behauptete mein Sohn. »Den Eiffelturm, den Fluss ... Seine, nicht wahr? Dann diese berühmte Prachtstraße ... Schongs ... Schongsdingsbums.«

»Champs-Elysées«, schlug ich vor.

»Genau.« Jim setzte sich neben mich, und ich schnupperte. Ich wusste noch, wie er als Baby gerochen hatte, wie als Kind, und von diesem Geruch war immer noch etwas übrig, wenn auch vermischt mit einem neuen, fremden Odeur: dem des Mannes. Aber ich war überzeugt, dass ich ihn auch in Jahren noch an seinem Geruch erkennen würde. »Den Triumphbogen natürlich, der hängt ja an dieser Straße dran. Und dann noch so 'n Park hinter einem Schloss. Louvre, das kennt man ja. Aber der Park. Irgendwas mit Tüll.«

»Tuileries«, sagte ich. Jim nickte.

»Und 'ne Insel«, fuhr er fort. »Da ist die Polizeipräfektur drauf. Wo Maigret gearbeitet hat. Hat uns Guillaume alles erklärt. Und Notre-Dame.«

»Notre-Dame hat auch in der Präfektur gearbeitet?«, neckte ich ihn und überlegte, ob jetzt wohl einer der Zeitpunkte gekommen war, da ich ihn in den Arm nehmen durfte. Seitdem sein Körper begonnen hatte, sich zu verwandeln, ließ Jim Zärtlichkeiten nur noch selten zu; ich wusste, dass dies normal war, aber meinetwegen hätte er damit noch etwas warten können.

»So 'n Quatsch«, schimpfte er. Ich strich ihm über den Nacken. Er entzog sich nicht.

»Ich bin bloß neidisch«, bekannte ich. »Das kann ich morgen gar nicht alles nachholen.«

»Aber nachlesen«, sagte Jim.

»Natürlich, im Baedeker. Und nach unserer Rückkehr nach Berlin, was?«

»Vielleicht, vielleicht nicht.« Jim tat plötzlich sehr geheimnisvoll.

»Meinst du, ich werde in Paris mein Augenlicht verlieren? Bei einer Bombenexplosion zum Beispiel?«

»Nee, lieber nicht.« Jim stand auf. Von mir aus hätte er es nicht tun müssen. »Ich hab nämlich was aus 'm Internet ausgedruckt. Willst du's haben?«

»Volontiers. Gern.« Ich würde es ja sowieso bekommen.

Jim verschwand aus dem Zimmer, um wenig später mit einigen Blättern Papier zurückzukehren. Ich hatte mich wieder ausgestreckt, weil ich Kopfschmerzen hatte; die vier Stunden Schlaf hatten mich nicht erfrischt. Sehr groß war mein Interesse nicht, etwas aus dem Internet über Paris zu erfahren, zumal es mich anstrengen würde, Englisch zu lesen. Nur um Jim einen Gefallen zu tun, warf ich einen Blick auf die Papiere. *Paris Pages: Musée des Collections Historiques de la Préfecture de Police.* Der verdammte Schlingel hatte es darauf angelegt, mich zu ärgern, und genau jene Seiten aus dem Web gezogen, von denen ich mich provoziert fühlen musste. Polizeihistorische Sammlungen konnten mir im Urlaub gestohlen bleiben, und dass sich die Pariser Kollektion in der Rue des Carmes Nummer eins befand und von der Metrostation *Saint Michel-Notre-Dame* aus einfach zu erreichen war, war mir gleichgültig. Und das galt auch für die *Great events in the history of France (conspiracies, arrests), famous characters, archives, unique pieces (weapons, uniforms). Thefts, famous criminal cases (evidence). Old prisons. Town planning and daily life in the capital (traffic, hygiene).*

Als Margrete unser Zimmer betrat, nutzte Jim die Gelegenheit, um sich zu trollen. Margrete schaute kurz auf die Blätter und lachte. Ich beklagte mich über mein Kopfweh und ließ mir ausgiebig Stirn und Schläfen massieren. Der Schmerz ließ nach, und ich schaute mir auch an, was die CIA über Frankreich publiziert hatte. Korsika kam nur einmal vor: in der Liste der zweiundzwanzig Regionen.

Zweites Kapitel

1

Der Himmel über Paris zeigte sich von seiner besten Seite, Guillaume tat es auch. Nach dem Frühstück hatte er uns mit dem Wagen abgeholt, um uns in die City zu chauffieren, was zu meinem Erstaunen mit einer Fahrt über den Périphérique begann. Schließlich waren wir aber doch in die Stadt gekommen, und während wir über die großen Boulevards gefahren waren, war mein Kopf immer hin und her gegangen. In einer Stadt aufgewachsen, die der Krieg fast vollständig zerstört hatte und die von Kleinbürgern wieder aufgebaut worden war, kamen mir die unversehrten Straßenzüge unwirklich vor, als ob sie aus Pappmaché bestünden wie eine Theaterkulisse. Ich hatte mir den einen oder anderen Straßennamen eingeprägt, um später weltgewandt vom Boulevard Montmarte und dem Boulevard des Italiens reden zu können, dann hatte Guillaume uns gezeigt, was Frauenherzen höher schlagen ließ. Auf dem schmalen Trottoir der Rue du Faubourg Saint Honoré waren wir reichen Frauen und ihren Leibwächtern begegnet, und ich hatte mich jedes Mal geschämt, wenn ich einen verstohlenen Blick in eines der Geschäfte geworfen hatte. Hochelegante Damen und junge Männer in Anzügen und mit dümmlichen Mienen hatten uns betrachtet, und ich hatte mich ertappt gefühlt: Sie erkannten natürlich, dass ich meine Sommerjacke bei *C&A* gekauft hatte. Dabei, fand ich, sahen die Jacken von *Dior* oder *Chanel* sogar nach *Woolworth* aus. Nachdem ich erfahren hatte, dass *Dior* und *Chanel* einem Champagnerkonzern gehörten, war mir klar gewesen, weshalb. Die Modelle wurden im Zustand der Trunkenheit entworfen.

Guillaume war unermüdlich. Ich schwitzte, meine Füße taten weh, aber die Place Vendôme wollte er uns unbedingt noch zeigen. Jim quengelte, Rudi wollte ein Eis, nur Margrete und ich folgten unserem Führer wie Schafe zur Schlachtbank. Wenn ich mir überhaupt etwas aus Paris mitbringen würde, dann sollte es eine neue Armbanduhr sein. Ich war so unvorsichtig gewesen, dies laut zu äußern.

Auf der Place Vendôme gelangte ich endgültig zu der Überzeugung, dass die Symmetrie in Paris erfunden worden war. In dem achteckigen Platz mit einer Säule in der Mitte hatte offenbar ein Baumeister seine Vorstellung von klassischer Harmonie verwirklicht. Wie auch immer man ihn mit einem göttlichen Käsemesser zerschnitt, es kamen immer zwei deckungsgleiche, wenn auch spiegelverkehrte Stücke heraus. Guillaume führte uns zu *Piaget*. Von *Piaget* hatte ich schon gehört. Und in der Auslage hinter dem dicken Panzerglas entdeckte ich auch eine Uhr, die mir gefiel. Sie war aus Weißgold, hatte ein dunkelblaues Armband und kostete achtzigtausend Francs.

»Oh«, sagte ich nur, nachdem ich im Kopf den Preis überschlagen hatte.

»Mam?«, meldete sich Jim zu Wort.

»Ja?« Wenn ich meinen Sohn und Rudi an einen belgischen Kinderhändlerring verkaufte, würde ich mir die Uhr vielleicht leisten können. Ich hatte mir immer eingebildet, dem Konsumterror standhalten zu können. Diese *Piaget*-Zwiebel gefiel mir außerordentlich. Ich konnte sie nur nicht bezahlen. Kriminalbeamte wurden nur reich, wenn sie sich schmieren ließen.

»Mam, müssen wir noch weiter rumlatschen und uns Geschäfte angucken?«, fragte Jim.

»Das ist voll langweilig«, meinte Rudi.

Dreizehnjährige hatten keinen Sinn für all die Dinge, die in ihren Augen Weiberkram waren. Meine beiden Dreizehnjährigen schwärmten für schnelle Modems und virtuelle Welten, Uhren von *Piaget* und Colliers von *Cartier* konnten ihnen gestohlen bleiben. Wenn ich an meine Füße und meine Kehle dachte, kamen auch mir ein Straßencafé und ein Eisbecher mit einer gehörigen Portion Crème Chantilly höchst erstrebenswert vor. Ich warf einen verstohlenen Blick auf Guillaume.

»Ich wollte Ihnen jetzt eigentlich Fauchon und Hédiard zeigen«, sagte er.

»Ist das dieses berühmte mittelalterliche Liebespaar?«, wollte ich wissen.

»Nein.« Guillaume lachte schallend und konnte sich lange nicht beruhigen. Mir war das unangenehm. »Sie meinen Héloïse und Abélard. Die liegen auf Père-Lachaise. Den Friedhof kennen Sie ja sicher.«

»Ich will nicht auch noch auf Friedhöfe«, quengelte Jim.

»Fauchon und Hédiard sind unsere luxuriösesten Feinkostgeschäfte«, erklärte Guillaume ungerührt. In seinem Weltbild interessierten sich Frauen eben nur für Kleider und Fressalien.

»Stinklangweilig«, meckerte Jim. Er aß gern und viel, aber das bedeutete natürlich nicht, dass er auch Lebensmittel besichtigen mochte. Ich dachte hingegen daran, meine Menagerie mit ein paar aufregenden provenzalischen Gewürzen aufzupeppen, und hatte daher gegen Fauchon und Hédiard nichts einzuwenden. Jim und Rudi tuschelten miteinander, ich verabschiedete mich von der *Piaget*-Uhr. Irgendwann einmal, wenn ich mich nicht mehr in Hausbesetzerinnen und Studentinnen verliebte, sondern in reife und solvente Damen, würde ich sie erwerben. Also nie.

Wir verließen die Place Vendôme und begaben uns abermals in die Rue du Faubourg Saint Honoré, die ich nun schon fast wie meine Westentasche kannte. Rudi und Jim ließen sich immer weiter zurückfallen, und da ich ahnte, was sie vorhatten, blieb ich stehen und wartete auf sie. Margrete und Guillaume waren gezwungen, es mir gleichzutun.

»Was ist los?«, wollte ich wissen.

»Mam«, sagte Jim und blickte mir fest in die Augen, »können Rudi und ich nicht allein losgehen? Wir können uns dann ja irgendwo treffen.«

»Nein«, sagte ich eisern. In der großen, unbekannten Stadt wollte ich die beiden nicht ohne Aufsicht lassen.

»Bitte, Mam! Ich hab doch auch einen Stadtplan. Wir finden uns schon zurecht.« Jim wusste genau, dass er mich mit seinem Blick weich kochen konnte, doch ich blieb stark.

»Wenn ihr euch verlauft«, sagte ich, »oder euch passiert was … Könnt ihr mir verraten, wie ich das vor Rudis Eltern rechtfertigen soll?«

»Mein Gott«, stöhnte Rudi, »traust du uns denn gar nichts zu?«

Nun mischte sich auch noch Margrete ein und ergriff die Partei der Jungen.

»Lena, sie sind dreizehn«, sagte sie.

Ich verstand ja, dass mein Sohn und sein Freund allein sein wollten; vielleicht hatten sie sich vorgestellt, im Jardin des Tuileries am Karpfenteich zu sitzen und sich verstohlen bei den Händen zu halten. Ich hatte die beiden schon lange im Verdacht, dass sie etwas miteinander hatten, aber in der letzten Nacht war aus der Vermutung eine Gewissheit geworden. Da ich am Nachmittag zu viel geschlafen hatte und nicht noch einmal aufgestanden war, hatte ich seit dem frühen Morgen wach gelegen und mir die Zeit damit vertrieben, jede Stunde auf die Toilette zu gehen. Beim dritten Mal hatten mich Geräusche aus dem Zimmer der Knaben innehalten lassen.

Ich achtete zwar die Intimsphäre meines Sohnes und spionierte ihm nicht hinterher, das Knarren des Bettgestells und das Flüstern und Seufzen waren auch nicht besonders laut gewesen, in dem stillen Haus jedoch sehr eindringlich. *Bitte*, hatte mein Sohn immer wieder gesagt, *bitte, bitte, bitte.* Er hatte seinen Orgasmus regelrecht herbeigebetet, und ich war schleunigst im Bad verschwunden. Mit hochrotem Gesicht, wie mir mein Spiegelbild verriet. Verwirrt und stolz und verängstigt. Ich hatte es immer geahnt. Ich hatte mir gesagt, dass ich nichts dagegen haben durfte. Dass gerade eine lesbische Mutter Verständnis für das Schwulsein ihres Sprösslings haben müsse, hatte ich mir eingeredet. Aber jetzt, da ich sicher war, wusste ich nicht mehr, wie ich mich verhalten sollte. Vielleicht war ich deshalb so streng.

»Nein«, sagte ich.

»Scheißurlaub«, sagte Jim.

»Wir bleiben auch in der Nähe«, versuchte es Rudi noch einmal.

»Bitte, Mam«, agitierte mich Jim. »In einer Stunde sind wir wieder da. Auf diesem Platz, wo wir eben gewesen sind. Versprochen.«

»Den findet ihr doch nie wieder.« Allmählich war ich doch bereit, meinen Widerstand aufzugeben. »Und ihr könnt nicht mal nach dem Weg fragen.«

»Ich habe eine Karte«, wiederholte Jim, als sei ich begriffsstutzig.

»Also gut. In einer Stunde. Place Vendôme. Schreibt euch das hinter die Ohren.«

»Zwei Stunden«, sagte Jim. Jetzt, da er mich dort hatte, wo er mich haben wollte, versuchte er, mir weitere Zugeständnisse abzuringen.

»Eine oder keine«, beharrte ich. »Mein letztes Wort.«

»Einverstanden«, bestätigte Rudi. Er war der Vernünftigere von beiden.

»D'accord«, gab ihnen Guillaume mit auf den Weg.

Damit, in einer fremden Sprache *Einverstanden* und *Total geil* sagen zu können, kam man nicht weit.

Ich rauchte. In den Monaten, bevor ich das Rauchen zeitwei-
lig aufgegeben hatte, hatte ich meinen Tagesverbrauch notiert und war mitunter auf vierzig Zigaretten gekommen.
Nachdem meine damalige Geliebte Susanne Opfer eines
Mörders geworden war, hatte ich wieder zu qualmen angefangen. Jetzt zählte ich nicht mehr. Dass die Schachtel *Gitanes
Internationales*, die ich mir am Morgen gekauft hatte, fast leer
war, sagte mir genug.

Wir warteten. Wir standen verlassen auf der Place Vendôme
und warteten. Ich rauchte. Wir warteten seit anderthalb
Stunden. Mir war zum Heulen zumute.

Ich hatte einiges gelernt. Ich wusste nun, dass das Lebens-
mittelgeschäft *Fauchon* im Jahre 1970 von dreißig vermummten Linksradikalen überfallen und geplündert worden war
und dass die Jugendlichen ihre Beute wie Störtebeker oder
Robin Hood an arme Gastarbeiter verteilt hatten. Ich wusste,
dass kurz vor Weihnachten 1977 Sprengsätze vor den Läden
explodiert und zwei Häuser ausgebrannt waren. Mit diesem
sinnlosen Wissen konnte ich nichts anfangen. Ich brannte
mir eine weitere Zigarette an. Jim und Rudi waren überfäl-
lig. Nur das beschäftigte mich.

»Ich hab's gewusst«, sagte ich, »ich hab's gewusst.«

»Das sind doch zwei pfiffige Jungs«, versuchte Guillaume,
mich zu beruhigen, »die gehen nicht verloren.«

»Hätte ich bloß nicht auf euch gehört.« Mein Vorwurf war
ungerecht, aber ich musste mir Luft machen. Ein Streifenwagen fuhr auf den Platz, und aus der Passage, die die Place
Vendôme mit der Rue du Faubourg Saint Honoré verband,
marschierten fünf Polizeibeamte auf. Sie trugen nicht nur
blaue Kampfanzüge, zwei von ihnen waren auch mit Maschinenpistolen bewaffnet. Das hatte natürlich nichts mit Jim
und Rudi zu tun, aber mich überkam dennoch eine panische

Angst. Margrete spürte es sofort und griff nach meinem Arm.

»Was soll ich tun?«, flüsterte ich. Ich weinte, aber das war mir egal.

Guillaume unterhielt sich mit den Polizisten, vielleicht weil er einen Rat einholen wollte, ich klammerte mich an Margrete. Meine Reaktion war vollkommen unbegründet, schließlich kam es vor, dass man sich in einer fremden Stadt verirrte. Es gab eine Polizei in dieser Stadt, an die man sich wenden konnte. Irgendein Beamter fand sich gewiss, der Englisch konnte, eine Sprache, die Rudi ausgezeichnet und die Jim leidlich beherrschte, und notfalls konnte man sich auch mit Händen und Füßen verständigen. Ich musste mir keine Sorgen machen. Wir waren mitten in Europa und nicht in der Dritten Welt. Auch in Europa verschwanden ständig Kinder. Aber Jim und Rudi waren clever, die ließen sich nicht die Butter vom Brot nehmen. Genau so dachten auch Eltern, deren Kinder nie wieder auftauchten. Wahrscheinlich hatten mein Sohn und Rudi nur die Gunst der Stunde genutzt und genossen gerade ihr Alleinsein, ohne einen Gedanken daran zu verschwenden, dass Lena Wertebach mitunter eine Welt zusammenstürzen sah, wenn bloß jemand hustete. Ich hatte einfach zu viele Verbrechen gesehen und rechnete immer mit dem Schlimmsten. Sogar im Urlaub war ich ein Opfer meines Jobs.

»Na ja«, sagte ich, mittlerweile etwas ruhiger. »Warten wir noch eine Stunde?«

Margrete nickte.

»Die kommen«, sagte sie. »Haben bestimmt bloß die Zeit vergessen.«

»Wie sie eben so sind«, sagte ich. Sogar ein kleines Lächeln gelang mir.

Mittlerweile war auch Guillaume wieder bei uns.

»Es hat mal wieder geknallt«, sagte er.

»Geknallt?«

»Ein Bombenanschlag«, erklärte Guillaume. »Auf die Gendarmerie in Vincennes.«

»Wo ist das?« Die Panik hatte mich wieder.

»Außerhalb von Paris.«

»Ach so.« Ich winkte ab. Die Stadt zu verlassen, traute ich Jim und Rudi nun doch nicht zu.

Wir warteten. Ich rauchte.

3

»Votre fils?«, erkundigte sich der Mann, der seine Frage nicht direkt an mich richtete, sondern an den Zigarettenqualm, der wie Nebel in dem kleinen Warteraum hing. Ich nickte. Ich hatte schon öfter genickt in den vergangenen Minuten oder Stunden oder Jahren. Andere Männer hatten mir ähnliche Fragen gestellt. Ja, Jim war mein Sohn. Das hatten Guillaume und Margrete ihnen doch schon alles erklärt.

Wir waren am Quai des Orfèvres. Wir waren in der Préfecture de Police. Dort, wo Maigret gearbeitet hatte. Jim hatte es gesagt. Vielleicht wusste er gar nicht, dass Maigret eine erfundene Person war. Ich durfte nicht daran denken.

Die Polizeipräfektur glich einem Ameisenhaufen. In Vincennes war eine Bombe explodiert. Vincennes ging mich nichts an. Ich wollte meinen Jungen wiederhaben. Ihn und seinen liebsten Freund, der ja eine Art Schwiegersohn für mich war. Ich wollte, dass die Polizei sie endlich fand. Dann würde ich sofort nach Berlin zurückfliegen. Unser Urlaub war zu Ende.

»Jim Wertebach, né à Berlin, le dix-sept juin …?«, fragte der Mann. Auch das wussten sie schon. Allmählich drehte ich durch. Ich wusste ja, dass sie nur deshalb stets neue Beamte mit denselben Fragen zu mir schickten, um ihre Hilflosigkeit hinter Aktionismus zu verbergen; ich handelte in meinem Job genauso, wenn ich im Grunde genommen nichts anderes tun konnte, als die Ergebnisse einer Fahndung abzuwarten. Auch ich versuchte meinen Kunden zu suggerieren, dass ich mir ein Bein ausreißen würde, und rechnete damit, dass ich jeden Augenblick noch einmal die Kleidung von Jim und Rudi würde beschreiben müssen. Eine Zeit lang hatte ich die Absicht gehabt, mich als Kollegin der Berliner Kripo zu erkennen zu geben, aber Guillaume Duvic hatte mir abgeraten; auch die französischen Polizisten hielten sich für die besten der Welt und duldeten keine Einmischung von Ausländern, und da die viel beschworene Freundschaft zwischen Deutschland und Frankreich nur ein Thema für Sonntagsreden war, mochten sie keine Deutschen. Auch keine Algerier, wie mir Guillaume versichert hatte. Und keine Marokkaner. Keine Schwarzafrikaner. Keine Belgier. Keine Briten. Eigentlich mochten sie nur Franzosen, die keine Verbrechen begingen, und sich selbst.

»Encore une fois«, begann der Mann und blätterte in seinen Papieren. Meine Ahnungen bestätigten sich, wir würden noch einmal durchkauen, was längst dem letzten Pariser Streifenbullen bekannt war. »En premier votre fils. Ses habits: un pantalon bleu de la marque *Levi's*, une chemise de sport vert foncé, une casquette de baseball bleu, blanc et rouge … oh, le drapeau tricolore … et des chaussures de sports blanches de la marque *adidas* avec trois bandes bleues.«

»Ja, ja, ja, verdammt!«, polterte ich los. »Alle *adidas*-Turnschuhe haben drei Streifen, du Idiot! Und ich bin hier nicht zum Französischkurs bestellt. Ich vermisse meinen Sohn, verstehst du? Meinen Sohn und dessen Freund.«

Der Kriminalbeamte schaute mich verständnislos an; natürlich hatte er kein Wort verstanden, aber dass ich gebrüllt hatte, konnte er nicht überhören. Dass Menschen, die einen Angehörigen suchten, die Beherrschung verloren, war ihm sicher nichts Neues, aber dass sie es in einer fremden Sprache taten, kam zweifellos nicht jeden Tag vor. Er zog es vor, aus der Schusslinie einer wild gewordenen Mutter zu verschwinden, und mit einem hilflosen *Excusez-moi, Madame* verschwand er aus dem Raum.

»Gut, dass er kein Deutsch kann«, meinte Margrete.

»Idiot wird er schon verstanden haben«, sagte Guillaume.

Die *Préfecture de Police de Paris de France d'Europe de sonstwas* schien an einem Überangebot an Männern zu leiden, denn sie schickten uns schon wieder einen, einen kleinen, fetten mit grauem Haarkranz und einer apoplektischen Röte im Gesicht, der aussah, als ob er schon seit einem Vierteljahrhundert erfolglos gegen das Verbrechen zu Felde zog und dabei in jeder Schankstube biwakierte. Nachdem er sein Entzücken darüber zum Ausdruck gebracht hatte, mir begegnen zu dürfen, stellte er sich als Jean-Claude Leloir vor und behauptete, die englische Sprache zu beherrschen. Er legte davon auch sofort einen Beweis ab. Wo er dieses Englisch gelernt hatte, wusste ich nicht, aber ich bat Guillaume, für mich zu übersetzen.

»Ich bin betrübt«, sagte Leloir. Vom Entzücken zur Betrübnis war es für ihn nur ein kleiner Schritt. Mir verschlug es den Atem. »Ihr Sohn …«

»Was ist mit ihm?«

»Er liegt im Krankenhaus«, brachte Monsieur endlich über die Lippen.

»Um Gottes willen!«, rief ich.

»Nichts Schwerwiegendes«, beruhigte mich Leloir sofort. »Nur zur Beobachtung.«

»Wo?«

»In Paris.« Warum der Flic das derart betonte, begriff ich nicht. »Hôpital Rothschild.«

Ich sprang auf, setzte mich aber wieder.

»Und Rudi?«

»Rudi?« Monsieur Leloir zuckte die Schultern.

»Sein Freund«, erklärte ich genervt.

»Das wissen wir nicht«, sagte der Bulle.

Leloir ließ es sich nicht nehmen, uns höchstpersönlich ins 12. Arrondissement zu chauffieren, aber diesmal hatte ich keinen Blick übrig für die Theaterkulissen der Stadt. Meinen ersten Gedanken, Jim könne einem Verkehrsunfall zum Opfer gefallen sein, konnte ich bald fallen lassen; es hätte ja auch nicht erklärt, warum Rudi nicht aufgetaucht war. Nein, Jim und, wie ich annehmen musste, auch sein geliebter Kumpel waren in Vincennes gewesen. Was sie dorthin verschlagen hatte, wusste ich nicht, und es war mir im Moment auch gleichgültig. Guillaume meinte, sie hätten sich das Schloss anschauen wollen. Vielleicht war das ihre Absicht gewesen, vielleicht auch nicht. Fest stand, dass zumindest Jim in der Nähe gewesen war, als die Gendarmerie von Vincennes in die Luft flog. Es hatte drei Tote gegeben und einige Verletzte. Die Toten waren identifiziert. Rudi befand sich nicht unter ihnen. Beruhigen konnte mich das nicht.

Das Hôpital Rothschild mochte eine hervorragende Klinik sein, aber ihr Anblick erschütterte mich dennoch; unmittelbar neben dem Krankenhaus befand sich nämlich ein Friedhof. Kaum hatte mir Leloir die Zimmernummer genannt, stürmte ich los. Mir kamen Ärzte entgegen und Pflegerinnen, Nationalpolizisten und Zivilbeamte, aber ich nahm sie kaum wahr. Auch vor Zimmer achtzehn stand ein Polizist. Ich ignorierte ihn und stieß die Tür auf. Mein Sohn schaute mich an. Mir wurden die Knie weich.

»Mam!«, sagte er aufgeregt. Dann erdrückte ich ihn mit meinen Armen.

»Guten Tag, Frau Wertebach«, sagte jemand in meinem Rücken. Es war eine Frau, und sie sprach Deutsch, wenn auch mit einem starken Akzent. Ich sah keine Veranlassung, mich von meinem Jungen zu lösen, um mich dieser Dame zuzuwenden. Was auch immer sie von mir wollte, es konnte warten. »Ich bin Marguerite Nicolas«, sagte sie. Von mir aus konnte sie es bleiben. »Vom Ministerium des ... für das ... Ministère de l'Intérieur?«

»Innenministerium«, half Margrete. Sie hatte Jims Krankenzimmer erreicht. »Bist du okay?«, fragte sie meinen Sohn.

»Na klar«, erwiderte Jim und wischte sich meine Tränen von den Wangen. »Aber Rudi? Was ist mit Rudi?«

Margrete zuckte die Schultern. Ich zuckte die Schultern. Auch Guillaume und Marguerite Nicolas zuckten mit. Nur Leloir nicht.

»Bonsoir, Monsieur Leloir«, begrüßte ihn Madame Nicolas. »Mein Patron«, erklärte sie mir. Wie ein Chef sah Leloir gar nicht aus, aber manche Vorgesetzten liebten es ja, sich als Clochards zu tarnen. »Alles in Ordnung?« Ich nickte. »Wir müssen Ihren Sohn verhören.« Ich schüttelte den Kopf. »Elle ne veut pas«, sagte Madame Nicolas zu ihrem Boss. Der rief etwas in den Flur, und der Flur gebar drei weitere männliche Zivilisten. Sie komplimentierten mich auf eine Art hinaus, die man nur als unsanft bezeichnen konnte.

Während ich schon wieder einmal warten musste, war ich zugleich froh und unglücklich. Jim schien körperlich unversehrt zu sein, und ich hatte während der wenigen Minuten, die ich bei ihm verbringen durfte, sogar den Eindruck gehabt, dass er nicht einmal unter einem Schock litt: Vermutlich kam ihm dieses Attentat eher wie ein Abenteuerfilm vor, in dem er eine Rolle übernommen hatte. Nur um Rudi machte er sich Sorgen, und ich ebenfalls. Ihm war offenbar etwas Ernsthaftes zugestoßen, aber ich hatte nicht einmal danach fragen können, denn diese dämlichen Typen aus dem Innenministerium waren mir zuvorgekommen. Ich schaute auf die Uhr. Seit einer halben Stunde quälten sie nun schon meinen Jungen. Und auf dem Klinikflur konnte ich nicht einmal rauchen.

Guillaume hatte sich mit dem uniformierten Beamten der *Police nationale* unterhalten, den man aus mir unerfindlichen

Gründen vor Jims Zimmer postiert hatte; nun trat er zu mir und Margrete, die nicht von meiner Seite wich.

»Da drin«, er deutete auf die Tür, »das sind alles … Wie sagt meine Mutter immer? Alles hohe Tiere. Von einer streng geheimen Spezialabteilung: GICOT. Groupe interministériel d'investigations contre le terrorisme.«

»Groupe interministériel?«, erkundigte sich Margrete.

»Ja«, bestätigte Guillaume eifrig, »Innenministerium, Justiz und Verteidigung.«

Irgendwann endeten auch die geheimsten Verhöre, und Leloir kam mit seiner Gefolgschaft aus dem Krankenzimmer. Er sah nicht sehr zufrieden aus und zog grußlos von dannen. Nur Madame Nicolas ließ er zurück, vermutlich weil er annahm, eine Frau könne mit Frauen besser umgehen. Ich war allerdings kein Pferd, den Umgang mit mir musste man nicht erlernen.

»Darf ich jetzt endlich zu meinem Sohn?«, fragte ich.

»Wir müssen uns auch noch unterhalten«, war die Antwort. Je höher das Tier, desto kleiner wurde der Mensch. Mich überkam nur selten die Lust, jemandem in die Fresse zu schlagen, und einer Frau schon gar nicht. Jetzt hätte ich es tun können.

»Haben Sie Kinder?«, erkundigte ich mich. Frau Nicolas von der interministeriellen Gruppe verneinte, aber sie begriff, worauf ich anspielte. Ich hielt sie für eine dieser Karrierefrauen, die um des Aufstiegs willen auf Nachwuchs verzichteten. Mich befriedigte der Gedanke, dass ein solcher Verzicht mit Einsamkeit bestraft wurde und dass man seinen Schreibtisch zwar streicheln konnte, er aber seinerseits nicht streichelte. Mit Margrete im Arm überquerte ich den Flur.

»Sie gehen allein«, befahl Madame Nicolas. Offenbar hatte man Jim zum Staatsgeheimnis erklärt.

»Nein, ich gehe mit meiner Lebensgefährtin«, erklärte ich entschieden. Marguerite Nicolas schluckte, doch dann fiel ihr ein, dass Homophobie mit der Räson eines modernen Staatswesens nicht vereinbar war, also widersprach sie nicht.

»Im Übrigen bin ich Polizistin wie Sie.« Das musste endlich gesagt werden, schließlich sollte mich die Dame nicht für eine dumme Pute halten, der die Liebe zu ihrem Kind die Sinne vernebelte. Obgleich dies ein angenehmer Nebel war, der sich meinetwegen nie lichten musste.

»Ich bin keine Polizistin«, sagte Marguerite Nicolas.

5

Jim empfing uns mit der Frage, die ihm nicht nur auf den Nägeln brannte und die ihm also auch die hohen Tiere nicht hatten beantworten können.

»Wo ist Rudi?«, wollte er wissen.

»Was ist passiert?« Auch ich hatte meine Fragen.

»Ach, Mam.« Jim legte seine Hände auf meinen Unterarm. »Sei bloß nicht sauer.«

»Sauer? Warum? Weil ihr euch nicht an unsere Verabredung gehalten habt? Also im Moment hab ich anderes im Kopf. Bitte, Jim, erzähl mir alles.«

»Na ja«, mein Sohn ließ seine Hände dort liegen, wo es mir angenehm war, »zuerst wollten wir ja wirklich bloß durch die Gegend stromern. Aber dann hatte Rudi die Idee … Er wollte unbedingt mal mit der Metro fahren. Bloß paar Stationen. Eigentlich hab ich Schuld.«

»Um Schuld geht's jetzt nicht.«

»Okay, Mam. Also wir waren da auf so 'ner Station, Concorde hieß die, da hab ich den Vorschlag gemacht, dass wir einfach mal zu 'ner Endhaltestelle fahren. Die Stationen haben uns aber alle nichts gesagt, bloß eine. Schatoh de Winzennes oder so. Also Rudi wusste sofort, dass das 'n Schloss sein muss, und da haben wir eben beschlossen, uns das Schloss anzugucken. War auch ziemlich cool, das Ding. Also mehr so 'n Fort oder so, mit Graben drumherum und 'nem Turm, da waren irgendwelche berühmten Typen eingesperrt. Die Nazis waren auch mal da. Aber Mam, guck doch mal in meine Hose, ich hab da so 'n Zettel mitgebracht.«

Eine aufmerksame Schwester hatte Jims Hose in den Schrank gehängt, der weiß war wie alles in diesem Zimmer, denn Weiß war nicht nur die Farbe der Unschuld, sondern auch die der Medizin. Als ich die Hose vom Bügel nahm, kam mich das heulende Elend an, obwohl Jim den Anschlag unverletzt überstanden hatte: Sie war zerrissen und voller Schmutz. Ich musste an Rudi denken. Jim offenbar auch. Er schluchzte nämlich laut auf. Ich ließ das Blatt mit der *Historical Summary* des *Castle of Vincennes* sinken.

»Scheiße«, sagte Jim. »Rudi«, sagte er. Ich schaute zu Margrete. Sie biss sich auf die Lippen.

»Ich versteh das alles nicht«, sagte Jim. »Rudi war doch die ganze Zeit bei mir. Und jetzt ist er weg.«

»Wo war er bei dir?«, erkundigte ich mich behutsam. Meinen Sohn zu berühren, wagte ich nicht aus Furcht, er könnte diese Geste missdeuten.

»Überall. Im Schloss. Danach sind wir noch 'n bisschen rumgezogen. Da war 'n kleiner Park oder so und dann dieses Gebäude. Das sah auch fast wie 'n Schloss aus, aber ein Polizist stand davor. Vor dem Tor. Wir haben aber auch Pferde gesehen. Komisch, 'n Polizist, der Pferde bewacht, oder? Wir wollten mal gucken, was da ist. Und dann … na, dann hat's geknallt.« Jim verstummte. Ich fuhr ihm doch übers Haar, und er ließ es geschehen.

»Und Rudi?«, fragte Margrete.

»Ich weiß es nicht.« Jim schüttelte verzweifelt den Kopf. »Ging alles so schnell. Ein Rums, und ich lag auf der Erde. Aber das muss viel später gewesen sein … Ich weiß nicht! Da waren schon 'n Haufen Polizisten da und Sanitäter und so. Überall lagen Trümmer rum. Es war irgendwie … Wie Film. Sie haben mich weggebracht. Ich hab immer bloß nach

Rudi geguckt. Kein Rudi.« Jim zitterte, übermannt von seiner Angst. Ich hätte ihn gern mit dem uralten Polizistenspruch getröstet, alles in meinen Kräften Stehende zu tun, um seinen Freund wieder zu finden, aber in Frankreich waren mir die Hände gebunden, und außerdem fühlte ich mich ohne den Apparat, den ich für gewöhnlich in Bewegung setzen konnte, ziemlich hilflos. Ich konnte nicht an den Schrauben drehen, sondern nur das tun, was ich üblicherweise von den Angehörigen vermisster Personen verlangte: warten.

»Vielleicht ist Rudi in Panik geraten und fortgelaufen«, schlug ich vor. »In solchen Situationen und unter Schock verhält man sich unberechenbar. Und nun irrt er irgendwo herum. Ich denke, man wird ihn bald finden, oder er meldet sich auf einem Polizeiposten.«

»Das hätt er doch längst gemacht«, meinte Jim.

»Na ja«, sagte ich, »es könnte doch sein, dass er in einem verwirrten Zustand aufgegriffen wurde und sich vorübergehend an nichts erinnern kann. Amnesie nennt man das. Ich glaube, du musst dir keine Sorgen machen.«

»Rudi verliert sein Gedächtnis nicht«, sagte mein Sohn überzeugt.

»Nach einem Schock, Jim«, wiederholte ich eindringlich, »nach einem Schock kann das jedem passieren.«

»Rudi nicht.« Jim bestrafte mich für meinen vorgespielten Optimismus, indem er sich unter seiner Bettdecke verkroch. Er wollte meine Tröstungen nicht mehr hören, und ich selbst war auch nicht davon überzeugt, dass ich Recht hatte: Ich hatte Rudi schließlich so präzise beschrieben, dass man ihn auch dann identifizieren konnte, wenn er von sich selbst nichts mehr wusste. So empfand ich das Erscheinen einer Schwester als Erlösung und schämte mich zugleich meiner Gefühle; am liebsten hätte ich die ganze Nacht bei meinem Sohn verbracht und wünschte mich weit fort von ihm.

»Bis morgen, Jim«, verabschiedete ich mich. Er antwortete mir nicht.

Mir war übel. Frau Duvic, die mir etwas Gutes tun wollte, hatte den Tisch mit allem gedeckt, was ihr Kühlschrank hergab, aber der Anblick der verschiedenen Käse und Pasteten verstärkte nur meine Übelkeit. Anstatt mir den Magen zu füllen, vergiftete ich mich mit Nikotin und Armagnac, der meinen Zustand allerdings nur verschlimmerte. Margrete saß im Wintergarten und las eine Zeitung mit dem Titel *France-Soir.*

Dass der Aufmacher dem Attentat galt, blieb auch mir nicht verborgen, und Margrete hatte mir den einen oder anderen Satz übersetzt, an den Wortlaut erinnerte ich mich jedoch nicht mehr. Meine Gedanken kreisten um Jim und um Rudi, vor allem aber um Marguerite Nicolas, die keine Polizistin war und mich dennoch vernommen hatte. Natürlich hatte sie nicht von einer Vernehmung gesprochen, sondern von einem Gespräch. Der Ton, in dem es geführt worden war, ließ mich jedoch an die Inquisition denken.

Als hätte sie noch nie Touristen gesehen oder als wäre es ein Verbrechen, nach Paris zu reisen, hatte sie immer wieder wissen wollen, warum wir in die französische Hauptstadt gekommen waren. Ich wurde das Gefühl nicht los, dass sie unter Verfolgungswahn litt und sich in ihrem Spatzenhirn ausmalte, eine deutsche Kriminalbeamtin könne eigentlich nur im Auftrag der Gestapo eingeflogen worden sein, um französische Juden zu registrieren. Besonders aufgeregt hatte mich allerdings, dass Madame Nicolas mit der Tatsache nicht zurechtkam, dass sich Jim und Rudi in Vincennes aufgehalten hatten. Meine Erklärung, die Jungen hätten das Château besichtigt, stellte sie nicht zufrieden. Jim war nach der Explosion vor dem Tor des Gendarmeriekommandos gefunden worden oder festgestellt, wie es in der Bullensprache hieß, Rudi war verschwunden, Umstände, die mit dem unbezweifelbaren Deutschenhass der Nicolas offenbar eine gefährliche Verbindung eingegangen waren. Ich verabscheute es, Frauennamen mit einem Artikel zu versehen, aber bei der Nicolas erschien es mir angebracht. Als sie mir ankündigte, dass ich mich auch für ein Gespräch mit Herrn Leloir zur Verfügung zu halten habe, war ich ausgerastet. Ich erwartete, dass Leloir mir etwas mitteilte, schließlich war ich die Mutter eines Opfers. Zuspruch hatte ich verdient, keine aberwitzigen Verdächtigungen. Schon wieder nahm ich eine letzte Zigarette aus meiner Schachtel.

»Mir gefallen diese Typen nicht«, sagte ich laut. Margrete ließ den *France-Soir* sinken und schaute zu mir, Madame Duvic, die sich gerade ein Stück Käse genommen hatte, führte es nicht zum Mund, sondern legte es wieder zurück. »Dass Bombenanschläge von Bürokraten untersucht werden, mag angehen«, erklärte ich. »Aber von Ministerialbeamten? Ministerialbeamte arbeiten ein Jahr lang daran, zehn Uniformen zu beschaffen, und höhere Beamte üben ein Jahr lang an der Unterschrift, die sie unter das Beschaffungsformular setzen müssen. Ermitteln können die nicht.«

»Aber sie haben diese Groupe«, meinte Margrete. »Wie haben sie gesagt? GICOT.«

»GICOT? Was ist denn das?«, wollte Angelika Duvic wissen. Ich nickte in Margretes Richtung.

»Groupe interministériel d'investigations contre le terrorisme«, sagte sie.

»Supergeheim«, sagte ich säuerlich. An der Haustür klingelte es. Angelika Duvic runzelte die Stirn.

»So später Besuch?«, fragte sie sich selbst. »Na, vielleicht Guillaume.«

Doch Guillaume war es nicht, der sich zu mitternächtlicher Stunde von seiner Studentenbude im 20. Arrondissement aus auf den Weg nach Vitry gemacht hatte, sondern zwei Herrschaften, die einen beliebten Spruch außer Kraft setzten: *Die späten Gäste sind die besten*. Von Leloir und der Nicolas konnte ich dies nicht behaupten. Sie kamen zu jeder Zeit ungelegen.

»Sie haben Rudi nicht mitgebracht«, sagte ich wütend.

Leloir schüttelte vorsorglich den Kopf, Madame Nicolas senkte um des Effektes willen den Blick; Betroffenheit zu heucheln gehörte zum Geschäft.

»Meinen Vorrat an Explosivstoffen verwahre ich in meinem Schminkköfferchen«, gestand ich. Marguerite Nicolas übersetzte. Leloir schüttelte nun betrübt den Kopf. Leicht hatte er es nicht als hohes Tier.

»Sie haben doch im Hospital mit Ihrem Sohn gesprochen«, begann er vorsichtig. Wahrscheinlich hatte ihn sein Minister gerade in Höflichkeit geschult, denn da ihn niemand zum Sitzen aufforderte, blieb er stehen. Ich überlegte, ob ich ihn zum Wechseln seiner Reinigung ermuntern sollte, bremste mich aber; in einem fremden Land wollte ich es mir nicht zu sehr mit der Obrigkeit verderben. Stattdessen fragte ich mich, ob ich mich nicht selbst manchmal so verhielt wie diese Leute, ob ich nicht auch mit Zuckerbrot und Peitsche operierte, nicht auch aus psychologischen Gründen zwischen insistierenden Fragen und devoter Freundlichkeit hin und her sprang. Leloir und Nicolas hatten eine Taktik. Wenn ich ermittelte, hatte ich sie auch. Also zog ich die Krallen ein.

»Ja, ich habe im Hospital mit meinem Sohn gesprochen.«

»Worüber?«

»Über die Explosion natürlich. Über den Knall, den es gegeben hat.«

»Hat Ihr Sohn irgendetwas beobachtet?«

»Ja.« Ich nickte mit dem Eifer einer gelehrigen Schülerin.

»Nun, was?«

»Pferde«, sagte ich.

»Des chevaux?« Leloir riss die Augen auf.

»Ja, dort waren Pferde.«

Madame Nicolas flüsterte ihrem Chef etwas zu. Wahrscheinlich kannte der Herr Ministerialbeamte den Tatort nur aus den Protokollen, und die Gendarmeriepferde waren nicht erwähnt worden.

»Noch etwas außer Pferden?«, fragte er.

»Einen Posten. Dieser Posten bewachte das Objekt, von dem weder mein Sohn noch dessen Freund wussten, dass es sich um eine Einheit der Gendarmerie handelte. Das, Monsieur, stand nämlich nicht dran.«

»Hat er etwas Ungewöhnliches gesehen?«

»Sie denken an einen Terroristentrupp, der von der gegenüberliegenden Straßenseite seinem Zerstörungswerk beiwohnte? Der womöglich noch fotografierte, weil man seinen Enkeln schließlich zeigen können muss, was man so getrieben hat in seinem Leben? Sie haben bizarre Phantasien. Außerdem haben Sie ihn doch selber längst befragt.«

»Er hat nicht viel erzählt«, erklärte die Marguerite.

»Verübeln Sie ihm das? Er hat gerade ein Attentat überlebt und vermisst seinen besten Kumpel, und dann kommen Sie mit Ihren Fragen. Was, wo, wann, wer, wie, warum? In einer solchen Lage hätte auch ich mich ausgeschwiegen.«

»Sie sind selbst von der Polizei, Madame Wertebach, Sie wissen doch, das diese Fragen notwendig sind«, belehrte mich Leloir.

»Es ist ein Kind, mein Herr. Ein Kind!«

»Dann hätten Sie ihn nicht …« Leloir führte den Satz nicht zu Ende, sicher weil er eingesehen hatte, dass mich Vorwürfe nur aufbringen würde. Er hatte Recht, und ich ballte meine Hände zu Fäusten. Da ich sie unter dem Tisch behielt, konnte er sie nicht sehen.

»Avez-vous déjà un soupçon?«, mischte sich Margrete ein. Jetzt musste ich mich Hilfe suchend an Angelika Duvic wenden. Sie war froh, endlich mehr sein zu können als eine Zuschauerin, und dolmetschte für mich. »Haben Sie schon einen Verdacht?«

»Sûrement«, sagte Leloir. »Jemanden, der dem Staat den Krieg erklärt hat.«

»Korsen?«

Leloir zuckte die Schultern. Nun war es an mir, eine Frage anzubringen.

»Wer sind Sie eigentlich wirklich?«, erkundigte ich mich.

»Comment?«

Die Nicolas übersetzte nicht. Das war auch nicht notwendig.

»Erzählen Sie mir etwas über die GICOT?«

»Comment?«

»Die Groupe interministériel d'investigations contre le terrorisme.«

»Was soll das sein?«, fragte Leloir.

7

Obwohl sie mich für übergeschnappt hielt, hatte mir Angelika Duvic ihren Wagen anvertraut, der sich glücklicherweise nicht in Guillaumes Hand befand. Auch Margrete glaubte, dass ich schmerzensreiche Mutter nicht recht bei Trost sei, doch sie begleitete mich auf meiner Fahrt durch das nächtliche Paris, die als Fahrt durchs nächtliche Vitry begann. Mir war klar, dass Margrete in meiner Nähe sein wollte, um auf mich aufzupassen. Mein spontaner Einfall kam mir selbst verrückt vor, und zweifellos würde es mich nicht zu Rudi führen, wenn ich Leloir und Nicolas verfolgte. Trotzdem, ich wollte gern wissen, wohin sich die beiden nach dem Besuch in Vitry begaben: ob ins nächste Bistrot, in ihre Betten oder in ihr Ministerium. Eine sinnlose Aktion war immer noch besser als das Nichtstun. Außerdem erregte eine gewisse Namensübereinstimmung meine überkandidelte Phantasie.

»Lena«, sagte ich und betonte die erste Silbe, »folgt Leloir. Margrete folgt Marguerite. Wenn das kein Fingerzeig des Himmels ist …«

»Lena, Liebste, was bildest du dir ein?«

Ich antwortete nicht. Leloir und die Nicolas fuhren durch ein paar der schmalen, kleinstädtischen Straßen, bis sie eine breite Magistrale erreichten. Dort hielten sie sich nach rechts, und Hinweisschilder verkündeten mir, dass es nun nach Paris ging. Die Straße war lang, sie wechselte ihren Namen, hieß erst Avenue Youri Gagarine, dann Avenue de Stalingrad, schließlich Avenue de Verdun. Als aus der Avenue de Verdun die Avenue de la Porte de Choisy wurde, hatten wir den Pariser Süden erreicht. Ein paar langweilige Hochhäuser säumten die Straße, Margrete überprüfte im Stadtplan, wo wir uns befanden, und teilte mir mit, dass es sich um das 13. Arrondissement handelte. Mir war es schnurz. Erst an einem kreisrunden Platz erwachte mein Interesse wieder.

»Place d'Italie«, bemerkte Margrete. Ich bat sie, sich für alle Fälle den Weg zu notieren, der durch für deutsche Ohren so geheimnisvoll klingende Straßen führte wie die Avenue des Gobelins, den Boulevard de Port Royal, den Boulevard du Montparnasse. Montparnasse, das sagte mir etwas. Der Montparnasse hatte etwas mit Pariser Künstlern zu tun. Darin allerdings erschöpfte sich mein Wissen. Es gab noch einen Boulevard Raspail, einen Boulevard Saint Germain. Dort, nicht weit von einer Metrostation mit dem Namen Solferino entfernt, stoppte Leloir den Wagen. Da es keine Parklücken gab, ich aber nicht an Leloir und Nicolas vorbeifahren wollte, war ich gezwungen, in eine Nebenstraße auszuweichen. Von dort aus konnten wir beobachten, was geschah. Nur Leloir stieg aus. Er überquerte den Fahrweg und verschwand in einem großen, grauen Gebäude, das nicht so aussah, als würde in ihm zu dieser Stunde noch gearbeitet werden. Margrete schlich sich vorsichtig aus dem Renault und versuchte, die Identität des Gebäudes zu klären. Dafür brauchte sie keine drei Minuten. Es war das Verteidigungsministerium.

Als Leloir es wieder verließ, war er nicht allein. Ein Mann

begleitete ihn, der trotz der Sommerhitze einen dunklen Übergangsmantel trug und eine Aktentasche bei sich hatte. Wenn er Beamter war, transportierte er in der Tasche womöglich nur seine Brotbüchse und die Ersatzbrille, vielleicht aber auch Brisantes. Gemeinsam mit Leloir ging er zum Wagen, gemeinsam stiegen sie ein. Die Fahrt war also noch nicht zu Ende.

Und es blieb auch nicht bei den drei Personen. Ein weiterer Mann gesellte sich zu ihnen, aber er wurde nicht aus einer Behörde abgeholt, sondern stieg auf einer Brücke zu den Übrigen, auf dem Pont de Grenelle. Margrete gestattete mir einen Blick auf den Stadtplan. Mittlerweile befanden wir uns im Pariser Westen. Das Innenministerium war nicht in der Nähe, und auch nicht das Ministerium für Justiz.

Leloir, Nicolas und die beiden Unbekannten überquerten die Seine, fuhren auf einer Schnellstraße am rechten Flussufer entlang und nahmen dann jenseits des Périphérique, also außerhalb von Paris, abermals eine Brücke, um auf die linke Seite zurückzugelangen. Für Ermittler, gleich welcher Behörde, kam mir ihre Fahrt mittlerweile äußerst seltsam vor. Ich pflegte meine dienstlichen Obliegenheiten in einem Büro zu erledigen und nicht nachts in einem Auto, und ich las auch keine Dunkelmänner von Brücken auf.

Immerhin hatten die vier Typen nicht vor, die ganze Nacht durch Paris und Umgebung zu kreuzen, sondern sie kamen schließlich doch irgendwo an. Es war das Gelände des Militärhospitals Percy. Möglicherweise wollten sie noch einmal die verletzten Überlebenden des Anschlags verhören, falls die überhaupt hier lagen. Zwei Uhr dreißig war jedoch eine ungewöhnliche Zeit für Krankenbesuche. Kein Arzt würde zulassen, das einer seiner Patienten zu dieser Stunde verhört wurde. Aber vielleicht galten in Militärhospitälern andere Regeln.

»Wir werden warten müssen«, sagte ich.

»Worauf?«

Margretes Frage konnte ich nicht beantworten. Für mich stand nur fest, dass Rudis Verschwinden nichts mit dem Attentat zu tun haben konnte. Wer Bomben legte, verließ den Tatort so schnell wie möglich und wartete nicht darauf, nach der Explosion einen dreizehnjährigen Jungen entführen zu können. Wer Bomben legte, überließ nichts dem Zufall, und das Auftauchen von Jim und Rudi am Attentatsort war ein Zufall gewesen.

»Was willst du, Lena?«, fragte Margrete. »Leloir und die Frau sind dir unsympathisch. Wenn du willst alle unsympathischen Menschen der Welt beobachten, du wirst gar nicht mehr schlafen.«

»Sie verbergen etwas«, stellte ich fest.

»Und du? Wenn du hast einen Fall? Sagst du allen Leuten alles?«

»Natürlich nicht. Aber hier …«

»Nein, Lena, das hier ist kein Fall für dich. Du bist nicht Kollegin für diese Leute. Du bist in Frankreich … du bist zivil.«

»Je suis en vacances«, sagte ich.

»Nein, nein.« Margrete legte ihre Hand auf meinen Arm. »Nicht mehr.«

Ich lenkte den Renault nach Vitry zurück. Der Stadtplan half uns zwar, aber dennoch verfuhren wir uns. Als wir die Avenue Maginot erreichten, dämmerte der Morgen.

8

Geschlafen hatte ich nicht, nur gelegen, und als ich gegen neun die Treppe hinabstieg, saß Angelika Duvic bereits beim Frühstück. Ich übergab ihr den Autoschlüssel, denn sie musste ins Goethe-Institut, und überlegte, wie wir uns fortbewegen sollten. Ich war fest entschlossen, Jim aus dem

Krankenhaus zu holen und mir von ihm den Tatort in Vincennes zeigen zu lassen. Vor zwei Tagen war ich nach Paris gekommen, um mir Sehenswürdigkeiten anzuschauen, keine Tatorte. Ich hatte sogar daran gedacht, den Louvre zu besichtigen. Von Tatorten verstand ich mehr als von Gemälden. Allerdings fehlten mir alle Gerätschaften, die mir ermöglichten, einen Tatort nicht bloß zu sehen, sondern auch zu verstehen. Trotzdem wollte ich es versuchen.

»Es tut mir Leid, dass Ihr Urlaub so hässlich beginnt«, sagte Angelika Duvic.

»Vielleicht ziehen Bullen wie ich das Verbrechen an«, meinte ich.

»Aber das ist doch Unsinn«, ereiferte sich unsere Gastgeberin. »Das ist ein unglücklicher Zufall, mehr nicht. Ich hoffe nur, dass Sie diese schlechte Erfahrung nicht den Franzosen anlasten. Auch wenn die Politik der französischen Regierung … Was kann das französische Volk dafür, dass seine Regierung die Militärdiktatur in Algerien unterstützt? Das ist nun einmal so, die Mächtigen helfen immer nur den Mächtigen. Außerdem hat Frankreich starke wirtschaftliche Interessen in Algerien.«

»Algerien?« Ich kratzte mich am Kopf. »Wieso Algerien?«

»Na, das sind doch sicher wieder diese Fundamentalisten gewesen. Die mit den beiden Anschlägen auf den RER.«

»Nicht die Korsen? Die korsischen Nationalisten meine ich natürlich.«

»Ja, nun, vielleicht«, lenkte Angelika Duvic ein.

»Sagen Sie«, ich nahm mir eine Kaffeetasse und schenkte mir ein, »die Gendarmerie, ist das eigentlich eine Polizeitruppe?«

»So genau weiß ich das auch nicht. Also hier in Vitry zum Beispiel, da gibt es ein Commissariat de Police und einen Gendarmerieposten. Aber wie da nun die Kompetenzen verteilt sind? Auf dem Land zum Beispiel gibt es nur Gendarmerie. Dort führen sie auch polizeiliche Untersuchungen durch. Aber genau … jedenfalls untersteht die Gendarmerie nationale dem Verteidigungsministerium, und junge Männer können bei ihr den Militärdienst ableisten.«

»Und die Police nationale? Was ist das?«

»Ehrlich gesagt, keine Ahnung.« Angelika Duvic erhob sich. »Ich habe mit der Polizei so selten zu tun. Und wenn, dann nur mit dem für Vitry zuständigen Polizeikommissariat oder auf der Präfektur in Créteil. Das ist die Hauptstadt unseres Departements Val-de-Marne.«

»Es muss doch einen Grund geben, warum man ausgerechnet die Gendarmerie angreift und nicht die Polizei«, überlegte ich.

»Vielleicht hat das was damit zu tun, dass die Gendarmerie ein hohes Ansehen bei der Bevölkerung genießt«, sagte Angelika Duvic. »Im Gegensatz zu den Flics.«

»Aber gerade dann würde ich doch die Bullen attackieren.«

»Nicht, wenn sie etwas treffen wollen, worauf man stolz ist.« Angelika Duvic griff nach einer Aktenmappe. »Sehen wir uns heute Abend? Ich habe eine Meeresfrüchteplatte bestellt.«

»Sicher«, entgegnete ich abwesend. Unsere Gastgeberin verließ das Haus. Ich hörte, wie sie draußen den Motor ihres Wagens anließ und vom Grundstück rollte.

»Mam?«, rief jemand von der Treppe. Ich hob sofort den Kopf. Dort war niemand, und ich begann zu heulen.

9

Es hatte endlose Auseinandersetzungen gegeben, endlose Streitereien, aber schließlich hatte ich von meinem Recht als Mutter Gebrauch gemacht und darauf bestanden, dass Jim auch gegen den Widerstand des Chefarztes aus dem Hôpital

Rothschild entlassen wurde. Über die Argumente des Mediziners hatte ich mich hinweggesetzt. Er hatte von Gehirnerschütterung gesprochen und unsichtbaren inneren Verletzungen, aber mir war das nur wie ein Vorwand vorgekommen, Jim festzuhalten, und zwar nicht aus medizinischen Gründen, sondern damit Jim nicht dem ständigen Zugriff der GICOT entzogen wurde. Jim hatte nichts gesehen. Wenn die GICOT, die es angeblich nicht gab, trotzdem ein so großes Interesse an ihm hatte, konnte nur eine böse Absicht dahinter stecken. Mein Sohn war mir für die undurchsichtigen Machenschaften einer zweifelhaften Behörde zu schade. Als sein Muttertier hatte mich die Natur dazu verpflichtet, ihn zu beschützen. Das hatte ich getan, das tat ich, das würde ich tun. Übrigens tat ich es gern, und nicht nur aus Instinkt, sondern weil ich ihn liebte.

Jim hatte mir nur immer wieder eine Frage gestellt. »Rudi?«, hatte er gefragt. Dass ich darauf keine Antwort wusste, hatte mich zuerst traurig gemacht. Mittlerweile machte es mich wütend. Ich würde Rudi wieder finden, und wenn es nach meiner Suche Frankreich nicht mehr gab. Das hatte ich Jim versprochen. In der Metro nach Vincennes grübelte ich darüber nach, wie ich mein Versprechen einlösen konnte.

»Als ihr euch das Château und später die Kaserne angeguckt habt«, fragte ich meinen Filius, »hattet ihr da das Gefühl, jemand beobachtet oder folgt euch?«

»Ja«, sagte Jim voller Überzeugung.

»Ja?«

»Ich hab im Krankenhaus drüber nachgedacht«, erklärte er. »Also ob irgendwas komisch oder merkwürdig war. Und da ist mir was eingefallen. Wir waren doch erst im Schloss, ja? Und da waren auch zwei Männer. Die sahen ganz normal aus, also an denen war nichts Besonderes. Aber ich hab sie später nochmal wieder gesehen. Auf dem großen Parkplatz vor der Kaserne. In einem grauen Lieferwagen. Da war dann noch ein dritter dabei.«

»Erzähl!«

»Was denn?« Jim wirkte hilflos.

»Wie die Männer aussahen.«

»Na, normal.«

»Wie alt?«

»Unterschiedlich.« Jim dachte nach. »Einer war vielleicht …
Ich kann das so schwer schätzen. Fünfundzwanzig? Die an-
deren etwas älter. So dreißig. Aber mir ist ja noch was viel
Wichtigeres aufgefallen.«

»Was, Junge?« Ich rüttelte an seinem Arm. »Was denn?« »Na,
als die das Schloss besichtigt haben, da hab ich einmal ganz
kurz gehört, wie die sich unterhielten. Die sprachen Deutsch.
Aber der Lieferwagen hatte ein französisches Nummernschild.«

»Deutsch?«

»Wir müssen aussteigen«, sagte Margrete.

10

Jim hatte Recht gehabt, wenn man nicht wusste, dass es sich
um eine Kaserne der Gendarmerie handelte, dann konnte
man die Gebäude hinter dem Château de Vincennes tatsächlich ebenfalls für ein Schloss halten. Ich prägte mir alles genau ein. An der Westfront des Château verlief, vom Schloss
durch den Verteidigungsgraben und einen Zaun getrennt,
eine Straße, auf der man von der Metrostation und der
Innenstadt Vincennes zur Gendarmeriekaserne gelangte. Der
Graben umlief das gesamte Château, war also auch an der
Südfront zu finden. Um das Schloss zu betreten, musste man
das Nordtor benutzen; es gab zwar auch ein südliches, aber
das war verschlossen. An die Südfront und den Graben
schlossen sich eine Straße und ein großer Parkplatz an, auf

dem zur Zeit nur Polizeifahrzeuge standen. Hinter dem Parkplatz und einer Rasenfläche linker sowie einem kleinen Park rechter Hand erstreckten sich die Kasernen. Die Polizei hatte das Gebiet großräumig abgesperrt, also auch den Parkplatz. Ich wandte mich an Margrete.

»Ich brauche ein Fernglas«, sagte ich. Margrete erwiderte nichts, aber da sie mich liebte, machte sie sich sofort auf den Weg in die Innenstadt von Vincennes. Nicht einmal mein Portemonnaie wollte sie annehmen.

Wo die Bombe explodiert war, konnte ich auch ohne Fernglas erkennen. Es gab nur eine Zufahrt zum Kasernentor zwischen dem Rasen und dem Park. Vor dem Tor buchtete die Zufahrt zu einem Halteplatz aus, und dort stand ein völlig zerfetztes Auto. Bäume in dem Park daneben waren umgestürzt oder verbrannt, das Tor hing verbogen in seinen Angeln, das Postenhaus hatte auch einiges abbekommen. Dass sich Männer in Overalls an dem Auto zu schaffen machten, stützte meine Theorie, dass die Sprengladung in diesem Wagen verborgen worden war. Wenn ich mir den Schaden betrachtete, musste es sehr viel Sprengstoff gewesen sein.

»Wo wart ihr, als es knallte?«, fragte ich Jim.

»Da vorn«, sagte Jim. »Wo dieses Verkehrsschild steht. Zufahrt verboten.«

»Zufahrt verboten?« Ein Verkehrsschild war tatsächlich da, allerdings war es jetzt sehr windschief.

Margarete kehrte zurück. Sie hatte tatsächlich ein Fernglas aufgetrieben. Ich schaute mir das Verkehrsschild an. Zufahrt verboten, ganz eindeutig. Und auf einem Zusatzschild stand: *Sauf Gendarmerie*.

»Was heißt: Sauf Gendarmerie?«, fragte ich Margrete und ließ sie auch durchgucken.

»Außer Gendarmerie.«

Das hatte ich mir gedacht.

»Und wie kann man«, dachte ich laut, »wie kann man auf einer Zufahrt, die nur der Gendarmerie vorbehalten ist, einen

Wagen mit einer Sprengladung abstellen, ohne dass es der Posten bemerkt? Und das in einem Land, wo es hin und wieder Bombenanschläge gibt?«

Jim und Margrete wussten es natürlich auch nicht. Ich nahm Margrete das Fernglas wieder ab und schaute mir die Männer von der Spurensicherung näher an.

»Attention«, rief Margrete. Dann hatte ich eine Hand im Bild. Die Hand gehörte zu einem Flic. Er sagte etwas, das ich nicht verstand, und wenig später waren noch sieben weitere Bullen da. Mit meinem Fernglas hatte ich mich verdächtig gemacht, aber acht Bullen waren doch zu viel für meine kleine, liebenswerte Familie, von der ein Mitglied fehlte. Ich legte Jim und Margrete einen Arm auf die Schulter. Ich wusste, was nun kam. Genau das kam auch.

Die Bullen umringten uns. Bevor sie ihn verlangten, falls sie dies nicht doch schon getan hatten, gab ich einem von ihnen meinen Pass. Er sprach aufgeregt in sein Walkie-Talkie, war also einer, der nichts entscheiden konnte. Ich lächelte. Das war falsch, ich wurde angefaucht. Dann hörte ich eine Sirene. Nach fünf Minuten war ein Zivilfahrzeug mit Christbaumkerze da. Manchmal, aber so selten wie möglich, fuhr auch ich mit Blaulicht. Ich hatte solche Szenen zu oft im Fernsehen gesehen, deswegen war es mir zumeist peinlich, weil ich wusste, auch die Leute auf den Straßen kannten diese Szenen. Ich war aber keine Filmpolizistin. Wenn ich mit Blaulicht fuhr, dann war es ernst, und die Toten waren nicht geschminkt. Dass dem Zivilwagen Marguerite Nicolas entstieg, wunderte mich nicht. Eine kleine Stichelei konnte ich ihr nicht ersparen.

»Dürfen in Frankreich auch Nichtpolizistinnen Sondersignal setzen?«, erkundigte ich mich. Die Nicolas würdigte mich keiner Antwort. Sie zeigte den Flics einen Ausweis, die Bullen wichen respektvoll einen Schritt zurück.

»Was haben Sie hier zu suchen?«, fragte Madame mit ihrem unverwechselbaren Charme.

»Hier, meine liebe Frau Nicolas, hier ist der Freund meines Sohnes verschwunden.«

»Nach dem die französische Polizei fahndet«, sagte die Nicolas. »Und die französische Polizei, liebe Frau Wertebach, versteht ihr Handwerk ebenso wie die deutsche. Stellen Sie sich vor, in Frankreich gibt es sogar schon Elektrizität.«

»Ich wollte die Fähigkeiten der französischen Polizei nicht in Frage stellen«, entgegnete ich und meinte es ehrlich. »Aber Sie müssen mich verstehen: Das Schicksal des Jungen ist mir nicht gleichgültig.«

»Falls Sie mich verstehen: mir auch nicht.«

»Und was machen Sie nun mit uns?«

»Vielleicht«, Marguerite Nicolas lächelte fein, »vielleicht lade ich Sie zum Kaffee ein.«

11

Marguerite Nicolas hatte uns in einen Laden entführt, der Brasserie hieß, und sie hatte zwei Milchkaffee für Margrete und mich, eine Cola für Jim und sich selbst einen richtigen Kaffee bestellt. Außer uns befanden sich in der Brasserie nur Männer, die klönten und hin und wieder einen Blick zu uns warfen, aber vielleicht taten sie dies nicht, weil wir Frauen waren, sondern nur, weil wir uns in einer fremden Sprache unterhielten. Womöglich, überlegte ich, war die Nicolas doch nicht so unsympathisch, wie ich anfangs gedacht hatte.

»Wenn ich fragen darf, Frau Wertebach«, begann sie behutsam, »wenn ich fragen darf, welche Position haben Sie innerhalb der Berliner Polizei?«

»Ich leite eine Mordkommission.«

»Immerhin.« Marguerite Nicolas nickte. »Ist das ungewöhnlich für eine Frau?«

»Falls das Ihre Frage beantwortet«, erwiderte ich, »es gibt neun Mordkommissionen in Berlin. Die übrigen acht werden von Männern geleitet.«

»Das«, bestätigte sie, »das beantwortet meine Frage vollkommen. In Frankreich gibt es starke, unabhängige Frauen, die Ermittlungen leiten, auch vor allem als Idealbild im Fernsehen. Warum sage ich Idealbild? Weil es nicht zeigt, wie Frankreich ist, sondern wie es sein könnte. Jetzt beschweren sich schon Zuschauer, die wieder mehr Männer sehen wollen. Supercops, die ihre Fälle mit den Fäusten lösen, nicht mit Gefühl.«

»Und gehören Sie zu den starken, unabhängigen Frauen?«, wollte Margrete wissen. Nur ich hörte, wie Jim *Scheißweiber* murmelte. Dafür kniff ich ihn in den Schenkel.

»Ich habe ja schon mitbekommen, dass Sie den gleichen Namen haben wie ich, nur in einer andere Sprache«, sagte Marguerite Nicolas. »Da schlage ich vor, wir gehen vom *vous* zum *tu* über.«

»D'accord. Aber meine Frage hast du nicht beantwortet. Was machst du?«

»Meine Arbeit«, erwiderte Marguerite Nicolas salomonisch.

»Natürlich«, sagte ich und war ein wenig gereizt. »Ich bin übrigens zu der Überzeugung gelangt, dass der Bombenanschlag und Rudis Verschwinden zwei Paar Schuhe sind.«

»Hatte der Junge Feinde?«

Ich schaute Jim an. Der schüttelte den Kopf. Aber selbst wenn Rudi Feinde haben sollte, in der Schule oder auf der Straße, dann konnte es sich nur um Gleichaltrige handeln, und die würden ihn womöglich verprügeln, aber nicht in Frankreich entführen. Das war absurd.

»Nehmen wir an, du irrst dich, Lena«, sagte Marguerite Nicolas. »Als das Auto in die Luft flog, müssen die Attentäter noch in der Nähe gewesen sein. Um sechzehn Uhr neun wurde der Twingo vor dem Kasernentor abgestellt. Ein Mann und ein kleiner Junge stiegen aus; das wissen wir von einem der überlebenden Posten. Der Mann machte so eine Geste zu den Posten, in dem Sinne, dass der Kleine mal austreten muss. Obwohl natürlich auch die Wächter für Anschläge sensibilisiert sind, haben sie sich nichts dabei gedacht. Jedenfalls nicht im ersten Moment. Der Mann ging also mit dem Jungen in den kleinen Park neben dem Kasernentor. Als er nach fünf Minuten nicht zurückkehrte, wurde es den Posten doch etwas mulmig. Einer löste Alarm aus, aber es war zu spät. Fünf Minuten, Lena, der Mann und der Junge konnten noch nicht weit gekommen sein.«

»Wie wurde die Sprengladung gezündet?«, wollte ich wissen.

»Über eine Fernsteuerung.«

»Wenn ich mir den Tatort richtig eingeprägt habe«, sagte ich, »dann haben Mann und Knabe den Park innerhalb von einer Minute durchquert. Sie können sich auf der Straße in einen bereitstehenden zweiten Wagen gesetzt haben. Einsteigen, starten, anfahren: sagen wir, eine weitere Minute. Dann hatten sie noch drei Minuten, bis es knallte.«

»Natürlich«, bestätigte Marguerite Nicolas. »Und bis dann die Ringfahndung begann, waren sie über alle Berge. Der Mann mit dem Jungen wird die Explosion nicht ausgelöst haben. Aber nehmen wir mal an … also auf dem Parkplatz zwischen Château und Kaserne standen zum Zeitpunkt des Anschlages neunundzwanzig Fahrzeuge. Vielleicht noch ein weiteres, aus dem die Fernzündung betätigt wurde. Die Männer wollten gerade losfahren oder fuhren schon, da lief ihnen ein schockierter, vielleicht auch ein verletzter Junge vor den Wagen. Er hat sie gesehen, versteht ihr? Was lag da näher, als ihn einzusacken? Und nun könnte man sogar noch ein Lösegeld erpressen.«

Ich trank einen Schluck von meinem Milchkaffee. Jim, der nur einen Teil unserer Unterhaltung verstand, rutschte unruhig auf seinem Stuhl hin und her.

»Ich überlege etwas anderes«, sagte ich. »Haben Sie herausgefunden, wie viele Besucher gerade das Château besichtigten, als es knallte?«

»Ungefähr schon. Denn die sind natürlich alle sofort zur Südmauer gerannt und haben sich das Spektakel angeschaut. Siebzehn kennen wir namentlich: sieben Franzosen, darunter drei Kinder, fünf Deutsche, zwei Amerikaner, zwei Schweden, eine Schweizerin.«

»Deutsche«, sagte Jim. »Der graue Lieferwagen.«

»Welcher Lieferwagen?«, fragte Marguerite.

Ich berichtete, was Jim mir erzählt hatte. Die Französin schaute Jim eine Weile misstrauisch an, sicher deshalb, weil er im Krankenhaus nichts darüber verlauten lassen hatte. Ich bat sie, mir die Namen der Deutschen zu geben, aber das durfte sie nicht. Ich würde mit Lüders telefonieren müssen: Vielleicht ging es auf offiziellem Wege.

»Ich jedenfalls«, sagte ich, »hätte die Bombe vom Château aus gezündet, mich dann zu den hysterischen Touristen gesellt und mich langsam und unauffällig zurückgezogen.«

»Das Château war nach einer Viertelstunde von der Polizei abgesperrt«, meinte Maguerite Nicolas.

»Wenn diese Typen ein Kind zur Tarnung missbrauchen«, erklärte ich, »sind sie kaltblütig. Eine Viertelstunde genügt denen, um sich mit einem gemütlichen Spaziergang zurückzuziehen.«

»Wieso«, fragte nun meine Wikingerin, »wieso glauben Sie … Es müssen doch nicht nur Männer gewesen sein?«

»Nein«, sagte Maguerite Nicolas, »müssen nicht.«

Drittes Kapitel

1

Als ich in Berlin anrief, bekam ich nicht Lüders an den Apparat, sondern unsere Sekretärin Patricia. Das bedeutete, Lüders war nicht im Hause und die Gespräche wurden zu ihr durchgestellt. An Patricias Tonfall spürte ich sofort, dass sie offenbar im Bilde war. Das irritierte mich.

»Arme Lena«, sagte Patricia. »Und das im Urlaub.«

»Kam es denn schon im deutschen Fernsehen?«

»Ja, schon, aber ...« Patricia druckste. »Natürlich ohne Namen. Lüders hat schon dreimal versucht, dich zu erreichen.«

»Warum?«

»Es ist ... Wie heißt der Freund deines Sohnes?«

»Rudi.«

»Ja. Rudi.« Mehr sagte Patricia erst einmal nicht.

»Nun lass dir doch nicht die Würmer einzeln aus der Nase ziehen«, verlangte ich.

»Heute früh«, begann meine Sekretärin, die ein feinfühliger Mensch war, zu feinfühlig im Augenblick. »Der Vater ... Rudis Vater hat einen seltsamen Anruf bekommen. Ich glaube, es war gegen vier Uhr. Der Anrufer sprach ein gebrochenes Deutsch und sagte sinngemäß: Also, der Vater solle sich nicht einbilden, sein Sohn sei sicher, bloß weil er mit einer Bullin, äh, einer Polizistin verreist sei. Und er solle schon mal zweieinhalb Millionen Mark bereitstellen. Lüders ist jetzt bei ihm.«

»Ein Erpresseranruf also?«

»Hört sich doch so an, oder?«

»Gebrochenes Deutsch?«, vergewisserte ich mich. »Welcher Akzent?«

»Lena, das weiß ich nicht.« Patricia schnäuzte sich. »Lena, es tut mir …«

»Ja, ich weiß. Danke für dein Mitgefühl. Mir bleibt natürlich nicht erspart, Rudis Eltern jetzt anzurufen. Ich melde mich.«

»Pass auf dich auf«, bat Patricia.

»Wie gehabt.« Ich legte auf, suchte die Nummer aus meinem Notizbuch, die mir Rudis Vater für alle Fälle mitgegeben hatte, und tippte sie ein. Währenddessen betrat Angelika Duvic ihr Haus. Ich entschuldigte mich dafür, ihren Anschluss zu benutzen, und versprach, alles zu bezahlen. Sie winkte nur ab.

»Krossmann?«

Ich nahm an, dass nun ein Tonband ansprang. Zum ersten Mal in meinem Leben bekam ich die Gelegenheit, mich davon zu überzeugen, dass es ein Anrufer nicht hörte.

»Lena Wertebach«, sagte ich.

»Oh«, sagte Rudis Vater nur. »Ihre Chefin.« Das war sicher auf Lüders gemünzt. »Was ist passiert? Und wann? Warum haben Sie mich nicht sofort informiert?«

»Wir wussten doch selber nicht … Ich meine …«

»Frau Wertebach«, sagte der Anwalt scharf, »Rudi ist mein Sohn.«

»Ja, sicher, entschuldigen Sie. Die Situation hat mich überfordert.«

»Warten Sie.« Krossmann übergab den Hörer an Lüders, wie ich annahm. Aber es war nicht Lüders, sondern eine Frau. Rudis Mutter. Mir lief der Schweiß in Strömen über Gesicht und Nacken.

»Wie geht es ihm? Wo ist er? Ist er gesund? Was können wir tun?« Auch Rudis Mutter überhäufte mich mit Fragen.

»Ich weiß es nicht.«

»Oh, Gott!« Frau Krossmann begann laut zu weinen. Auch mir war zum Heulen zumute, aber ich biss mir auf die Lippen. Margrete, die neben mir stand, legte mir ihre Hand auf die Schulter, und ich warf einen Blick zu Jim. Frau Duvic hielt ihn im Arm und strich ihm übers Haar. Sein Gesicht war nass. Augenblicklich verschloss ein Betonklotz meine Kehle. »Äh«, brachte ich nur heraus.

»Lena?« Endlich war Lüders am Apparat. Nun flennte auch ich. Lüders war der Vertrauteste unter meinen Mitarbeitern, und seine Stimme zu hören, erleichterte mich etwas.

»Ach, Lüders!« Mein Seufzer konnte Steine erweichen, aber das Haus von Angelika Lüders-Duvic blieb stehen. »Ich liebe diesen Jungen doch fast so wie meinen Sohn.« Das musste ich einfach einmal sagen.

»Ja, ja, Lena.« Die Stimme meines Vertreters bekam einen noch beruhigenderen Klang. »Und es nützt ja alles nichts, wir müssen jetzt rational handeln. Dein Urlaub ist im Eimer, das ist mir völlig klar. Kannst du mir nicht einen Bericht schreiben und faxen? Wir sehen hier nämlich auch noch nicht genau durch.«

»Fasse trotzdem mal zusammen, was ihr schon wisst«, bat ich. Ich musste Klarheit in meinen Kopf bekommen, das war entscheidend. Auch wenn es um einen Jungen ging, der mir viel bedeutete, vor allem aber meinem Sohn: Ich musste mich als Kriminalbeamtin verhalten, sonst konnte ich gleich einpacken und alles den französischen Behörden überlassen.

»Etwa vier fünfzehn heute Morgen«, sagte Lüders, »kam der erste Anruf. Wortlaut: Wo ist Ihr Sohn? Antwort: Wer sind Sie? Der Anrufer, männlich, circa dreißig Jahre alt, unbekannter Akzent, aber vermutlich französisch. Er hat das H nicht gesprochen, verstehst du? Ich versuch's mal. Also: Ihr Sonn ist in Fronkreisch. Wir wissen, er reist mit eine Bullin. Aber das ilft ihm nicht. Wir aben ihn in unser Gewalt. So ungefähr, Herr Krossmann?« Rudis Vater schien es zu bestätigen. »Also so ungefähr«, sagte Lüders zu mir. »Dann: Sie ören von uns. Alten sie bereit zwei Mijonen und eine albe Mark.«

»Bullin? Hat er Bullin gesagt?«

»Hat er Bullin gesagt?«, wollte Lüders von Krossmann wissen. »Ja«, sagte Krossmann aus dem Hintergrund. »Hat er«, wiederholte Lüders für mich. »Was irritiert dich daran?«

»Dass die Bullen in Frankreich Flics heißen«, sagte ich. »Aber wer sich in Deutschland auskennt, weiß vielleicht … Gab es weitere Anrufe?«

»Nein. Aber ein Telegramm.«

»Ein Telegramm?«

»Ja. Wortlaut: Zweieinhalb Millionen Mark. Mir geht es noch gut. Noch. Rudi.«

»Wann und wo aufgegeben?« Ich spürte selbst, dass ich begonnen hatte, Polizistenfragen zu stellen.

»Telefonische Aufgabe«, sagte Lüders. »Heute neun Uhr dreiundzwanzig. Aufgabeort: Bastia.«

»Wo?«

»Bastia. Ich habe nachgeschaut. Das ist ein größerer Ort auf Korsika.«

Korsika, dachte ich. *Les terroristes corses appellent au meurtre.* Zum Mord hatten sie aufgerufen, nicht zu Entführungen. Mir zitterte die Hand, als ich zum Stift griff.

»Sag mir die Aufgabenummer«, verlangte ich. Lüders tat es.

»Herr Krossmann möchte noch mit dir sprechen«, sagte er.

»Tröste die Eltern, so gut du kannst.« Damit war für mich, auch mit Rücksicht auf die Telefonrechnung von Lüders' Cousine, das Gespräch beendet.

»Und?«, fragte Jim. »Und?«, wollte auch Margrete wissen.

»Ich brauche eine Karte von Frankreich«, sagte ich.

»Mam, sag endlich, was passiert ist«, forderte Jim.

»Rudi befindet sich in der Hand von Lösegelderpressern. Sie haben sich telefonisch bei Rudis Vater gemeldet und ihm dann noch ein Telegramm geschickt. Aus Bastia.«

»Ach, herrje«, sagte Angelika Duvic und brachte die Karte. Sie war selbst noch nicht auf Korsika gewesen, wusste aber, dass es in Bastia schon Bombenanschläge mit Toten gegeben hatte: auf ein Polizeikommissariat oder die Post oder gar auf eine Abhörstation des Geheimdienstes. Das mit dem Geheimdienst, meinte sie, könne aber auch in Bonifacio gewesen sein, also im Süden der Insel. Bastia befand sich im Norden. Es war die zweitgrößte Stadt Korsikas. Mehr verriet die Karte nicht.

Vor allem nachdem sie ein Lexikon konsultiert hatte, wusste Lüders' Cousine noch einiges Wissenswerte über Korsika beizusteuern. Die Region mit der Hauptstadt Ajaccio teilte sich also in zwei Departements, in Haute Corse mit Bastia als Hauptstadt und Corse du Sud, wovon wiederum Ajaccio das Verwaltungszentrum war. Haute Corse hatte das Autokennzeichen 2B, Corse du Sud das Kennzeichen 2A. Jim konnte sich nicht erinnern, eines der beiden an dem grauen Lieferwagen gesehen zu haben.

Dass die Korsen Französisch und Korsisch sprachen, überraschte mich nicht. Ursprünglich waren sie ein Berg- und Hirtenvolk gewesen, aber auch mit der Piraterie hatten sie es lange Zeit erfolgreich versucht. Ich stellte sie mir als maulfaule Dickschädel mit einem unerhörten Freiheitsdrang vor, denn schließlich wollten sie von Frankreich unabhängig sein und hatten es unter einem gewissen Pasquale Paoli sogar für vierzehn Jahre geschafft, wenn auch vor einiger Zeit: im achtzehnten Jahrhundert nämlich.

»Wären sie denn ohne Mutterland lebensfähig?«, wollte Margrete wissen.

»Ach, wo denken Sie hin. Korsika hängt am Tropf von Paris und der EU. Da wird viel reingebuttert, aber es kommt nichts dabei raus. Außer Bomben natürlich. Aber Korsika soll sehr schön sein.«

Ich wollte alles über diese seltsame Insel wissen; nur ihre Schönheit interessierte mich nicht. Von mir aus mochte es dort aussehen wie auf einer Kitschpostkarte. Es mochte auch sein, dass die Korsen, wenn man Zugang zu ihren Herzen fand, ausgesprochen liebenswürdige Menschen waren. Es war mir egal. Mich interessierte allein Rudis Schicksal.

Nur weil es sich offenbar auch auf Korsika entschied, war mir die Insel plötzlich wichtig.

»Wenn ich ins Internet könnte«, meldete sich Jim zu Wort,

»würde ich vielleicht an ein paar spannende Infos herankommen.«

Ich sagte nichts dazu, hoffte aber, dass seine Leidenschaft für
Rudi größer war als die für das Surfen im World Wide Web.
Er hatte mich schon öfter mit Nachrichten aus dem Internet
versorgt, aber sie hatten nur selten etwas getaugt. Trotzdem
machte natürlich nur ein Versuch klüger.

»Guillaume«, meinte Angelika Duvic. »Der hat diese ganzen
Sachen.« Sie rief ihren Sohn an. Ich warf noch einmal einen
Blick auf die Frankreichkarte. La Corse, der französische
Name für die Mittelmeerinsel, war weiblich.

2

Margrete lag nackt im Bett und schaute mich erwartungsvoll
an. Ich ging in dem Zimmer auf und ab, warf manchmal
einen Blick auf die menschenleere Avenue Maginot und
wusste nicht, ob auch ich etwas erwarten sollte. Von der Avenue jedenfalls nicht. Und auch das Zimmer verriet mir nicht,
was ich tun sollte.

Es gab verschiedene Möglichkeiten, um nach Korsika zu gelangen. Am einfachsten war es, zu fliegen: Man stieg in Orly
in ein Flugzeug der *Air Inter Europe* und stieg in Bastia, Bonifacio, Calvi oder Ajaccio wieder aus. Auch den Zug konnte
man nehmen, bis Marseille oder Nizza, und dann eine Fähre. Und dann war es natürlich denkbar, dass wir uns einen
Wagen mieteten. Ich hatte keine Lust, durch Frankreich zu
fahren, weder selbst noch mit der Eisenbahn. Ich wollte
Frankreich nicht sehen, also war es am besten, es zu überflie-
gen. Allerdings war mir schleierhaft, wie ich auf einer acht-
tausendsiebenhundertzwanzig Quadratkilometer großen
Insel nach einem dreizehnjährigen Jungen suchen sollte,

ohne dass mir ein Polizeiapparat zur Verfügung stand. Das Suchen nach Menschen war mein Beruf. Bisher hatte ich dazu nur eine Fahndungsmeldung schreiben müssen, und dann lief die Maschinerie an. Sie lief und lief und lief, bis es einen Erfolg zu verzeichnen gab. Manchmal lief sie jahrelang, hin und wieder lief sie sich auch tot.

»Es ist unmöglich«, sagte Margrete, die meine Gedanken erriet.

»Nein«, sagte ich. »Das Wort unmöglich existiert nicht in meinem Wortschatz. Bastia ist der Dreh- und Angelpunkt. Da muss ich hin.«

»Nicht allein.«

»Natürlich allein.«

»Du bist nicht Clint Eastwood«, sagte Margrete zärtlich.

»Na, Gott sei Dank.« Ich setzte mich aufs Bett. Margrete legte mir beide Hände auf die Oberschenkel. Jemand klopfte an unsere Tür. Bevor ich etwas sagen konnte, stand Jim im Zimmer.

»Ich kann nicht schlafen«, sagte er. »Wenn wenigstens Gullypflaume zu Hause wär, dann würde ich die ganze Nacht surfen.«

»Das Gefühl kenn ich.« Ich winkte Jim zu mir. Er kam, setzte sich ebenfalls aufs Bett, und ich nahm seine Hände.

»Dass man irgendetwas tun muss, um seine Ohnmacht nicht zu spüren. Doch wo Rudi gerade ist, das wird im Internet nicht drinstehn.«

»Hoffentlich geht's ihm gut.«

»Gewiss doch, Jim. Man schlachtet nicht die Kuh, die man melken will.«

»Aber«, Jim schaute mich mit großen Augen an, »wenn sie ihm nun was antun? Ihm … zum Beispiel … ein Ohr abschneiden?«

»Ja, verdammt.« Ich sprang auf. »Wenn, wenn, wenn! Ich halte das nicht aus.«

»Ich auch nicht, Mam.«

Unten im Haus klingelte das Telefon. Ich hörte, wie Angelika Duvic nach einiger Zeit an den Apparat ging, und dann nach wenigen Augenblicken ihre Schritte auf der Treppe. Als sie im Obergeschoss ankam, hatte ich die Tür schon aufgerissen. »Johannes«, sagte sie nur. Sie trug einen Morgenmantel und sah verschlafen aus. Ich raste hinunter.

»Ja?«, fragte ich in die Sprechmuschel.

»Rudis Mutter wird morgen bei euch aufkreuzen«, sagte Lüders. »Ich hab's nicht verhindern können.«

»Soll sie kommen, verdammt. Gibt's denn nichts wirklich Wichtiges?«

»Nein. Nur, dass wir jetzt über das BKA in offiziellem Kontakt zu den französischen Behörden stehen. Sie tun, was sie können.«

»Das machen wir auch immer«, sagte ich wütend.

»Lena, ich versteh dich ja«, sagte Lüders, und ich wusste, dass er es tat. »Aber mehr …«

»Doch, Lüders, doch. Ich werde mehr tun, als ich kann. Für Rudi, für Jim und auch für mich. Soll ich bis ans Ende meines Lebens unglücklich sein? Und das werde ich, wenn ich die Hände in den Schoß lege.«

»Mütter«, sagte Lüders.

»Was soll das heißen?«, fauchte ich ihn an.

»Tja, was eigentlich? Vielleicht«, mein Stellvertreter überlegte einen Augenblick, »vielleicht, dass es um unsere Welt besser bestellt wäre, wenn die Mütter das Sagen hätten.«

»Bisher habe ich bei dir noch keinen Drang zu sozialen Utopien verspürt«, stellte ich fest.

»Ich wollte auch nur etwas Aufmunterndes sagen«, bekannte Lüders.

»Wenn die Mütter das Sagen hätten, würde ich alle Terroristen, Nationalisten und Fundamentalisten kastrieren«, versprach ich.

»Bomben werfen kann man dann trotzdem noch.«

»Aber die Lust ist weg«, behauptete ich.

»Außerdem gibt es auch weibliche Terroristen«, wandte Lüders ein.

»Ja, ich weiß, ich weiß. Aber lass mich doch Unsinn reden. Das ist besser, als nur schweigend und dumm herumzustehen.«

»Sag, was du willst, ich höre zu.«

»Lüders?«

»Mhm?«

»Du hältst mich doch auf dem Laufenden?«

»Natürlich.« Das war fast ein Schwur.

»Danke dir.«

»Darf ich zum Abschluss noch etwas Dummes sagen?«

«Bitte.«

»Da seit Christi Geburt alles immer schlechter wird, muss es doch auch mal wieder besser werden.«

»Findest du?«

»Finden ja. Bloß …« Lüders ließ im Raum stehen, was er sagen wollte, denn ich wusste es ja.

Nachdem mein Stellvertreter aufgelegt hatte, blieb ich noch eine Weile stehen, den Hörer in der Hand. Ich dachte nichts Bestimmtes, doch als ich bemerkte, dass ich lächelte, warf ich den Hörer auf die Gabel.

Als ich in unser Zimmer zurückkehrte, verließ mich die winzige Freude, die ich Lüders' Solidarität verdankte, sofort wieder, und ich stürzte in ein tiefes Loch. Drei Augenpaare starrten mich an, und jeder Blick drückte aus, dass von mir ein Wunder erwartet wurde. Ich war die Polizistin, ich musste die Lösung aus der Tasche ziehen. Ich glaubte, ersticken zu müssen, dabei war die Nacht eher mild. An den Temperaturen lag es auch nicht. Ich musste hinaus. Hinaus aus diesem Zimmer, diesem Haus.

»Frau Duvic?«

»Ach, sagen Sie doch Angelika«, bat mich Lüders' Cousine.

»Angelika? Wann brauchen Sie morgen Ihren Wagen?«

»Gegen halb zehn.«

»Könnte ich ihn bis dahin haben?«

»Nun, ja, aber«, sie schaute mich zweifelnd an, »sind Sie denn nicht zu aufgewühlt? Können Sie überhaupt …?«

»Ich bin bei klarem Verstande.«

»Gut. Der Schlüssel …«

»Mam, wohin fährst du?«, fragte Jim.

»Unten auf dem Tisch.«

Margrete kam auf mich zu, die Arme ausgestreckt.

»Was hast du vor?«

»Lasst mich alle in Ruhe«, brüllte ich. Es tat mir sofort Leid, aber ich nahm es nicht zurück.

3

Ich hatte den Renault Laguna am Rand der Straße geparkt, die von der Innenstadt am Château de Vincennes vorbei zum Vorplatz der Gendarmeriekaserne führte, und war mir sicher, dass ich hier den wenigen Nationalpolizisten, die den Tatort bewachten, nicht auffallen würde. Die Absperrbänder waren noch da, und auf dem Parkplatz stand ein großer blauer Polizeibus. Drei der blau Uniformierten gingen langsam auf und ab, und jeder trug eine Maschinenpistole vor der Brust. Ansonsten schlief Vincennes. Es war ein Viertel nach drei. Ich wartete seit einer halben Stunde auf nichts, und in dieser Zeit hatten nur zwei Autos die Straße passiert, die in den Nachbarort St. Mandé und von dort weiter nach Paris verlief.

Ich schaute mir alles noch einmal an. Der von der Explosion vollkommen zerstörte Twingo war nun fortgeschafft. Rechts von dem Platz, wo er gestanden hatte, befand sich der kleine Park, noch weiter rechts der Bois de Vincennes, ein Stadtwald, der bis an den Périphérique reichte. Diesen Park hatten ein Mann und ein Knabe durchquert, nachdem der Mann den Twingo vor der Kaserne abgestellt hatte.

Von beiden waren am Abend im Fernsehsender *France 2* Phantombilder veröffentlicht worden. Der Mann war um die dreißig, er trug kurzes, lockiges schwarzes Haar, einen schwarzen Schnauzer und eine dunkle Sonnenbrille. Der Junge war nicht älter als drei oder vier. Auch sein Haar schwarz, gelockt. Der Mann hatte einen blauen Trainingsanzug von *adidas* getragen. An die Kleidung des Jungen konnte sich niemand erinnern. Der Twingo war, bevor er explodierte und ausbrannte, olivgrün gewesen.

Der Mann und der zu Tarnungszwecken mitgeführte Knabe also waren, schnellen Schrittes, wie ich vermutete, durch den Park gegangen, während etwa zur gleichen Zeit Jim und Rudi den Parkplatz überquerten, schlendernd sicherlich. Dann hatte jemand eine Fernbedienung betätigt. Achtzig Kilo Plastiksprengstoff waren in die Luft gegangen. Ich schloss die Augen. Ein paar Meter, dachte ich, und mein Sohn und dessen bester Freund wären nun vielleicht nicht mehr am Leben. Sie wären tot, zerfetzt, verstümmelt.

Und dann kam mir noch ein absurder Gedanken. Vielleicht hatten die Attentäter die Explosion ja etwas früher ausgelöst als beabsichtigt, weil sie die beiden Jungen schützen wollten. Vielleicht wollten sie Unbeteiligte nicht verletzen oder töten. Sie hatten die Gendarmen treffen wollen, die stolze französische Elitetruppe, und keine Kinder. Auch das war möglich. Sie verfolgten ein politisches Ziel, das noch niemand kannte, denn ein Bekennerschreiben lag nicht vor, oder es wurde der Öffentlichkeit verschwiegen. Aber wenn sie nicht aus Lust oder Wahn töteten, sondern für ein hehres Ziel, hehr jedenfalls nach ihrer Ansicht:

Dann musste es einen Weg geben, sich mit ihnen in Verbindung zu setzen.

Ich zündete mir eine Zigarette an. Die drei patrouillierenden Polizisten stiegen in den Bus. Im Rückspiegel sah ich, dass sich eine Limousine der Gendarmerie meinem Wagen näherte, und ich zog den Kopf ein. Der Wagen fuhr langsam, aber er fuhr vorbei. Im Ort läutete eine Kirchenglocke. Sie schlug viermal. Ich dachte an den Terrorismus in Deutschland.

Was lange nicht für möglich gehalten worden war, das kam nunmehr Stück für Stück heraus: Der deutsche Geheimdienst hatte zu den Mitgliedern der RAF und anderer radikaler Mordorganisationen immer in Verbindung gestanden. Das waren keine Direktverbindungen gewesen, so etwas lief über viele Umwege, aber eines stand fest: Terrorismus, das war immer auch ein Spiel der Geheimdienste. Ohne sie würde es womöglich gar keine Attentate geben.

Und noch etwas hatte die Vergangenheit des Kalten Krieges bewiesen. Es gab eine Internationale der Schlapphüte. Für mich war das eine der effektivsten Formen des organisierten Verbrechens, aber meine Moral stand jetzt nicht zur Debatte. Die Organisationen der Spione und Spitzel mochten noch so verfeindet sein, irgendwo gab es immer einen Punkt, wo sie zusammenbackten wie Eiterpartikel. Und an dieser Internationale der Geheimen klebten unablösbar all diese Mörder und Bombenleger und Kidnapper aus politischem Kalkül.

Ich mochte dem französischen Secret Service nicht unterstellen, dass er wusste, wer die Bombe von Vincennes gelegt hatte; das schloss ich sogar aus. Überzeugt war ich allerdings davon, dass der Dienst oder einer der Dienste, mit dem er kooperierte, Leute kannten, die Leute kannten, die Leute kannten, die über alles im Bilde waren. Es war Hybris von mir anzunehmen, ich könnte an sie herankommen. Es war Hybris, vermischt mit Aberwitz. Nicht einmal ein Mitarbeiter des französischen Geheimdienstes würde mich empfangen. Ich startete den Wagen. Wenn mich niemand empfing, würde ich eben durch Wände gehen.

Vincennes schlief noch immer, als ich es verließ.

Jim hatte das Haus gemeinsam mit Angelika Duvic verlassen, die ihn bei Guillaume vorbeizubringen versprach. Dort würde mein Sohn seinen Teil zu unseren Privatermittlungen beisteuern, indem er durchs Internet surfte und alles zutage förderte, was das Internet über Korsika und die korsischen Terroristen hergab. Ich hingegen saß am Frühstückstisch, starrte auf das Titelblatt von *Libération* und grübelte über meinen nächtlichen Einfall nach, der mir nun nicht mehr brillant vorkam. Angelika Duvic wusste nichts über die französischen Geheimdienste, was man von einer Bibliothekarin des Goethe-Instituts und nebenberuflichen Übersetzerin auch nicht erwarten durfte. Ich wusste, dass es bei einer Berliner Zeitung einen Spezialisten für Geheimdienste gab, zu dem mein Mitarbeiter Diethelm Verbindung hatte. Der würde mir wahrscheinlich helfen können, also stand ich ächzend auf und langte nach dem Telefon. Margrete beobachtete mich kritisch über ihr Baguette mit Roquefort hinweg. Wie sie diesen strengen Käse zum Frühstück essen konnte, war mir schleierhaft.

Diethelm befand sich in seinem Arbeitszimmer und ließ mich erst einmal nicht zu Wort kommen. Er bedauerte mich ob der Störung meines Urlaubs, bedauerte auch Jim und Rudi, erklärte mir, dass er alles in seiner Macht Stehende tun werden, um mich zu unterstützen, ließ sich über den arabischen Terrorismus aus und gestattete mir endlich, auch etwas zu sagen. Meine Idee fand er natürlich absurd. Geheimdienste hießen so, weil sie geheim seien, sagte er, und das war eine für mich vollkommen neue Erkenntnis. Trotzdem versprach er mir, sich für mich in die Bresche zu werfen. Ich schaute Margrete an.

»Man sagt immer: Ein Mann ein Wort, eine Frau ein Wörterbuch«, sagte ich, »aber zumeist verhält es sich umgekehrt.«

»Geheimdienste?«, fragte Margrete nur. Ich zuckte die Schultern. Das Telefon klingelte.

Angelika Duvic hatte den Anrufbeantworter eingestellt, und ich hörte erst einmal, ob es sich nicht um ein Gespräch für sie handelte. Es war kein Gespräch für sie. Am anderen Ende war Lüders, und ich riss den Hörer von der Gabel.

»Lüders?«, rief ich.

»Lena?«

»Wer sonst?«

»Die Entführer haben sich vor einer Stunde telefonisch gemeldet«, sagte mein Stellvertreter. »Wir haben Herrn Krossmann gebeten, sie hinzuhalten, aber es hat nicht geklappt. Er hat ein Lebenszeichen verlangt. Der Anrufer hat ihn gefragt, ob er einen Finger oder einen Zeh möchte. Lena, die meinen es ernst.«

»Scheiße«, flüsterte ich. Ich hörte einen Stuhl über den Fliesenboden scharren.

»Ja«, bestätigte Lüders. »Übrigens haben sie jetzt Englisch für die Verständigung gewählt. Ihre Deutschkenntnisse sind also nicht berühmt. Das Englisch des Anrufers dagegen war nahezu perfekt. Wir lassen das Band gerade analysieren.«

»Warte mal, Lüders.« Margrete war neben mich getreten und strich mir über die Wange. Ich nahm ihre Hand aus meinem Gesicht, hielt sie aber fest. »Hat der Anrufer sofort Englisch gesprochen, oder hat er erst gefragt, ob Krossmann diese Sprache beherrscht?«

»Nein. Er hat es zuerst mit gebrochenem Deutsch versucht, sich dafür sogar entschuldigt und dann übergangslos mit Englisch begonnen.«

»Was Krossmann konnte?«

»Er hat in den USA studiert«, sagte Lüders. »Und ich weiß, woran du denkst. Sie haben einen Fehler gemacht, indem sie uns zeigten, dass sie Krossmann kennen müssen. Darauf, liebe Lena, bin sogar ich gekommen, also habe ich Krossmann gefragt, ob er mal in Frankreich Urlaub gemacht hat. Hat er.

Vor über zehn Jahren. In seiner Studienzeit. Er war zweimal zum Trekking auf Korsika.«

»Nein!«

»Doch. Beide Male ist er den GR 20 entlanggewandert.«

»Was ist das?«, wollte ich wissen.

»Ein Wanderweg. Durchquert die Insel vom Nordwesten zum Südosten und ist hundertdreiundsiebzig Kilometer lang. Ich kann kein Französisch, also buchstabiere ich dir, was GR bedeutet: G-r-a-n-d-e Leerzeichen R-a-n-d-o-n-n-e mit 'nem Strich wie bei Café-E.«

»Grande Randonnée?«

»Ja.«

»Große Wanderung«, übersetzte Margrete.

»War Krossmann allein auf seinen Wanderungen?«, fragte ich.

»War er nicht. Ihn hat ein Kommilitone begleitet, dessen Idee das mit Korsika übrigens war. Er heißt Klaus Albrecht und war ein Sportwanderer und Bergsteiger. Wir klären gerade, was aus ihm geworden ist. Albrecht hat im vierten Jahr sein Studium an den Nagel gehängt, und Krossmann hat ihn dann aus den Augen verloren.«

»Und als das Telegramm aus Bastia kam, hat Krossmann da nicht sofort an seine Wanderungen mit Albrecht gedacht?«

»Er hat nur gesagt, dass er Korsika kennt. Tut mir Leid, Lena, dass ich nicht nachgefragt habe.«

»Ich will alles über diesen Klaus Albrecht wissen.«

»Natürlich, Lena. Ich auch. Wenn's was Neues ... Warte mal, Diethelm kommt gerade. Ciao, Lena, ich übergebe.«

»Ciao, Johannes. Diethelm?«

»Ja, Lena. Also, pass auf. Sowohl das französische Innen- als auch das Justizministerium unterhalten nachrichtendienstliche Abteilungen zur Bekämpfung der organisierten Kriminalität, deren Namen mein Informant aber nicht kennt. Die, wenn ich mal so sagen darf, richtigen Geheimdienste werden vom Sécretariat Général de la Défense Nationale koordiniert, kurz SGDN. Zu ihnen gehören DST, DRM, RG, DPSD und DGSE. DST ist für die Spionageabwehr zuständig, DRM für die Militäraufklärung, DPSD für die Spionageabwehr bei den Streitkräften, RG für die Abwehr des politischen Extremismus und für die Beobachtung ausländischer Minderheiten, und DGSE, den kennen wir ja, das ist die Auslandsaufklärung. Die DGSE wird als Partnerdienst des BND von unseren Schlapphüten unter dem Decknamen Narzisse geführt. Für das, was dich interessiert, dürfte RG zuständig sein. Keine Ahnung, ob der oder die RG. Keine Ahnung, was die Abkürzung bedeutet.«

»Randonnée Grande jedenfalls nicht«, sagte ich.

»Was?«

»Schon gut. Grande Randonnée ist der Name eines berühmten korsischen Wanderwegs. Große Wanderung bedeutet das. Kein Name für einen Geheimdienst.«

»Nee«, bestätigte Diethelm, »die heißen alle Großer Bruder.«

»Jedenfalls vielen Dank einstweilen.«

»Und halt die Ohren steif, Lena«, forderte mich Diethelm auf.

»Und du halt steif, was immer du willst. Tschüss.«

Ich gab Margrete einen Kuss, damit sie mir keine Fragen stellte. Ich liebte sie, aber diese Liebe war meine Privatangelegenheit. Jetzt war ich, wenn auch ohne Dienstauftrag, die Kriminalbeamtin. Alles, was mein Bullendasein betraf, pflegte ich nur mit mir abzumachen. Denn bei aller Liebe: Margrete verstand nichts von meinem Beruf. Ob ich diesen Job ohne den Apparat ausüben konnte, musste sich zeigen. Auch meine Zweifel würde ich nicht teilen. Ich rief Guillaume an.

»Können Sie mir eine Adressensoftware beschaffen?«, fragte ich ihn.

»Für welches Land?«

»Frankreich.«

»Dafür brauchen wir keine Software«, erklärte Guillaume, »ich ziehe Ihnen aus Minitel, was Sie wissen wollen. Haben Sie Namen und Ort?«

»Ort?«

»Ja, ohne Ort …«

»Okay. Geben Sie den Namen Klaus Albrecht ein. Klaus ist der Vorname, Albrecht der Familienname. Und Ort? Paris oder Bastia.«

»Das dauert nur ein paar Sekunden«, behauptete Guillaume. »Möchten Sie Jim sprechen?«

»Aber sicher.«

»Mam?«, fragte Jim. Er wirkte etwas aufgeräumter als in den letzten Tagen. »Wir haben schon einen Haufen Artikel über Korsika gefunden. Sogar welche auf Deutsch. Wir drucken sie grade.«

»Fein, mein Junge«, lobte ich.

»Ich bin ja nun schon oft durchs Web gesurft«, bekannte Jim, »aber …«

»Was meinst du?«

»Noch nie … noch nie für …«

»Für einen Menschen, den du liebst?«, half ich ihm auf die Sprünge.

»Lieben? Aber Mam. Rudi ist mein allerbester Kumpel.«

»Und liebt man seinen allerbesten Kumpel nicht?« Mir fiel es am Telefon leichter, endlich darüber mit meinem Sohn zu sprechen.

»Na ja, schon«, sagte Jim unbestimmt. Dann war wieder Guillaume dran.

»Es gibt einen Klaus Albrecht in Frankreich«, sagte er. Mir sprang das Herz in den Hals. »Er lebt in oder bei Bastia, hat aber keinen Eintrag. Telefonnummer und Adresse bekomme ich deshalb über Minitel nicht heraus.«

»Das schaffe ich auch auf anderen Wegen«, gelobte ich, und zwar mir. »Nervt Jim Sie sehr?«

»Nein, er ist ein sehr netter Junge.«

»Nun, wenn Sie meinen. A bientôt.«

»A bientôt«, wiederholte Guillaume. »Bis bald.«

»Margrete?«, wandte ich mich an die Frau, für die mein Herz schlug, die ich im Moment aber nicht als Geliebte brauchte, sondern als Sprachgenie. »Suchst du bitte die Nummer des Innenministeriums heraus, oder die von Justiz oder Verteidigung, und rufst dort an? Ich muss Marguerite Nicolas sprechen. Frag also nach GICOT und dann nach ihr.«

Das Pariser Telefonbuch verwahrte Angelika Duvic auf ihrem Schreibtisch, und damit sich Margrete nicht wie eine Hilfskraft von mir vorkam, holte ich es. Dabei fiel mir eine Ansichtskarte aus Berlin auf, die Angelika an ihren PC gelehnt hatte. Diese Karte war gewiss ein Gruß ihres Cousins Lüders, aber ich kämpfte meine Neugierde nieder und brachte die kompendiumstarken Bände zu Margrete. Sie suchte unter M nach einer Institution, von der ich erfuhr, dass sie Ministère de l'Interieur hieß, nachdem meine Liebste sie gefunden hatte.

Margrete telefonierte eine Dreiviertelstunde. Im Innenministerium wurde sie, nachdem sie Madame Nicolas von der *Groupe interministériel d'investigations contre le terrorisme* verlangt hatte, von einem Anschluss zum nächsten durchgeschaltet, bis sie endlich von einem Beamten die Auskunft erhielt, es doch im Verteidigungsministerium zu versuchen. Im Ministère de la Defénse setzte sich Margretes telefonische Odyssee fort, und erst im Justizministerium gab ihr jemand den Tipp, es doch mit einer der drei Rufnummern zu versuchen, die für Tippgeber zum Bombenanschlag von Vincennes geschaltet worden waren.

Marguerite Nicolas bekamen wir nicht an die Strippe, sondern nur Monsieur Leloir. Mir wäre eine Frau lieber gewesen, aber in der Not frisst der Teufel bekanntlich auch Männer.

Margrete lieh mir ihre Zunge und teilte Leloir mit, was ich dank Lüders' Informationen und Guillaumes Hilfe herausgefunden zu haben glaubte. Leloir fand das alles interessant, aber nicht verwertbar. Nur wenn ein offizieller Bericht des Bundeskriminalamtes Wiesbaden einginge, würde er handeln können. Ich hasste diesen Beamtenarsch und entriss Margrete den Hörer. Bevor ich ihn beschimpfen konnte, auf Deutsch oder Englisch, hatte Leloir aufgelegt.

Der Weg über die Berliner Kripo und das BKA war lang. Tage würde es dauern, vielleicht sogar Wochen, bevor sich die Ärsche in Bewegung setzten. Die Leute in meinem Kommissariat zitterten mit mir um Rudis Leben. Die höheren Führungskader hatten längst vergessen, dass es nicht nur ihre Karriere, sondern noch Menschen gab. Ich wählte die Nummer eines Vertrauten im BKA, dem ich noch nie begegnet war, aber von dem ich wusste, dass er mich mochte.

»Ja, bitte?«, fragte Hauptkommissar Ziegler.

»Hier ist eine vollkommen zerknirschte Lena Wertebach«, sagte ich.

»Entführungsfall Rudi Krossmann, richtig?«

»Clever, clever«, streichelte ich ihn.

»Ob ich clever bin, muss die Nachwelt beurteilen«, sagte KHK Ziegler. »Ich habe bloß große Ohren.«

»Ich brauch mal wieder Ihre Hilfe drei Millimeter neben dem Dienstweg«, erklärte ich.

»Schießen Sie los!«

Ich erstattete Ziegler Bericht über alles, was ich bislang wusste oder ahnte, und er unterbrach mich nicht. Als ich zu Ende war, schwieg er erst einmal.

»Heißes Eisen«, sagte er schließlich. »Und meine Antwort lautet wie immer: Mal sehn, was ich tun kann. Können Sie für mich die letzte Berliner Wohnanschrift dieses Klaus Albrecht herausfinden?«

»Meine Leute können das.«

»Gut. Dann sagen Sie mir noch, wie Sie in Paris zu erreichen sind. Unser Verbindungsmann zu den französischen Behörden heißt übrigens Lonke. Kriminalrat Lonke.«

»Danke.« Ich nannte dem Wiesbadener KHK die Rufnummer und die Adresse von Angelika Lüders-Duvic. Dann rief ich Lüders an. Er hatte Albrechts Anschrift schon ermittelt. Die gab ich Ziegler durch. Nach fünf Minuten hatte ich ein erstes Ergebnis.

»Wir haben einen Eintrag«, sagte Ziegler. »Klaus Albrecht

hat 1988 fast ein halbes Kilo Haschisch aus Amsterdam nach Deutschland schmuggeln wollen. Ziemlich amateurhaft, wenn Sie mich fragen. Deshalb wurde er ja auch erwischt.«

»Keine terroristischen Hintergründe?«, wollte ich wissen.

»Nein. Aber es gibt einen Sperrvermerk.«

»Was heißt?«

»Es existieren über ihn Informationen beim BKA, die für mich nicht abrufbar sind.«

»Und das könnte bedeuten?«

»Vielerlei.« Ziegler schnaufte. »Zum Beispiel, dass man ihn umgedreht hat und er ein V-Mann ist.«

»Aber ein kleines Licht dreht man doch nicht um«, meinte ich. »Mit so einem Typen kommt man nie und nimmer an die Hintermänner ran.«

»An die Hintermänner kommt man sowieso nicht ran«, sagte Ziegler. »Aber ich werde meine großen Ohren drehen. Vorsichtig natürlich. Damit man sie mir nicht abreißt.«

»Um Gottes willen«, rief ich betont dramatisch. »So unersetzliche Ohren muss man in Watte packen.«

»Ich wünsch Ihnen was.« Unser Gespräch war beendet. Kaum hatte ich aufgelegt, klingelte das Telefon schon wieder. Diesmal wartete ich den Anrufbeantworterspruch nicht ab. Das war recht getan, Lüders wollte mich sprechen.

»Albrecht hatte 1988 eine Drogensache am Hals«, sagte er.

»Ich weiß.« Ich konnte Lüders' Gesicht nicht sehen, aber ich ahnte, dass er staunte, und genoss meinen kleinen Triumph.

»Woher weißt …? BKA-Ziegler?«

»Verdammt, warum bist du so klug? Verdirbst mir den ganzen Spaß«, schalt ich ihn.

»Hat dein lieber Freund in Wiesbaden auch geflüstert, dass es eine Staatsschutzakte über Albrecht gibt?«

»Nein. Und?«

»Gesperrt«, sagte Lüders.

»Dann muss dieser abgebrochene Student und Kleindealer

ja doch eine größere Nummer sein«, stellte ich fest. »Er wohnt übrigens in oder bei Bastia.«

»Ach?«

»Ja.«

»Ich nehme an, dass du hinfliegen wirst?«

»Natürlich.«

»Lass was von ihm übrig«, mahnte mich mein Stellvertreter.

»Ich bring dir seinen Skalp als Souvenir mit.«

»Aber Lena«, spielte Lüders die beleidigte Leberwurst, »so schlimm sind meine Stirnecken nicht.«

Das nächste Klingeln kam nicht vom Telefon. Es kam von der Haustür. Margrete öffnete sie, ich stand hinter ihr. Rudis Mutter brach sofort in Tränen aus.

5

Renata Krossmann saß, noch in ihrem lachsroten Sommermantel, am Esstisch und spielte mit ihren Fingern. Ihrem großen Schalenkoffer, ebenfalls lachsrot, galt meine Aufmerksamkeit. Ich starrte ihn an. Margrete kochte Kaffee.

»Ich mach Ihnen keine Vorwürfe«, sagte die Frau leise. »Sie können nichts dafür. Aber mein Junge …« Dann heulte sie wieder.

Ich dachte an Lüders. Mütter, hatte er gesagt. Nun waren wir schon zwei. Oder drei, wenn ich Angelika Duvic einbezog. Drei Mütter mit Söhnen. Zwischen heftigen Verschwesterungsarien und großen Katastrophen war alles möglich.

»Er ist mein Ein und Alles«, schluchzte Rudis Mutter. Das konnte ich von Jim auch sagen. Aber im Moment machte mich dieser Ausbruch mütterlicher Liebe nur ungehalten.

»Entschuldigen Sie«, sagte ich, »aber ich muss klare Gedanken fassen.«

»Wo ist er?« Renata Krossmann hatte mir gar nicht zugehört.

»Vermutlich auf Korsika.«

»Korsika.« Renata Krossmann nickte und zupfte an ihrem Mantel. Margrete brachte auf einem Tablett die Kanne mit dem Kaffee und drei Tassen. »Ich begleite Sie.«

»Wohin?«

»Nun, Sie werden doch wohl … um Rudi zu finden …«

»Hören Sie!« Ich setzte mich, Margrete füllte die Tassen. »Einen Entführten zu finden ist erst einmal Polizeiarbeit, und für auf dem Boden Frankreichs Entführte ist die französische Polizei zuständig. Weil mir Rudis Schicksal eine Menge bedeutet, mische ich mich ein, und das kann mich Kopf und Kragen kosten. Aber ich werde natürlich auch Polizeimethoden anwenden, soweit das möglich ist. Ich bin Polizistin und beherrsche mein Handwerk. Zumindest hoffe ich das. Laien, Frau Krossmann, kann ich nicht gebrauchen.«

»Als Mutter bin ich nicht laienhaft.«

»Das hab ich nicht gemeint.«

Wir schwiegen eine Welle. Margrete rührte in ihrem Kaffee, Frau Krossmann zupfte, ich schaute mir die beiden an und fragte mich, warum man mir im falschen Film auch noch die falschen Mitspieler gegeben hatte. Margrete würde mich nach Bastia begleiten müssen, ich brauchte eine Dolmetscherin. Für Renata Krossmann musste ich mir etwas überlegen.

»Sie sollten in Vitry bleiben«, sagte ich. »Die Entführer wissen, dass Rudi mit mir in Paris unterwegs war. Womöglich melden sie sich auch hier.«

Renata Krossmann schüttelte den Kopf.

»Ich will Rudi so nahe wie möglich sein.«

»Vielleicht führt Korsika in eine Sackgasse«, meinte ich.

»Mit der Polizei will ich auch sprechen«, sagte Renata Krossmann.

Schon eine Viertelstunde später konnte das Gespräch stattfinden. Marguerite Nicolas von der GICOT wünschte uns zu sehen. Um sich diesen Wunsch zu erfüllen, erschien sie vor dem Haus in Vitry. Ich ließ sie ein.

»Madame Krossmann«, Marguerite Nicolas reichte Rudis Mutter die Hand und verbeugte sich leicht, »was Ihrem Sohn widerfahren ist, tut mir Leid.« Auch ich benutzte solche Floskeln. Im Moment ekelten sie mich. »Seit gestern ist ein Monsieur Lonke vom deutschen Bundeskriminalamt im Einsatzstab der Brigade criminelle«, sagte sie zu mir. »Er brachte uns die Informationen über diesen Herrn ... diesen Klaus Albrecht. Die Kriminalpolizei in Bastia hat die Anweisung bekommen, ihn zu verhören. Ihr seht, dass wir unsere Arbeit machen.«

»Habe ich nie bezweifelt«, entgegnete ich. Obwohl ich es getan hatte.

»Außerdem hat sich Herr Krossmann bereit erklärt, die geforderte Summe zu zahlen«, fuhr die Polizistin fort.

»Natürlich«, warf Renata Krossmann ein.

»Wir stehen in ständigem Kontakt mit den deutschen Behörden. Die Übergabe soll in den nächsten Tagen stattfinden. Noch sind die Modalitäten unklar. Nur dass es irgendwo in Frankreich sein wird, ist sicher.«

»Dann mach ich das«, sagte Rudis Mutter.

»Nun, man wird sicher wollen, dass es Ihr Mann tut«, vermutete Marguerite Nicolas.

»Wo kann ich Kriminalrat Lonke sprechen?«, wollte ich wissen.

»In der Präfektur. Wenn du möchtest, nehme ich dich mit.« Marguerite Nicolas fuhr an diesem Tag einen dunkelblauen Citroën ZX, in den wir auf der Avenue Maginot stiegen. Uns beide hatte es viele ernsthafte Worte gekostet, um Renata Krossmann davon abzubringen, uns zu begleiten. Margrete würde sich um sie kümmern, und ich war ihr sehr dankbar dafür. Als wir uns beim Abschied küssten, war Rudis Mutter zusammengezuckt. Sie wusste, dass ihr Sohn mit einem Jungen befreundet war, dessen Mutter lesbisch war. Angeblich hatte es ihr nie etwas ausgemacht. Bisher hatte sie allerdings das Lesbenpaar Margrete und Lena noch nie live gesehen. Der Anblick zweier küssender Frauen schien sie doch zu verstören.

»Arme Frau«, meinte Marguerite Nicolas beim Ausparken.

»Also arm sind die Krossmanns nicht«, wandte ich ein. Meine französische Kollegin steuerte den Citroën durch die Seitenstraßen zur Avenue Yuri Gagarine.

»Es ist ihr einziges Kind, nicht wahr?«

»Ja. Aber wenn ich zehn Kinder hätte und eines wird entführt, würde ich auch dann durchdrehen.«

»Wir finden Rudi«, gelobte Marguerite Nicolas. »Sie wissen doch: Wenn's um Kinder geht, wird der härteste Flic weich.«

»Wieso kümmert sich die GICOT eigentlich um Kinderkidnapping?«

»Wer?«

»GICOT. Groupe interministériel d'investigations contre le terrorisme.«

Marguerite Nicolas bremste heftig. Es geschah jedoch nur wegen einer roten Ampel.

»Woher weißt du davon?«, wollte sie wissen.

»Tipp«, antwortete ich.

»Wir möchten nicht, dass die Öffentlichkeit von GICOT erfährt«, sagte Marguerite. Wir überquerten gerade den Périphérique.

»Diese Geheimniskrämerei verstehe ich nicht.«

»Die Terroristen sollen ihren Feind nicht kennen. Offiziell ermittelt ja die Polizei.«

»Und RG?«, warf ich mein Lasso aus.

»RG?« Die Frau, die vielleicht doch nicht meine Kollegin war, verschloss ihr Gesicht.

»Der Geheimdienst, der sich mit dem Extremismus befasst. Mit dem arbeitet ihr doch sicher zusammen.«

»Solche Dinge gehören zu Leloirs Aufgabenbereich«, sagte Marguerite Nicolas in einem Ton, der weitere Nachfragen verbot.

»Leloir.« Ich nickte. »Da ist noch ein Punkt, der mich interessiert.« Ich bereitete einen kleinen Leberhaken vor.
»Welcher denn?«
»Das Militärhospital Percy.«
Marguerite Nicolas fuhr zusammen.

6

Marguerite Nicolas hatte mich in eine Art polizeiliches Lagezentrum gebracht, wo ich mit Kriminalrat Lonke vom Bundeskriminalamt zusammentreffen sollte, und sich dann verabschiedet, weil sie noch irgendwo in der Préfecture zu tun haben wollte. Nach dem Moment des Erschreckens hatte sie mir versichert, dass sie von dem Hôpital Militaire Percy nicht mehr wisse, als dass es existiere, und von mir in Erfahrung bringen wollen, was meine Anspielung auf das Krankenhaus bedeutet habe. Ich hatte wieder nicht mehr als *Tipp bekommen* gesagt und nun den Eindruck, dass die Nicolas bedauerte, mir das Du angeboten zu haben. Sie hatte etwas zu verbergen. Vielleicht ging mich das gar nichts an, aber als Mensch war ich nun einmal neugierig. Als Kriminalbeamtin musste man es nicht unbedingt sein, das war schließlich ein Verwaltungsjob.
Wer daran zweifelte, konnte sich anhand von KR Lonke davon überzeugen, dass es zutraf. Der grauhaarige Herr im Dreiteiler und mit Fliege war ein höherer Beamter, was ja noch nichts Nachteiliges über ihn aussagte. Er saß in der SIC herum, der Salle d'Information et de Commandement, wie das Lagezentrum der Pariser Polizeipräfektur hieß, blätterte in Papieren, schaute hilflos auf eine große Wandkarte der Agglomération Parisienne und schlürfte dann von seinem Kaffee, als ich näher trat. Ich fand, dass er wie ein Staats-

sekretär aussah, und Staatssekretäre wissen von Menschen bekanntlich nur, dass man sie zählen kann.

»Bonjour«, trötete ich ihm ins Ohr.

»Frau Wertebach?« Lonke erhob sich, reinigte seine rechte Hand mit einer Papierserviette und reichte sie mir dann. Ich nickte. Seine Hand brauchte ich nicht, ich hatte selber zwei.

»Tja«, sagte der KR. »Schwierig.«

»Was meinen Sie damit?«

»Man hat ja so wenig Anhaltspunkte, wohin der Junge verschleppt worden sein könnte«, erklärte Lonke. »Das Telegramm aus Bastia. Die Anrufe aus Nanterre, Versailles, Orly.«

»Ich versteh nicht«, gab ich zu.

»Die letzten drei Anrufe in Berlin konnten identifiziert werden. Der Mann, der jetzt nur noch Englisch spricht, rief aus diesen drei Städten an. Aus der Pariser Umgebung also. Vor einer Stunde traf ein Bandmitschnitt ein, der gerade ausgewertet wird.«

»Das will ich hören«, verlangte ich.

»Unmöglich. Sie sind nicht offiziell in den Ermittlungen tätig. Auch ich halte hier nur die Verbindung zum BKA, weil ich Französisch beherrsche. Morgen reise ich vorerst wieder ab.«

»Aber Sie kennen die Bänder?«

»Nun, ich habe Sie mir einmal angehört«, sagte der KR und wischte sich den Schweiß von der Stirn. »Englisch. Für mich schwer zu verstehen.«

»Aber die Auswertung bekommen Sie?«

»Natürlich, die brauchen die Berliner Kollegen doch. Und wir im BKA auch.«

»Dann warten wir.«

Wir warteten eine Dreiviertelstunde. Niemand von den französischen Polizisten wandte sich einmal an Lonke, der sich die Zeit damit vertrieb, seine Reisekostenabrechnung und einige andere Belege auszufüllen, die wohl alle nur für die

Buchhaltung von Wert waren. Das Ergebnis der Stimmanalyse, das dem Wiesbadener in Französisch präsentiert wurde, haute uns allerdings beide um. Die Spezialisten der Pariser Polizei hatten versucht, den Akzent des Anrufers einer bestimmten französischen Landschaft zuzuordnen. Das war ihnen nicht gelungen, aber dahinter steckte keine Unfähigkeit: Die Stimme des Anrufers konnte keiner französischen Landschaft zugeordnet werden, weil er kein Franzose war. Jetzt waren die Stimmanalytiker des BKA gefragt. Lonkes Stippvisite in Paris war doch von Nutzen.

»Vermutlich deutsch«, meinte er nachdenklich, nachdem er den Bericht abermals überlesen hatte.

»Damit fällt die Theorie, dass einheimische Terroristen hinter dem Kidnapping stecken, wohl flach«, sagte ich. Ich hatte ja nie daran geglaubt.

»Aber was machen Deutsche an einem Attentatsort?«, rätselte der Kriminalrat.

»Was machen Deutsche überhaupt in Frankreich?«, fragte ich zurück. Lonke sah mich verständnislos an. »Wenn sie nicht als Eroberer kommen«, ergänzte ich, »kommen sie als Touristen.«

»Oder Dienstreisende«, schlug Lonke vor.

»Oder sie leben und arbeiten hier.«

»Tja, was kann man da bloß tun?« Der KR dachte wohl wirklich ein bisschen nach.

»Regen Sie die französischen Kollegen an, eine Liste aller in Frankreich gemeldeten Deutschen zu erstellen«, riet ich.

»Das sind sicher viele.«

»Wir suchen nicht zum ersten Mal die Nadel im Heuhaufen«, erinnerte ich ihn.

»Aber Sie suchen doch gar nicht.«

»Oh, doch.« Ich langte nach einem Telefon und fragte gar nicht erst, ob ich telefonieren dürfe. »Der Entführte ist ein Freund meines Sohnes. Sie glauben gar nicht, wie sehr ich ihn suche.«

»Sie müssen etwas vorwählen, Madame«, sagte ein junger Zivilist. Lonke übersetzte. Der junge Mann lächelte. Ich fand sein Lächeln charmant.

»Apparat dreiundfünfzig«, meldete sich Lüders. Er klang müde.

»Apparat un-deux-deux-zéro«, erfand ich.

»Ach, du, Lena. Ça va?«

»Beschissen natürlich. Kannst du mir einen Gefallen tun?«

»Einen, der mit viel Arbeit verbunden ist?«, wollte Lüders wissen.

»Sonst wäre es ja wohl kein Gefallen«, konterte ich.

»Sag an.«

»Ich brauche die Passagierlisten aller Flüge von Berlin nach Paris in den letzten vierzehn Tagen vor meinem Abflug. Umgehend. Und fax das Ding auch an die Franzosen mit der Bitte, den Verbleib all dieser Leute zu klären.«

»Johannes Lüders, Leiter der Sonderermittlungsgruppe im Fall Rudi Krossmann, wird sofort für dich springen«, versprach mein Stellvertreter.

»Was für ein Aufstieg.«

»Ich würd lieber wieder absteigen«, seufzte er, »und zwar in mein Bett.«

»Wozu brauchen Sie diese Liste?«, fragte KR Lonke.

»Oh«, sagte ich und spielte die Beschämte, »ich brauche sie, weil ich nicht weiß, was Toilettenpapier auf Französisch heißt, und daher im Supermarkt versage.«

»Papier hygiénique«, belehrte mich der Wiesbadener. »Und im Supermarkt …« Er brach ab. Ihm war ein Lichtlein aufgegangen. Ich nickte dem jungen Franzosen zu, der mir die Vorwahl genannt hatte, und ging auch, aber nicht auf.

Von einer Zelle auf dem Platz zwischen der Polizeipräfektur und Notre-Dame, dessen Namen ich nicht wusste, rief ich Guillaume Duvic an und bat ihn, es noch mit Jim auszuhalten, bis ich ihn abholen käme. Guillaume beschrieb mir den Weg zu seiner Bude in der Rue des Partants, der Straße der

Abreisenden, wie er sagte. Ich wäre liebend gern abgereist, aber nur mit Rudi an meiner Seite.

Von der Ile de la Cité lief ich bis zur Metrostation *Châtelet*, stieg dort in den Untergrund und fand mich in einem gigantischen Gewirr endlos langer Gänge wieder, doch die Schilder geleiteten mich zur Linie eins. In Berlin hatte man der U-Bahnlinie eins ein ziemlich bekanntes Musical gewidmet, in Paris führte sie ausgerechnet zum Châtelet de Vincennes. Oder zur Grande Arche de La Défense, aber dorthin wollte ich nicht. Irgendwo hatte ich gelesen, dass die Grande Arche als Symbol des Mitterrandismus galt und mittlerweile bröckelte. Ich nahm das als Beweis dafür, dass auch Gigantomanie nichts Unsterbliches hervorbrachte, und stieg in den Wagen. Der Zug war sehr voll, ich musste stehen und warf verstohlene Blicke unter die Sitzplätze. Noch eine Explosion in meiner Nähe mochte ich nicht erleben. Bis zur Haltestelle *Nation*, wo ich zur Linie zwei umsteigen musste, explodierte der Waggon nicht.

Da *Nation* die Endhaltestelle der Linie zwei war, hatte ich keine Schwierigkeiten, den richtigen Zug zu finden. Er hätte mich zur Porte Dauphine gebracht, aber so weit wollte ich nicht. Père-Lachaise reichte mir. Dort stieg ich aus und ans Tageslicht zurück.

Unter anderen Umständen hätte mich der berühmte Friedhof mit seiner Wand der Kommunarden vielleicht interessiert, aber im Moment hatte ich keinen Sinn für Friedhofsbesuche. Stattdessen ging ich auf der linken Seite ein Stück die Avenue Gambetta hinauf und bog dann in die Rue des Amandiers. Die Mandelbaumstraße, wie mir mein Pocketwörterbuch verriet. Ein schöner Name, aber auch Schönheit interessierte mich augenblicklich nicht. Ich suchte die Rue des Partants Nummer sieben. Sie war nicht schwer zu finden.

Guillaume und Jim öffneten mir gemeinsam. Mein Sohn hatte Schweißperlen auf der Stirn, gerötete Wangen und glänzende Augen, also hatte er beim Surfen im Internet für eine Welle seinen geliebten Rudi vergessen, und das war ja auch in Ordnung. Mein Erscheinen, mit dem er doch rechnen musste, brachte ihm den Freund offenbar wieder in Erinnerung, denn sein Blick verdüsterte sich. Guillaume bat mich herein in einen winzigen Flur. Zwei der drei Türen waren geöffnet, ich blickte zuerst in eine kaum wahrnehmbare Küche, dann in das Wohn-, Schlaf- und Arbeitszimmer. In ihm war nur Platz für zwei Bücherwände, einen Tapeziertisch, auf dem der Computer und der Drucker standen, ein Bett und einen kleinen Tisch. Studenten waren gewohnt, auf geringem Raum zu leben, aber ich hätte hier Platzangst bekommen.

»Sehr klein«, sagte ich.

»Und kostet mich zweitausend Francs im Monat«, sagte Guillaume.

»Was?« Ich riss die Augen auf. »Der Kurs ist so ungefähr eins zu drei. Das wären also knappe siebenhundert Mark?«

»In etwa«, bestätigte der junge Mann. »Das ist Paris, Frau Wertebach.«

»Lena«, korrigierte ich.

»Das ist Paris, Lena. Ich frage mich immer, wie es möglich ist, dass hier so viele Millionen Menschen leben.«

»Aber alle schwärmen von Paris«, warf ich ein.

»Ja, sicher. Selbst die Pariser. Aber als Tourist sieht man nur die schönen Seiten. Die Plätze, Parks, Boulevards, die Seine, die Sehenswürdigkeiten. Selbst die Clochards werden doch als Sights wahrgenommen. Gehen Sie einmal halbwegs vernünftig essen. Oder trinken Sie meinetwegen nur ein paar Bier.«

»Bier? In Frankreich?«

»Ja, Lena, mittlerweile hat auch die Weintrinkernation das Bier entdeckt. Das Elsässer ist übrigens das Beste. Klar, weil das Elsass eine Weile zu Deutschland gehörte. Aber wie gesagt, einmal vernünftig essen gehen, sagen wir mal, Sie, Jim und Ihre Freundin, da kommen Sie unter tausend Francs kaum weg. Paris ist sündhaft teuer. Und Paris kann auch sehr brutal und unmenschlich sein. Hier herrscht kein so weicher Kapitalismus wie in Deutschland.«

»Na ja«, ich zuckte die Schultern, »weich ist gut.«

»Guillaume ist nämlich Trotzkist«, sagte Jim. »Er ist für Klassenkampf und diese Sachen. Wie Rudi. Rudi.« Jim schwankte. »Du hast mir was versprochen«, sagte er.

»Und das halt ich auch.« Ich nahm ihn in den Arm. Sein Körper zitterte, und ich musste mit mir ringen, um die Tränen zurückzuhalten. Guillaume schaute diskret zur Seite.

»Wir haben zu Korsika auch Seiten auf Deutsch gefunden«, sagte Jim.

»Her damit«, befahl ich. Aktivität, auch scheinbare, war das beste Mittel gegen emotionale Zusammenbrüche. Jim ging an den Tapeziertisch, der Guillaume als Schreibtisch diente, nahm ein paar Blätter auf und drückte sie mir in die Hand. Ich schaute mich Hilfe suchend im Zimmer um.

»Setzen Sie sich doch aufs Bett«, sagte Guillaume. Das tat ich. Jim setzte sich zu mir und lehnte seinen Kopf an meine Schulter. Zärtlichkeiten zwischen uns gab es nur noch selten, weil er sich ihnen entzog. Dass Jim nun wieder meine körperliche Nähe suchte, freute mich. Er tat es, weil sein Freund entführt worden war. Meine egoistische Freude widerte mich an. Ich genoss es dennoch. Und las erst einmal.

Erneut Anschlag auf Korsika
Autor dpa
Datum 31. 8. 1996 13:49

Bastia/Ajaccio (dpa/eu) – Auf der französischen Mittelmeerinsel Korsika ist es heute Morgen erneut zu einem Anschlag gekommen, den vermutlich Separatisten verübt haben. Wie die Gendarmerie berichtete, verursachte die Explosion eines Sprengsatzes vor einem Büro der Steuerbehörde in Aléria an der Ostküste erheblichen

Sachschaden. Zu dem Anschlag bekannte sich zunächst niemand.
Sieben Personen, die verdächtigt werden, für mehrere Anschläge
in der jüngsten Zeit verantwortlich zu sein, befanden sich heute in
Ajaccio noch in Polizeigewahrsam. Wie es in Polizeikreisen hieß,
hatte sich am Vorabend noch eine Person freiwillig gestellt. Von
den acht am Donnerstag und Freitag Festgenommenen, die als
Mitglieder der Untergrundorganisation FLNC – Canal historique
gelten, waren zwei heute Morgen freigelassen worden.

Ich strich Jim übers Haar, er ließ es geschehen. Guillaume
bewies die sprichwörtliche Höflichkeit der Franzosen und
verließ das Zimmer. Viele Möglichkeiten zum Rückzug hatte
er nicht, also nahm ich an, dass er sich auf die Toilette gesetzt
hatte. Mir war das ein wenig peinlich.
»Sehr aktuell ist das nicht«, stellte ich fest.
»Lies weiter«, drängelte Jim.

Antifaschistische Nachrichten (22/1996) – 14. 11. 1996
Aufstand ausgerufen

Korsika/Bastia. Die korsische Nationalistengruppe »Fronte Ribel-
lu« hat die Korsen zum »Aufstand« gegen Frankreich aufgerufen.
In einem Appell heißt es: »Wir rufen die Gesamtheit der korsischen
Patrioten auf, sich zusammenzuschließen und dem Aggressor die
einzig mögliche Antwort zu geben: ›Verweigerung und Auf-
stand‹.« »Kollaborateuren« mit dem als »Erbfeind« bezeichneten
Frankreich wird mit Ermordung gedroht. Die »Fronte Ribellu« ist
eine von mehreren miteinander verfeindeten korsischen Nationa-
listengruppen. Vor wenigen Wochen hatte die »FLNC – Histori-
scher Kanal« einen Bombenanschlag auf das Rathaus von Bor-
deaux verübt, das der französische Premierminister Juppé erst kurz
zuvor verlassen hatte. Bei Wahlen auf Korsika erreichten die ver-
schiedenen nationalistischen Parteien in der Vergangenheit bis zu
einem Viertel aller Wählerstimmen.

Die Welt vom 16. Januar 1997
Pariser Politik der Härte führt auf Korsika zu Erfolg
Separatistenbewegung in die Enge getrieben

*Auf der von Terroranschlägen heimgesuchten Mittelmeerinsel
Korsika zeichnet sich eine Wende ab, nachdem die von Frankreichs
Premierminister Alain Juppé gegenüber den korsischen Separatisten praktizierte Politik der Härte eine Reihe spektakulärer Erfolge
gebracht hat. In weniger als vier Wochen scheint es den Sicher-
heitskräften gelungen zu sein, durch eine energische Fahndungs-
offensive die führende korsische Separatistenbewegung in ihren
Grundfesten zu erschüttern.*

*Von Spezialeinheiten der Polizei in die Enge getrieben, ließen sich
drei führende Mitglieder der im korsischen Parlament vertretenen
Separatistenpartei Cuncolta Naziunalista lieber verhaften, als das
Risiko einzugehen, in einem Feuergefecht verletzt oder getötet zu
werden.*

*Der im Herbst in den Untergrund abgetauchte Generalsekretär der
Cuncolta, François Santoni, der als der eigentliche Chef der von
der Cuncolta gelenkten terroristischen Nationalen Befreiungsfront
für Korsika (FLNC) gilt, stellte sich bereits im Dezember. Der
Cuncolta-Ideologe und Chefredakteur der Separatistenzeitung »U
Ribombu di a corsica nazione« (»Echo der korsischen Nation«),
Jean-Michel Rossi, ließ sich vor einigen Tagen ebenso auf einer Po-
lizeistelle festnehmen wie das führende Cuncolta-Mitglied André
Franceschi. Ein weiterer eindrucksvoller Coup gelang den Sicher-
heitskräften mit der Aufdeckung eines geheimen Waffenlagers der
FLNC.*

*Santoni und Rossi haben sich durch ihre »freiwillige« Ausliefe-
rung an die Polizei nicht nur selbst als Papiertiger entlarvt, sondern auch den letzten Rest der Glaubwürdigkeit ihrer Organisation zerstört. Vor wenigen Monaten noch hatten sie ihre Anhänger
zum Widerstand gegen die französische Regierung mobilisiert,
Juppé feierlich den Krieg erklärt und versichert, sich »niemals den
Autoritäten auszuliefern«. Beide werden verdächtigt, die Auftrag-*

geber mehrerer Bombenanschläge in Südfrankreich und auch auf das Rathaus in Bordeaux zu sein, wo Juppé Bürgermeister ist.

Der unrühmliche Sturz der Cuncolta und der verbotenen FLNC ist umso dramatischer, als sie noch im ersten Halbjahr 1996 von Paris als bevorzugter Gesprächspartner der korsischen Separatisten akzeptiert worden war.

Der Wandel trat erst ein, nachdem Juppé Mitte Juli bei seinem Besuch auf Korsika ankündigte, mit allen Mitteln für Rechtssicherheit sorgen zu wollen, und daraufhin von den Cuncolta-Chefs des »Verrats am korsischen Volk« gebrandmarkt wurde.

Der Niedergang der führenden Separatistenbewegung wurde offenbar auch dadurch begünstigt, dass die korsische Bevölkerung in letzter Zeit zunehmend bereit war, mit den Sicherheitsbehörden zusammenzuarbeiten. Zahlreiche anonyme Hinweise hätten die Arbeit der Polizeikräfte erleichtert, gestand der korsische Polizeipräfekt Gérard Bougrier ein.

Dass selbst eine völlige Zerschlagung der führenden Separatistenbewegung nicht automatisch auch ein Ende des Bombenterrors bedeutet, dafür legte die Anschlagserie der letzten Tage Zeugnis ab.

»Juppé ist doch gar nicht mehr der Ministerpräsident«, sagte ich. »Weiter«, sagte Jim.

Berliner Morgenpost, 3. Februar 1997
61 Anschläge auf Korsika in einer einzigen Nacht
Radikale Nationalistengruppe will ihren bewaffneten
Kampf gegen Frankreich fortsetzen

BM/AFP Bastia – Auf der französischen Mittelmeerinsel Korsika sind in einer einzigen Nacht mehr als 60 Bombenanschläge verübt worden. Die Sprengsätze detonierten in der Nacht zum Sonntag vor Banken und Behörden in zwei Dutzend Ortschaften über die gesamte Insel verstreut. Dabei blieb es nach Angaben der Polizei bei zumeist geringen Sachschäden. Verletzte gab es nicht.

Auf Korsika kämpfen mehrere Untergrundgruppen schon seit über zwei Jahrzehnten mit Waffengewalt für die Unabhängigkeit oder mehr Autonomie von Frankreich. So viele Anschläge in einer einzigen Nacht hatte es aber seit 15 Jahren nicht mehr gegeben. Die Regierung von Premierminister Alain Juppé verfolgt seit einigen Monaten gegen die Nationalistengruppen einen härteren Kurs.

Die insgesamt 61 Anschläge richteten sich gegen Banken und Sparkassen ebenso wie gegen Post- und Finanzämter und Niederlassungen der Staatsunternehmen France Ulicom und Air France. Allein in Bastia, der größten Stadt der Insel, zählte die Polizei 15 Explosionen. Noch am Vormittag veröffentlichte die radikale Nationalistengruppe FLNC – Historischer Kanal, eine Splittergruppe der Korsischen Befreiungsfront (FLNC), ein Bekennerschreiben. Darin kündigte die Organisation weitere Anschläge an. Allein seit Ende September hat diese Gruppe damit mehr als 160 Attentate auf der Insel und dem französischen Festland verübt. Eine größere Anschlagsserie hatte es auf Korsika nur einmal gegeben – im August 1982, als binnen einer einzigen Nacht 99 Bomben gezündet wurden.

Der FLNC-Historische Kanal muss seit einigen Wochen ohne zwei seiner Anführer auskommen, die wegen Mitgliedschaft in einer terroristischen Vereinigung und der versuchten Erpressung von Schutzgeld in Untersuchungshaft sitzen. Mit der spektakulären Anschlagsserie wollte der »Canal Historique« der Regierung offenbar deutlich machen, dass er im Unterschied zu einer anderen FLNC-Splittergruppe der bewaffneten Gewalt nicht abgeschworen hat.

Der »Gewöhnliche Kanal« der Korsischen Befreiungsfront hatte vergangene Woche die Selbstauflösung verfügt. Die beiden »Kanäle« hatten sich in den vergangenen fünf Jahren einen erbitterten Machtkampf um die Vorherrschaft im nationalistischen korsischen Lager mit Todesopfern auf beiden Seiten geliefert.

»Verstehst du?«, fragte Jim.

»Was?«

»Na, Schutzgelderpressung«, sagte mein Sohn. »Die brauchen Kohle für ihren Krieg. Deshalb haben die Rudi entführt.«

»Nein.« Ich stand auf, faltete die Papiere zusammen und steckte sie in die Tasche. Dann nahm ich Jim bei den Händen und zog ihn hoch. »Erstens: Woher sollen diese Kanalarbeiter wissen, dass hinter Rudi ein millionenschwerer Vater steckt? Zweitens: Die Kidnapper sind Deutsche.«

»Dann brauchst du das alles gar nicht?« Jim, der für seinen Freund durch die Datenwelt gesurft war, war maßlos enttäuscht.

»Wenn die Geldübergabe klappt, dann sicher nicht«, sagte ich.

»Geldübergabe?«

»Es wird bald eine geben.«

»Dann sollte ich bloß zu Guillaume, damit ich beschäftigt bin?« Jim schaute mich aus seinen großen Augen, die mich schwach machten, vorwurfsvoll an.

»Geldübergaben platzen mitunter«, tröstete ich ihn, »und dann sind deine Informationen vielleicht Gold wert.«

»Ach, Mam, ich glaub ja selbst nicht dran«, gestand Jim.

»Immerhin kennen wir uns jetzt ein bisschen besser in den undurchsichtigen korsischen Verhältnissen aus«, sagte ich. »Und ich bin der festen Überzeugung, dass einer unser Spezis auf Korsika sitzt.«

»Jetzt quatschst du mit mir wie sonst nur mit Johannes«, stellte Jim fest.

»Logisch«, erwiderte ich. »Hier in Paris bist schließlich du mein Stellvertreter.«

7

Als wir das Haus in Vitry betraten, war es ungewöhnlich still. Ich hatte mit drei Frauen gerechnet, nicht mit Stille. Sofort wurde mir unbehaglich zumute.

In der großen Diele, die zugleich das Esszimmer war, standen benutzte Teller und Schüsseln herum, Weingläser und eine Wasserflasche aus Plastik. Aus dem Radio dudelte leise Musik, und alles sah nach überstürztem Aufbruch aus. Ich warf einen Blick in die Küche. Zwei Töpfe standen auf dem Herd, in der Spüle lagen Löffel und eine Schöpfkelle. Plötzlich vernahm ich leise Stimmen. Ich riss eine Tür auf. Angelika Duvic, Renata Krossmann und Margrete saßen auf den Rattanmöbeln im kleinen Wintergarten, tranken Kaffee und schauten sich etwas an. Es waren Fotos.

»Ach, Lena, ich grüße dich«, sagte Lüders' Cousine. Frau Krossmann nickte mir zu, Margrete lächelte. »Hol dir für dich und Jim noch einen Stuhl von nebenan.«

Das taten wir. Margrete, die uns folgte, strich mir zart über den Nacken, bevor sie zwei Tassen organisierte. Als ich meinen Stuhl im Wintergarten abgesetzt hatte und einen Blick auf den Tisch warf, stockte mir der Atem. Angelika Duvic hatte ein paar Kindheitsfotos von Rudi vor sich zu liegen, während Renata Krossmann in einem Album geblättert haben musste, das mit Fotos des kleinen Guillaume bestückt worden war. Der Abend konnte nur noch furchtbar werden.

»Das hier ist Rudi«, sagte Angelika zu allem Überfluss und schob mir die Bilder zu. Ich sah einen pausbäckigen Jungen auf dem Töpfchen sitzen und eine Wäscheklammer in die Höhe halten. Auf dem nächsten Bild jagte derselbe Jungen nackt in einen flachen See. Und so ging es weiter: Rudi ängstlich in der Gondel eines Riesenrades, Rudi mit Schultüte, Rudi, wie er mit nackten Füßen Lehm knetete.

»Süß«, sagte ich verlegen.

»Mann, sieht der da doof aus«, meinte Jim und zeigte auf das Schultütenbild. »Musste ich bei der Einschulung auch so 'nen Anzug tragen, Mam?«

Ich schüttelte den Kopf. Renata Krossmann nahm die Bilder liebevoll auf und betrachtete sie innig. Mir kam das alles vor, als würde ich einer Totenfeier beiwohnen. Und ich war überzeugt, dass Rudi noch lebte, und wollte ihn auch lebend wieder sehen.

»Rudi hatte nichts dagegen, sich ein bisschen schick zu machen«, sagte Frau Krossmann.

»Und jetzt läuft er mit Springerstiefeln und Palästinensertuch rum und is Anarchist«, stellte Jim fest.

»Mit dreizehn hat man eben noch Flausen im Kopf«, sagte Angelika Duvic gütig.

»Quatsch!« Aus irgendeinem mir unbekannten Grund war Jim wütend. »Und was für 'ne Trauergemeinde is das hier eigentlich? Scheißbilder! Baby Rudi beim Kacken. Haben Sie vielleicht auch Pullerfotos?«

»Jim!«, rief ich und schlug ihn leicht auf die Schulter. Allerdings war ich auch froh, dass er die sakrale Stimmung gebrochen hatte.

»Ich wusste es«, sagte Renata Krossmann plötzlich scharf. »Bei dir ist mein Junge nicht gut aufgehoben.«

»Wie können Sie so etwas sagen?«, fuhr ich auf.

»Jim ist ein Verführer.« Renata Krossmanns Stimme war schrill geworden. »Auch zu dieser Reise hat er Rudi verführt.«

»Ach, Weiber sind doch bescheuert.« Jim sprang auf. »Wir sind Freunde, verstehen Sie das? Die besten Kumpels sind wir. Und da können Sie nichts gegen machen.« Mein Sohn rannte aus dem Zimmer, als Margrete mit den Tassen kam. Haarscharf entging sie einem Zusammenstoß. Ich hörte, wie Jim die Treppe hinauflief, und dann eine Tür schlagen. Das ganze Haus erzitterte. Und dann war es wieder unbehaglich still.

»Tja.« Angelika Duvic schaute mich ratlos an, Margrete fragend. Renata Krossmann wischte sich die Augen. Ich zündete mir eine Zigarette an und hatte Lust, mich zu besaufen, aber das stand einer Frau nicht gut zu Gesicht. Trotzdem machte ich zu Angelika das Zeichen für Trinken, woraufhin sie sich seufzend erhob. Aus einer geheimen Reserve förderte sie einen *Cognac de Ligutières* zutage, verwahrt in einer edlen, langhalsigen Flasche.

»Der beste Cognac, den es gibt«, behauptete sie. Und Margrete, mittlerweile mit dem Duvicschen Haushalt bestens vertraut, brachte die Schwenker.

Der Cognac besserte unsere Stimmung schnell. Renata Krossmann entschuldigte sich für ihren hysterischen Ausbruch und versicherte mir, dass sie Jim in ihr Herz geschlossen habe. Dem entgegnete ich, dass es mir mit Rudi ebenso ginge. Wir schauten uns noch einmal die Fotos an, auch die aus dem Album, und lachten uns scheckig, als wir Guillaume bei seinen ersten Versuchen auf dem Fahrrad sahen. Wir alle waren selbst Zeuginnen solcher ersten Versuche gewesen und hatten unsere Söhne stürzen und sich die Knie aufschlagen gesehen. Nur Margrete nicht. Jedenfalls nicht bei einem Sohn. Aber sie hatte einen jüngeren Bruder, und auch über jüngere Brüder gab es Anekdoten vom Ungeschick zu erzählen.

Mit dem *Cognac de Liguières* hatte Angelika Duvic ein wahrhaftiges Opfer erbracht, das wir nicht zu schätzen wussten: Nach einer guten Stunde war die Flasche leer. Die Hausherrin hatte noch etwas zu bieten, keine so noble Sorte zwar, aber ein *Rémy Martin* tat es auch. Es war noch nicht Mitternacht, da waren wir alle per du. Wir redeten, schluchzten, lachten und tranken. Margrete hielt beim Trinken mit, sich ansonsten aber zurück und beobachtete uns wie Konrad Lorenz seine Gänse. Wie Gänse verhielten wir uns auch. Wir schnatterten. Wir patschten immer öfter zur Toilette. Halb zwei schaute ich zum letzten Mal auf die Uhr. Wir sangen gerade *Muss i denn, muss i denn*. Dann kam der Nebel.

Viertes Kapitel

1

In der Nacht hatte man mich gekocht. Meine Glieder waren schlaff, und ich konnte nicht einmal den kleinen Finger rühren. Die Haut, die man viel zu fest über mein Fleisch gezogen hatte, war feucht und klebrig, und wenn ich die Lider hob, biss sich das Licht durch Augapfel und Netzhaut tief in mein Hirn. Oder in das, was von meinem Hirn noch übrig war. Das, was von Synapse zu Synapse übertragen wurde, waren keine Gedanken mehr. Es waren Stiche, tiefe, schmerzhafte Stiche.

»Mrete«, murmelte ich schwach, »Mrete.«

»Cognac Bisquit et Rémy Martin«, stellte meine Liebste nüchtern fest. Sie war irgendwo in der Nähe und zugleich unfassbar weit weg.

»Spät?«

»Zwölf Uhr.«

»Mhm, oh, ah«, machte ich und wackelte ein wenig mit Fingern und Zehen. Sie funktionierten doch.

»Dusche hilft«, stellte die sachliche Wikingerin fest.

»Zu weit«, jammerte ich.

»Ich hol Kaffee.«

»Nein, nicht. Mein Magen!«

»Cognac?«

»Pfui, Teufel.«

»Was dann?«

»Ein Bier.«

Am Rascheln der Bettdecke vernahm ich, dass meine Liebste aufstand. Ich versuchte, sie mit geschlossenen Augen zu greifen, stieß mich aber nur am Nachtschrank. Mit einer außerordentlichen Willensanstrengung riss ich meine Lider auf. Ich hatte in die falsche Richtung gegriffen. Margrete tappte zur Tür. Ihre Stimme hatte besser geklungen, als sie aussah. Ihr Körper war natürlich prächtig, aber mit dem Gesicht stimmte etwas nicht. Es war aufgegangen wie ein Kuchen. Meins fühlte sich so an.

»Disziplin, Hauptkommissarin«, feuerte ich mich an und sprang aus dem Pfuhl der Lust und Sünde. Sofort sah ich Sterne, doch Sterne sind ja etwas Romantisches. Nicht immer.

Auf dem Weg zum Bad, den ich behutsam anging, klopfte ich an Jims Tür. Nichts regte sich. Ich klopfte stärker. Mir wurde nicht erwidert. Das nahm ich zum Anlass, ungerufen einzutreten. Jims Zimmer war leer.

»Ja, ja, ja«, sprach ich vor mich hin, um meiner rauen, brüchigen Stimme wieder einigermaßen Festigkeit zu verleihen. »Ist die Lena mal in Jena …« Mehr Reim fiel mir nicht ein.

Ich duschte heiß und kalt, dann wieder heiß und nochmal kalt. Es war eine fürchterliche Tortur, ich schrie auch ein bisschen, aber als ich mich abtrocknete, ging es mir doch besser. Schritt für Schritt wagte ich mich vor den Spiegel. Eine verlebte Alkoholikerin mit Zottelhaar blickte mir entgegen. Diese Frau wollte ich nicht kennen.

»Alte Hexe«, beschimpfte ich sie. »Saufen wie die Großen, vertragen wie die Kleinen.« Ich hielt mein Gesicht noch einmal lange in den kalten Wasserstrahl. Die Schwellungen bildeten sich nicht zurück. »Da muss Mutti wohl in den Schminkkoffer greifen.« Also ging ich auf unser Zimmer. Margrete, eine von der Kälte beschlagene Bierbüchse in der Hand, erwartete mich. Männer bekamen in solchen Augenblicken eine postalkoholische Erektion. Ich war dafür nicht ausgerüstet. Aber vergessen, dass es Sex gab, hatte ich nicht. Es zischte, als ich die Büchse öffnete, dann zischte ich das

Bier, das eigentlich für Guillaume bestimmt war. Mein Magen, der längst aufgegeben hatte, reagierte auf den Kälteschock gelassen. Ich legte die Büchse an meine Wange und dachte nach. Ziegler würde ich zuerst anrufen, noch vor dem Frühstück. Dann würde ich essen, nicht mit Appetit, aber aus Gründen der Disziplin. Eine Toastscheibe mit Butter, mehr brauchte ich nicht.

»Wo ist Jim?«

Margrete zuckte die Schultern.

»Nicht in Zimmer?«, fragte sie.

»Nein. Und Renata?«

»Weiß ich nicht.«

Meine Schminkkünste waren nicht die besten, weil ich sie nur selten anwendete, aber ich brachte dann doch ein Gesicht zustande, dass eher übernächtigt als versoffen aussah. Als die Haustür ging, war ich bereits gestiefelt und gespornt und hantierte in der Küche am Toaster, während Margrete den Kaffee zubereitete. Das Bier hatte mir geholfen, mein Zustand näherte sich der Normalität.

»Hi, Mam«, rief Jim und legte zwei Plastikbeutel auf den Esstisch. Ihm folgte Renata, die ebenfalls einen Beutel bei sich hatte. Alle drei hießen *Leader Price Supermarché*.

»Ihr wart einkaufen?«, fragte ich erstaunt.

»Oui.« Jim zog eine Eisschachtel von Häagen Dazs aus der Tüte und löste den Deckel.

»Wir können schließlich nicht Angelika auf der Tasche liegen«, meinte Renata.

»Cappuccino-Schokolade«, sagte Jim und schnupperte am Eis. »Geil.«

Ich brachte ihm einen Löffel. Wir waren in Frankreich, Esskultur ein Muss.

»Eigentlich sollte es zum Nachtisch sein«, sagte Renata und zwinkerte mir zu. Jim stopfte Eis in sich hinein.

»Wir haben ja auch noch Strawberry«, verteidigte er sich.

»Mein Gott, Strawberry.« Ich tätschelte seine Wange und hatte danach Eiscreme am Finger. »Der Herr beherrschen ja mehr Englisch als bloß *My name is Jim*.«

»I was born in Berlin«, stellte mein Sohn seine Kenntnisse unter Beweis, mit vollem Mund. »My mother's name is Lena Wertebach. She is very …«

»What?«

»Lovely.« Jim machte Riesenaugen. Ich konnte mir kein Mädchen vorstellen, das nun nicht schwach werden würde. Auch keinen Bengel.

»Das habe ich erwartet«, sagte ich. Und die Toastscheiben sprangen vor Freude. Allerdings erst, nachdem sie sich schwarz geärgert hatten.

»Macht nichts, macht nichts«, sagte Renata. »Wir haben frische Baguette.«

Es war eine Baguette aus dem Supermarkt, frisch war sie nie gewesen. Trotzdem vertilgten wir sie, belegt mit Schinken, Käse oder beschmiert mit Gänseleberpastete. Ich entwickelte beim Essen sogar etwas wie Hunger. Und vom Eis nahm ich auch. Vom Strawberry. Cappuccino-Schokolade schaffte Jim allein.

2

Ich brauchte mehr als eine halbe Stunde, um KHK Ziegler endlich an den Apparat zu bekommen. Um die Zeit zu nutzen, hatte ich mehrmals versucht, Lüders oder Diethelm zu erreichen, aber auch sie gingen nicht ans Telefon. Bevor ich mich bei Patricia nach ihrem Verbleib erkundigte, hatte ich es noch einmal beim BKA versucht, und nun hatte ich Ziegler an der Strippe. »Leider nichts Neues hier«, sagte er. »Zumindest konnte ich nichts in Erfahrung bringen.«

»Und Lonke? Die Stimmanalyse?«

»Lonke ist, soweit ich weiß, noch in Paris.«

»Aber er wollte heute nach Wiesbaden zurückfliegen«, sagte ich.

»Heute, liebe Kollegin«, entgegnete Ziegler, »heute ist noch lang.« Mehr hatte er mir nicht zu sagen. Ich tippte Patricias Nummer ein und entschuldigte mich im Geiste bei Angelika Duvic, obwohl sie mir am Vorabend das Telefonieren ausdrücklich gestattet hatte.

»MK acht«, meldete sich meine Sekretärin, die schon lange auch eine halbe Freundin war.

»Lena hier.«

»Ach, Lena«, sagte Patricia. »Bei uns brennt die Luft. Johannes und Diethelm haben vor zwei Stunden eine Frau festgenommen und sind gerade im Vernehmungszimmer.«

»Was ist mit dieser Frau?« Ich war gespannt wie ein Flitzbogen, und in meinem Kopf rauschte es, eine Folge der vergangenen Nacht.

»Unsere Bodybuilder und Jörg haben in der Nachbarschaft der Krossmanns die Klinken geputzt. Sie haben ein paar Zeugen ausfindig gemacht, die beobachtet haben, dass in den Wochen vor den Ferien immer ein Taxi langsam durch das Viertel kreuzte. Warte, Lena, ich schreib gerade die Aktennotizen ... ein Passat war's. Du weißt ja, wo Krossmanns wohnen. Da gibt es ... Wie sagst du immer? ... eine starke soziale Kontrolle. Also wenn Rudi sich auf den Schulweg machte, dann folgte ihm das Taxi ein kurzes Stück. Ein Mann, Jakubeit heißt er, der hat gesehen, wie die Taxifahrerin ausstieg und sich an Rudis Fersen heftete. Da hat er sich vorsichtshalber das Kennzeichen notiert.«

»Und über die Taxizentrale ...?«

»Nein, nein«, unterbrach mich Patricia, »das ist schon komplizierter. Der Passat war mal ein Taxi, wurde dann aber ausgemustert und verkauft. Sein neuer Besitzer hatte nicht das Geld, ihn sofort umspritzen zu lassen, also fuhr er ihn noch mit der alten Farbe. Anfang Mai wurde er ihm gestohlen, und das hat er auch sofort angezeigt. Die Kennzeichen wurden gefälscht, dann ein geklautes Taxischild aufmontiert. Gestern Nacht wurde der Wagen von einer Streife entdeckt. Sie haben Johannes gleich angerufen, und der hat Schmidt geholt.« KHK Schmidt war der Kriminaltechniker meiner Mordkommission. »Der hat gleich astreine Fingerabdrücke gefunden, und heute Vormittag war klar, von wem die stammen. Von Annekathrin Scholz.«

»Wer …?«

»Sag ich dir sofort.« Patricia blätterte, ich hörte Papier rascheln. »Annekathrin Scholz war Volontärin bei Krossmanns früherem Sozietär Winfried Biegel, der nach einem Streit eine eigene Kanzlei eröffnete. Worüber sich Krossmann und Biegel gestritten haben, mochte Rudis Vater nicht sagen, obwohl Johannes ihm mehrmals gesagt hat, es könnte für die Ermittlungen von Bedeutung sein.«

»Und warum haben wir ihre Fingerabdrücke?«, erkundigte ich mich.

»Sie hat gestohlen. Bei Biegel. Ausweispapiere und Kreditkarten von Klienten. Deshalb wurde sie erkennungsdienstlich erfasst. Übrigens kennt Biegel den Klaus Albrecht vom Studium. Und ist derzeit im Urlaub.«

Ich ahnte bereits, wo dieser Herr seinen Urlaub verlebte, dennoch fragte ich nach.

»In Frankreich?«

»Nein, Lena, das wäre wohl zu schön, um wahr zu sein. Herr Biegel besitzt ein kleines Haus in der Schweiz. Glarner Alpen. Die Schweizer sollen das prüfen, aber das dauert. Du weißt ja, wie lang der Dienstweg ist.«

»Danke, Patricia. A bientôt.«

»Lass dich nicht …«, begann meine Sekretärin, und ich legte rasch auf. Während meiner Telefonate hatten sich die drei Frauen und schließlich auch Jim, der Eis an der Nasenspitze hatte, um mich versammelt und waren nun begierig, die neuesten Nachrichten zu erfahren. Ich war auch drauf und dran, sie einzuweihen, vor allem, weil ich mit Renata über Biegel sprechen wollte, doch ein heftiges Läuten an der Haustür machte meinen Vorsatz zunichte. Angelika ging öffnen. Die Blüten der französischen und der deutschen Strafverfolgungsbehörden drängelten sich in die Wohnküche, angeführt von Monsieur Leloir. Marguerite Nicolas gab sich die Ehre, der patente Lonke, der also mitnichten nach Wiesbaden abgereist war, und ein halbes Dutzend ziviler Herren folgte ihnen. Ich packte die Gelegenheit, die so überraschend gekommen war, beim Schopfe.

»Was hat die Vernehmung von Klaus Albrecht in Bastia ergeben?«

»Rien«, erwiderte Leloir knapp. Er war blass.

»Albrecht ist im Moment unwichtig«, schwätzte mein spezieller Freund Lonke.

»Unwichtig? Sie ticken …«

»Er hat ein Alibi«, erklärte Marguerite. »Am Tag des Anschlags, am Tag, als Rudi … Albrecht war in Corte.«

»Und wo, verdammt, ist das?«

»Korsika«, sagte Lonke. »Ungefähr auf halber Strecke zwischen Bastia und Ajaccio.«

»Das sagt mir wahnsinnig viel«, wütete ich.

»Die Lebensgefährtin von Albrecht arbeitet in Corte«, fügte Marguerite erläuternd hinzu. »Dort gibt es eine Universität. Sie arbeitet als Hilfskraft in der Bibliothek am Institut für korsische Studien. Albrecht hat sie mit dem Wagen abgeholt.«

»Zeugen?«

»Nun, die Freundin«, sagte Lonke.

»Ja, das ist ein Superalibi. Von der Freundin!« Ich pfiff schrill. Alle zuckten zusammen.

»Mam?«, erkundigte sich Jim voll Sorge.

»Das war eben mein Schwein«, sagte ich. Die Franzosen schauten bedeppert drein, die Wendung *Ich glaub, mein Schwein pfeift* war ihnen offensichtlich nicht geläufig.

»Ihre Späße in allen Ehren«, begann Lonke.

»Die Entführer haben die Modalitäten für die Geldübergabe mitgeteilt«, setzte Marguerite fort. Daraufhin setzte ich mich auf einen Stuhl. Renata Krossmann schwankte leicht und stützte sich auf den Schrank mit der Spüle, Angelikas Augenlider begannen zu flattern, Margrete legte eine Hand auf Renatas Schulter, Jim knabberte an seinen Lippen. Ich winkte ihn zu mir, wischte das Eis von seiner Nase. Seine Augen verrieten mir seine Hoffnung und seine Angst. Monsieur Leloir von der Abteilung Allergeheimst schob das Geschirr zusammen und breitete eine Umgebungskarte von Paris auf dem Tisch aus.

»Die Kidnapper verlangen, dass Sie das Geld übergeben«, brummte er, ohne mich anzusehen.

»Ich?«

»Meine Mam?«

»So ist es«, sagte Marguerite. »Und zwar schon morgen Nacht. Monsieur Lonke hat veranlasst, dass das Geld mit der Maschine eingeflogen wird, die um sieben Uhr zwanzig von Tegel abgeht und um neun Uhr Charles de Gaulle erreicht. Drei Beamte des BKA bringen es, dann übernimmt es die Police nationale. Herr Krossmann hütet weiterhin das Telefon in Berlin.«

»Ich?«, wiederholte eine durchaus konsternierte Lena Wertebach. »Wieso ich?«

»Vielleicht hält man Sie für glaubwürdig«, vermutete Leloir, der mich nicht dafür hielt.

»Scheiße«, fluchte ich, »äh, merde!«

»Dürfen wir Ihnen jetzt die Modalitäten auseinander setzen?«, fragte Lonke. Il est ennervé, dachte ich und staunte über mich selbst.

»Das Tonband, das die Kidnapper an uns geschickt haben«, sagte Marguerite, »es ist übrigens in Créteil eingeworfen worden, wir untersuchen das gerade …«

»Wieso haben sich diese Typen mit einem Mal mit Ihnen in Verbindung gesetzt? Bisher lief doch alles via Berlin?«

Die Antwort war das allbekannte Schulterzucken.

»Kurzum, das Tonband ist von einer Frau mit provenzalischem Dialekt besprochen. Wir könnten es Ihnen vorspielen, aber Sie verstehen es ja nicht. Man verlangt von Ihnen, dass Sie sich morgen ab zwanzig Uhr fünfundvierzig auf der RER-Station *Les Ardoines* in der Zone industrielle von Vitry aufhalten und dort warten sollen, und zwar auf dem Bahnsteig der nach Süden führenden Linien. Das ist alles.« Vor ihrem Chef siezte mich Madame Nicolas wieder.

»Das Geld sollen Sie natürlich bei sich haben«, meinte Lonke. Ich enthielt mich jeden Kommentars.

»Richtig«, bestätigte Marguerite. »Das Geld soll in Packpapier eingeschlagen werden, und Sie sollen es in einer Plastiktüte des Musée d'Orsay transportieren.«

»Die haben ja Kultur«, rief Angelika verwundert.

»IFF«, erinnerte ein Mitarbeiter aus der Phalanx.

»Ja, natürlich.« Marguerite nickte. »Sie sollen sich die Initialen *IFF* merken.«

»Gern. Bedeuten die auch was?«

»I francesi fora«, erklärte Monsieur Leloir.

»Ach, nee.« Ich wollte wirkungsvoll auf den Tisch hauen, und das gelang mir auch: Leloirs Umgebungskarte bekam einen Riss. »Aber das, das bedeutet nichts?«

»Franzosen raus! Ein Slogan der korsischen Nationalisten.«

»Sagt mal, Kinder«, ich erhob mich, denn meine Geduld war am Ende, »das nehmt ihr doch nicht ernst, oder? Die spielen mit uns. Das sind doch Trittbrettfahrer, die … die … na, die sich eben auf ein Trittbrett setzen.«

»Das tun Trittbrettfahrer für gewöhnlich«, ließ sich Oberidiot Lonke vernehmen. Er wollte auch mal klug sein.

»Nach meiner Theorie ist Korsika nur eine Fiktion des französischen Staates, um von der hohen Arbeitslosigkeit abzulenken«, verkündete ich. Das war zwar auch kein Geistesblitz, aber ich wollte diese Dummschwätzer nur noch düpieren. »Ich rechne damit, dass Sie mir im Laufe des morgigen Vormittags das Geldpaket und diese Plastiktüte bringen, und dann werde ich tun, was die Entführer verlangen. Euer Korsika ist mir scheißegal. Ich will Rudi. Und dann kann meinetwegen ...« Ich brach ab. *Frankreich in die Luft fliegen,* hatte ich sagen wollen, aber das ging dann doch zu weit. Als Deutsche hatte ich gegenüber der Grande Nation, die offenbar genauso irre war wie Grande Allemagne, zu schweigen.

»Ab acht Uhr sind wir an Ihrer Seite«, verpflichtete sich Leloir. Auch die Bemerkung *Das kann ja heiter werden* verkniff ich mir. Es ging um Rudi, um Rudi, um sonst nichts. Die Vertreter der französischen und der deutschen Strafverfolgungsbehörden rüsteten zum Aufbruch. Eine Frage mussten sie sich noch gefallen lassen.

»Wie heißt eigentlich Albrechts Freundin?«

»Pardon?«, lautete Leloirs klassisch zu nennende Antwort.

»Die Freundin von Klaus Albrecht. Die Universitätsbibliothekshilfskraft aus ... aus diesem Nest da?«

»Constance?«, rätselte Leloir.

»Corinne«, korrigierte Marguerite.

»Einen Nachnamen hat sie nicht zufällig?«

»Pardon?«

»Nom de famille«, half mir meine welterfahrene und geliebte Norwegerin.

»Wozu willst ... wollen Sie das wissen?« Marguerite Nicolas wäre fast aus der Rolle gefallen.

»Son nom de famille!« Ich bemühte mich um viel Diskant.

»Sébastiani«, bekannte Madame. Sie schaute so gequält, als wäre dies ein Staatsgeheimnis.

Jim hockte am Küchentisch und studierte wieder und wieder, was das Internet über die korsischen Nationalisten und Terroristen ausgespuckt hatte, und das glich einem Lesen im Kaffeesatz. Ich küsste meinen Sohn zuerst hinter das linke, dann hinter das rechte Ohr, was er sehr mochte, nur zugeben konnte er es in seinem Alter nicht mehr, also ließ er seinen Kopf vorschnellen. Das war ein Fehler, denn nun konnte ich bequem seinen Nacken küssen, vom Halswirbel bis zum Haaransatz, und das tat ich auch. Jim gab alle Gegenwehr auf.

»Ich hab's dir schon gesagt: Wenn morgen die Übergabe klappt, brauchen wir dein Material sicher nicht mehr«, flüsterte ich und roch an seinem Haar. Das war ein altbekannter Geruch, und mein Herz machte vor Liebe einen Hüpfer.

»Ich komm mit«, erklärte mein Sprössling in einem Ton, der alle Widerrede zu verbannen trachtete.

»Glaub ich nicht. Das ist 'ne Sache für den Supercop Lena Wertebach und nicht für einen Jungen, der noch nach Baby riecht.«

»Supercop«, wiederholte Jim spöttisch, womit ich gerechnet hatte. Aber entgegen meiner Erwartung entzog er sich nicht meiner mütterlichen Zärtlichkeit. Da ich ihn seit langem kannte, wusste ich, dass er es aus kühler Berechnung nicht tat.

»Wenn du mich wirklich liebst«, begann er also.

»Sollte das die Voraussetzung für unser Gespräch sein«, sagte ich, »möchte ich dich darauf hinweisen, dass wir die Frage, ob ich dich liebe, erst einmal ausdiskutieren müssen. Und zwar im Plenum.«

»Womit hat so'n tougher Typ wie ich eigentlich so 'ne bekloppte Mutter verdient?« Jim entwand sich mir und drehte sich zu mir um. Das verschaffte uns beiden die Gelegenheit, die Augen des jeweils anderen zu betrachten. Wir sahen nun also, was wir schon oft gesehen hatten. Bei Jim lohnte es sich meiner Ansicht nach.

»Mit der Unfähigkeit, das Wort *tough* zu schreiben, hast du es verdient.«

»Scheiße, Scheiße, Scheiße!« Jims mir sehr vertraute Augen wurden feucht. »Wir müssen Rudi aus der Scheiße holen, Mam! Darum geht's doch. Eh, Mam, soll ich hier durchdrehn oder was?«

Ich schüttelte den Kopf. All die Namen gingen mir durch den Sinn: Annekathrin Scholz, Klaus Albrecht, Corinne Sébastiani, Biegel. Albrecht und Sébastiani lebten in Bastia, Département Haute Corse, aber es war wenig wahrscheinlich, dass ein Deutscher Verbindungen zu den korsischen Nationalisten unterhielt. Als der Eingang der Gendarmeriekaserne in Vincennes gesprengt und Rudi entführt worden war, hatten sich Albrecht und seine französische Geliebte angeblich auf der Insel aufgehalten. Biegel, Anwalt Krossmann feindlich gesinnt, verlebte seinen Urlaub in den Glarner Alpen, Annekathrin Scholz hatte zwar Rudis Schulweg observiert, war aber in Berlin festgenommen worden. Es war möglich, dass ich mich in einen Holzweg verrannt hatte. Die Kassette, die von den Kidnappern an die Polizei geschickt worden war, hatte eine Frau besprochen, mit provenzalischem Dialekt. Vielleicht waren die Entführer doch Terroristen, korsische oder algerische. Bisher schienen alle Spuren ja nach Korsika zu führen, und darüber hatte ich vergessen, dass es auch noch die algerischen Terroristen gab. Ich hatte mich natürlich leicht von ihnen ablenken lassen, weil es für mich unmöglich war, in die klandestinen Strukturen ihrer Terrorgruppen einzudringen. Aber bei *FLNC – Canal historique* und *FLNC – Canal habituel* würde es nicht anders sein; wahrscheinlich hatte ich mich deshalb so bereitwillig auf die deutsche Spur gestürzt. Ich wusste ja nicht einmal, was *FLNC* bedeutete.

»Lass uns nachdenken«, sagte ich.

»Ja, Mam.«

»Ich sehe zwei Möglichkeiten«, dachte ich laut. »Möglichkeit A: Die Entführer sind mit den Bombenlegern von Vincennes identisch. Dann bedeutet das, sie haben die Entführung nicht geplant, sondern einfach zugegriffen, als sich zufällig die Gelegenheit bot. Ist das wahrscheinlich?«

»Keine Ahnung, Mam.«

»Was wissen wir über Terroristen, Jim? Terroristen sind gut organisierte, disziplinierte kleine Gruppen. Sie planen ihre Anschläge bis ins Detail, einschließlich ihrer Rückzugsmöglichkeiten, sofern es keine Selbstmordattentäter sind. Ich glaube nicht, dass sie einfach so nebenbei jemanden kidnappen. Darüber hinaus gehen alle davon aus, es müsse sich bei den Attentätern um korsische Nationalisten oder algerische Fundamentalisten handeln. Aber warum eigentlich? Kann nicht eine völlig neue, bisher unbekannte terroristische Organisation hinter dem Anschlag stecken? Was haben wir also vergessen?«

»Ich weiß nicht.«

»Wir haben Monsieur Leloir nicht gefragt, ob mittlerweile ein Bekennerschreiben vorliegt.«

»Von Terroristen haben die auch gar nicht mehr gesprochen. Nur von Entführern.«

»Gut beobachtet. Nachdem sie anfangs ganz sicher waren, dass die Terroristen auch die Kidnapper sind, trennen sie mittlerweile die einen von denen anderen, wie wir es auch tun. Vielleicht steckt darin doch ein Denkfehler. Aber jetzt Möglichkeit B: Die Entführung von Rudi war seit langem geplant, und zwar schon in Berlin. Und sie sollte auch dort stattfinden. Dann haben wir uns entschlossen, in Paris Urlaub zu machen. Den Kidnappern muss das in die Hände gespielt haben, und das kann nur bedeuten, dass sie hier in Frankreich auf eine Organisation zurückgreifen können, die ihnen eine Entführung in Paris sogar als besser zu bewerkstelligen erscheinen ließ. Vielleicht auf eine terroristische? Was bedeutet …«

»Eh, Mam«, Jim hatte rote Ohren bekommen, »na klar, deswegen ist auch dieser Lonker hier.«

»Lonke«, berichtigte ich. »Aber daran habe ich auch schon gedacht. Die deutschen und die französischen Behörden arbeiten doch nicht wegen eines kleinen Jungen so eng zusammen; ein Menschenleben ist denen doch schon immer scheißegal gewesen. Es kann nur um was Politisches gehen. Jim?«

»Mam?«

»Tut mir Leid, aber ich muss dich jetzt verhören.«

»Oh, geil, Mam.« Jetzt waren auch Jims Wangen gerötet. »Musst du mich dazu an den Stuhl fesseln?«

»Mir scheint, dass du dich freiwillig dem Verhör unterziehst.« Ich stupste ihm an die Nasenspitze. »Okay, Zeuge Jim Wertebach. Wer wusste von unserer Parisreise?«

»Unsere ganze Klasse«, kam, wie aus der Pistole geschossen, die Antwort.

»Nicht voreilig antworten. Denk genau nach und lasse keinen aus. Keinen, hörst du? Also: deine Klasse. Weiter.«

»Keinen?«

»Nein. Wir wollen professionell arbeiten.«

»Du. Margrete. Rudis Eltern.«

»Meine Kollegen, mein Chef«, setzte ich fort.

»Die Frau im Reisebüro, wo wir die Tickets gekauft haben.«

»Ja, stimmt. Und womöglich der eine oder andere Kollege von ihr.«

»Air France«, sagte Jim. »Angelika und Gullypflaume.«

»Bleiben wir in Berlin«, verlangte ich. »Es sind schon eine Menge Leute bisher.«

»Paar von den Türkenjungs, mit denen wir im Schillerpark immer Fußball spielen, die wissen es auch«, meinte Jim. »Ich kenn aber nur die Vornamen.«

»In Krossmanns Kanzlei könnte man auch informiert sein«, überlegte ich. »Und dann die Verwandten natürlich: Omas,

Opas, Onkel, Tanten, Cousins, Cousinen. Warte, ich ruf mal Lüders an.«

Das tat ich dann, aber ich bekam wieder nicht meinen Stellvertreter an den Apparat, sondern Diethelm. Mit Diethelm war ich auch zufrieden.

»Sag mal«, bereitete ich meine Frage vor, »wir haben doch gelernt, dass Entführungen häufiger, als man annehmen sollte, Beziehungstaten sind?«

»Du hast das vielleicht gelernt«, meinte Diethelm, »ich habe damit schon meine Erfahrungen.«

»Umso besser. Wie sieht es eigentlich mit Krossmanns Verwandtschaft aus?«

»Trübe«, sagte Diethelm. »Die Krossmanns sind ja, zumindest nach außen, eine fast perfekte Familie. Erfolgreicher Vater, begabter Sohn mit ausgezeichneten schulischen Leistungen, viel Geld, großes Haus et cetera. Das weckt natürlich Neid. Krossmanns Bruder etwa, also Rudis Onkel, hat sich mit einer Computerfirma selbständig gemacht und Schiffbruch erlitten. Er steht bei Krossmann mit hunderttausend in der Kreide. Die ältere Schwester von Frau Krossmann, die in Köln lebt, hat einen drogensüchtigen Sohn. Dann gibt es da noch einen Großonkel, der als spielsüchtig gilt, also ebenfalls ständig Geld benötigt. Tja, aber der beste Kandidat ist der Cousin von Herrn Krossmann. Er ist zehn Jahre jünger, wohnt in Bremen, ist schwul und gilt als der größte Loser der Familie. Obwohl er nur Sozialhilfe bezieht, lebt er auf erstaunlich großem Fuß. In der Familie ist er das schwarze Schaf, der Aussätzige. Nicht wegen seiner Veranlagung, aber man hält ihn für einen Hochstapler. Er gibt sich überall als Schriftsteller aus und erklärt in den einschlägigen Kreisen, ein Buch über minderjährige ausländische Strichjungen zu schreiben. Da er bereits seit Jahren das Erscheinen dieses Buches ankündigt, glaubt ihm keiner mehr. Außer den Strichjungen, die er mit seinem Quatsch um die Finger wickelt. Die Bremer Kollegen haben ihn schon seit langem unter Wind.«

»Wie heißt er denn?«

»Kleine Sekunde«, bat Diethelm. Ich hörte Papier rascheln, und während ich über den Unterschied zwischen kleinen und großen Sekunden nachdachte, verging mindestens eine Minute. »Ich hab's«, meldete sich Diethelm erneut. »Achim Priebe. Er ist der Sohn von Krossmanns vor zwei Jahren an Krebs verstorbener Tante mütterlicherseits. Und er hasst Krossmann, solange dieser denken kann. Schon in ihrer Kindheit hat Priebe ihn um alles nur Denkbare beneidet.«

»Und«, wollte ich wissen, »seid ihr an ihm dran?«

»Das ist ein Spinner, Lena. Die Bremer haben uns 'ne Kopie seiner Visitenkarte gefaxt, da steht in sieben Sprachen Schriftsteller drauf. Zwar auch auf Französisch, aber das ist doch nur ein Zeichen seiner Hochstapelei. Er spricht nämlich nur eine Fremdsprache einigermaßen sicher.«

»Welche?«

»Platt.«

Ich lachte. Es war schön, für ein paar Sekunden, kleine oder große, lachen zu können.

»Was ist, Mam?«, fragte mein Sohn sogleich. Ich winkte ab.

»Trotzdem«, sagte ich zu Diethelm, »ich würde gern alles über diesen Typen wissen. Und schickt mir bitte morgen mit dem Geld Fotos von Scholz, Biegel und Albrecht.«

»Ich kümmer mich«, versprach mein Mitarbeiter. Ich beschied ihm meinen Dank und widmete mich wieder meinem Sprössling.

»Ich nenne dir jetzt ein paar Namen, und du schreist auf, wenn du einen schon mal gehört hast«, ordnete ich an.

»Wie laut?«

»Mir egal. Winfried Biegel?« Jim schüttelte den Kopf. »Annekathrin Scholz?« Jim schüttelte den Kopf. »Achim Priebe?« Jim schüttelte den Kopf.

»Schade«, bemerkte ich. Das Telefon läutete. Obwohl es auch ein Anruf für Angelika Duvic sein konnte, nahm ich sofort ab.

»Ja, Diethelm nochmal«, sagte derselbe. »Du hast 'ne gute Nase, Lena. Priebe wurde von einem seiner Gespielen als vermisst gemeldet.«

»Ach, nee.«

»An und für sich ist es nichts Ungewöhnliches, dass der mal für ein paar Tage verschwindet«, fuhr Diethelm fort. »Was den jungen Mann, der einen Schlüssel zu Priebes Wohnung hat, zum Erstatten der Vermisstenmeldung veranlasste, das war der Umstand, dass alle Möbel aus Priebes Gemächern ebenfalls fort sind.«

»Er hat seinen Hausstand aufgelöst«, vermutete ich.

»So sieht es aus. Und nun fragt man sich natürlich, warum?«

»Ich frag mich auch was«, sagte ich spontan. »Du hast vorhin gesagt, die Krossmanns seien nach außen hin eine perfekte Familie. Wieso nur nach außen?«

»Das weißt du nicht?«

»Nein.«

»Frau Krossmann will sich scheiden lassen«, sagte Diethelm.

4

»Das ist doch jetzt nicht wichtig«, sagte Renata. Wir saßen im Wintergarten, tranken Kaffee. Die vorausschauende Angelika hatte auch eine Flasche Weinbrand bereitgestellt, sie musste also ihre Vorräte wieder aufgefüllt haben. »Aber wenn du's genau wissen willst, es ist mir ernst. Ich kann nicht mehr mit einem Mann zusammenleben, der nicht mit mir, sondern mit seinem Beruf verheiratet ist. Wer bin ich denn? Was bin ich geworden über die Jahre? Ein Hausputtelchen, das herumsitzt und wartet. Zuerst auf den Sohn, dann auf den werten Gatten. Was heißt Hausputtelchen, für die Hausarbeit haben für ja eine Putze.«

»Du könntest wieder arbeiten gehen«, schlug ich vor.

»In meinem Beruf? Die Entwicklung ist an mir vorbeigerauscht. Fünfzehn Jahre sind eine lange Zeit. Außerdem habe ich keinen richtigen Abschluss.«

Ich löste den Verschluss von der Weinbrandflasche, versorgte uns beide dann großzügig. Renata spielte mit ihrem linken Ohrläppchen.

»Abschluss worin?«, erkundigte ich mich.

»Tja, ich habe auch Juristerei studiert. Jura und Psychologie. Ich hockte grade an meiner Magisterarbeit über die Rechtsetzung und die Rechtsprechung im nachrevolutionären Frankreich als Reflex auf Veränderungen in der sozialpsychologischen Struktur der Gesellschaft ... klingt trocken, das Thema, aber ich wollte sogar 'ne Doktorarbeit draus machen, und der Prof hat mich sehr unterstützt, es wäre was geworden, Lena, das schwör ich dir. Was soll ich sagen? Als ich die Magisterarbeit begann, lernte ich einen tollen Mann kennen. Er war, was ich werden wollte, Doktorand bei meinem Prof. Und er ... na ja ... ach, verdammt, lass alle Etikette fahren, er vögelte wie ein Berserker. Und war zugleich furchtbar scheu. Dieser Widerspruch reizte mich. Meine bisherigen Typen waren so einschichtig gewesen. Krossmann hatte eine derartige Angst vor Frauen, dass seine Begierde hemmungslos war. Ich weiß nicht, ob du das verstehst als ... Überhaupt, wer versteht das schon. Also, was ich sagen will: Als ich die Magisterarbeit begann, lernte ich diesen Mann kennen. Als ich sie beendete, war ich schwanger. Und als dann dieser Junge ... Rudi hatte fast 'ne Glatze bei der Geburt, ich musste lachen, als ich ihn zum ersten Mal sah, und wie zerknittert er war ...« Renata begann zu weinen. Ich wies auf ihr Glas. Nachdem sie es geleert hatte, ging es ihr besser. »Krossmann war als moderner Vater bei der Geburt dabei. Sie haben mir Rudi, feucht und blutig, auf die Brust gelegt. Krossmann hat sich geekelt. Na ja, Blut ist nicht jedermanns Sache. Ich bin schuld.«

»Woran?« Auch ich trank.

»Es war meine Entscheidung, nach Rudis Geburt zu Hause zu bleiben. Es war meine Entscheidung, mich vor allem um meinen Sohn zu kümmern. Krossmann hat bloß nicht widersprochen. Was wir nicht wussten, wir beide, also auch ich nicht: Von dem Tag an, da Rudi auf meiner Brust lag, habe ich Krossmann nicht mehr geliebt. Deshalb haben wir so rasch geheiratet.«

»Wir sind doch irgendwie bescheuerte Zicken«, sagte ich und schenkte nach. »Das kann doch nicht bloß Natur sein, dass wir uns so abhängig machen von unseren Söhnen.«

»Du doch nicht«, behauptete Renata.

»Und ob.«

»Es ist nicht die Natur«, sagte Rudis Mutter überzeugt. »In der Natur schützt das Muttertier den Nachwuchs unabhängig vom Geschlecht. Dass wir Weiber so auf Söhne fixiert sind, haben uns die Kerle aufgezwungen. Aus erbrechtlichen Gründen. Wir lieben unsere Söhne deshalb abgöttisch, weil wir mental noch im Feudalismus leben.«

»Das ist doch Unfug«, brauste ich auf. »Wenn das Margrete hören würde …«

»Ist ja auch nicht so wichtig«, beschwichtigte mich Renata. »Man macht sich doch kaputt damit, immer nur *Warum? Warum? Warum?* zu fragen, anstatt was so zu akzeptieren, wie es ist. Was machen wir jetzt?«

»Trinken«, sagte ich und tat es.

»Ich halt's nicht mehr aus«, schrie Renata und sprang auf. »Ich will meinen Jungen wiederhaben, Lena! Tut überhaupt jemand was? Du ja, was du kannst. Danke, Lena, danke, danke, danke! Ich bin ja so dankbar. Sie suchen ihn nicht, Lena. Sie wollen bloß ihre Scheißterroristen finden. Rudi haben sie abgeschrieben.«

»Das stimmt nicht«, wiedersprach ich, mehr um Renata zu beruhigen denn aus Überzeugung.

»Er ist doch tot.« Renatas Stimme überschlug sich, Angelika,

Margrete und Jim kamen herbeigelaufen. Wir alle redeten durcheinander und auf sie ein, aber es hatte keinen Zweck, weil wir selbst viel zu hektisch waren. Lüders' Cousine bewies am meisten Verstand. Sie rief den Notarzt. Der fackelte nicht lange, nachdem ihn Angelika mit knappen Worten aufgeklärt hatte, und spritzte Renata in einen Zustand völliger Apathie. Bevor er sie in den Krankenwagen tragen ließ, der sie ins Klinikum nach Créteil schaffen sollte, bewegte ihn noch ein ausgesprochen wichtiges Problem. Angelika Duvic weigerte sich, seine Frage zu übersetzen. Ich hielt mich deshalb an Margrete.

»Sie ist doch versichert?«, hatte der Mediziner wissen wollen. Dummerweise hatte er die Weinbrandflasche gesehen.

»Vermutlich gegen die meisten Widrigkeiten des Lebens«, sagte ich. »Aber nicht gegen die Entführung ihres Kindes.«

Margrete übersetzte auch das. Der Arzt zuckte nur die Schultern. Er hatte schon zu viel Elend gesehen. Wie alle Notärzte, die ich kannte. Und berufsbedingt kannte ich eine ganze Menge. Bevor der Arzt das Haus verließ, drehte er sich noch einmal zu mir um.

»Falls Sie es nicht wissen sollten, Madame«, sagte er, Margrete als Sprachrohr benutzend, »auch in Frankreich leisten wir den Eid des Hippokrates.«

»Auf die Patienten oder auf die Krankenversicherung?« Ich war, sicherlich grundlos, wütend auf ihn. Dass er die Tür zuwarf, erschien mir Antwort genug.

»Also das hättest du nicht sagen sollen, Lena«, meinte Angelika, »Notärzte von öffentlichen Krankenhäusern werden weiß Gott nicht reich.«

»War ich eben ungerecht.« Ich holte die Flasche aus dem Wintergarten und nahm sie in den Arm. »Versteht ihr denn nicht, dass mich das hier alles ankotzt? Krankenversicherung! ja, schöne Scheiße! Wir quatschen über Versicherungen. Und ein dreizehnjähriger Junge ist in der Hand irgendwelcher Entführer. Die ihn vielleicht in einer Kiste eingesperrt haben wie den Oetker-Sohn. Oder die ihn vielleicht quälen. Die ihn kaputtmachen. Und wenn sie ihn töten, kassiert noch irgendwer 'ne Lebensversicherung. Ich hab die Schnauze voll. Das sollte nämlich mein Urlaub werden.« Nun fing auch ich an zu heulen. Eigentlich wollte ich das nicht.

»Mam, verdammt!« Jim kam auf mich zu, das immerhin konnte ich durch den Tränenregen vor meinen Augen wahrnehmen. »Rudis Vater hat echt 'ne Lebensversicherung für Rudis Zukunft abgeschlossen. Aber … nee, Mam, der liebt Rudi doch.«

»Liebe.« Ich grunzte verächtlich, reichte die Pulle an Margrete weiter und nahm meinen Jungen in den Arm. »Angelika? Du kennst dich doch in Paris aus.«

»Was meinst du damit?«

»Ich meine«, erklärte ich, »dass ich eine Waffe brauche. Und zwar eine scharfe.«

5

Natürlich hatte Lüders' Cousine nicht gewusst, wo man in Paris eine scharfe Waffe erwerben konnte; es gab zwar sogar ein Waffengeschäft in Vitry, aber dort würde man einer deutschen Frau, die keinen entsprechenden Schein vorlegen konnte, höchstens eine Gaspistole verkaufen. Guillaume, der Student und Tausendsassa, hatte mir versprochen, sich umzuhören. In jeder Großstadt der Welt bekam man illegal eine Knarre und sogar schwereres Geschütz, man musste nur wissen, wo. Und sich vor Polizeispitzeln in Acht nehmen.

Marguerite Nicolas und ihr Chef Leloir brachten mich in ihrem Wagen zur RER-Station in das Industriegebiet von Vitry; ich tat so, als ob ich die Werkhallen und Lagerplätze betrachtete, aber stattdessen schaute ich mir im Spiegel unsere

Verfolger an. Es waren Bullen. Das Geld hielt ich auf dem Schoß fest. Zweieinhalb Millionen Mark waren ein stattliches Paket, und jedenfalls war es größer, als die Entführer erwartet hatten, denn in eine Plastiktüte des Musée d'Orsay hatte es nicht hineingepasst. Die Flics hatten sich zu helfen gewusst, sie hatten mehrere Tüten aufgeschnitten und wieder zusammengeklebt, was fürchterlich aussah und mich auf dem Bahnhof zum Gespött der Leute machen würde: Sie mussten annehmen, dass ich zu arm war, um mir eine gewöhnliche Tasche zu leisten. Die Meinung der Leute war mir gleichgültig, viel mehr beschäftigte mich die Frage, ob diese seltsame Leloir-Bande das Paket präpariert hatte, etwa mit einem Sender oder einer Farbpatrone. Sie sagten mir nicht mehr alles, aber das hatten sie ja noch nie getan. Auch während der Fahrt waren sie schweigsam. Das verstand ich, sie waren eben angespannt. Ich war es auch.

Wie verabredet, war das Geld um neun Uhr auf dem Flughafen in Roissy eingetroffen. Drei BKA-Beamte hatten es während des Fluges wie ihre Augäpfel gehütet, aber was sie nicht wussten, war, dass auch sie behütet wurden: von Diethelm. Lüders hatte ihn nach Paris geschickt, damit er mir zur Seite stünde. Gegen ein bisschen männlichen Beistand hatte ich nichts einzuwenden. Ich blickte auf meine Armbanduhr, die nicht von *Piaget* stammte, sondern von der Firma *Citizen*. Diethelm, auch das war nur mir bekannt, stand jetzt seit einer Viertelstunde auf dem Bahnhof *Les Ardoines*.

Ansonsten hatte der Tag nicht viel gebracht. Renata war nach dem Mittagessen aus dem Krankenhaus Henri-Mondor in Créteil abgehauen, hatte sich ein Taxi genommen, obwohl sie kein Geld bei sich hatte, war nach Vitry in die Avenue Maginot gefahren und hatte bei Angelika geklingelt. Da unsere Gastgeberin im Goethe-Institut weilte, hatte ich die Tür geöffnet, Renata rasch in den Flur gezogen und den Fahrer bezahlt. Als wenig später die französischen Bullen aufkreuzten, waren sie bereits im Bilde. Ich spielte die Frau, die aus dem Mustopf kommt. Niemand glaubte mir, aber sie wagten auch nicht, im Obergeschoss nachzusehen, wo Renata und Jim Offiziersskat spielten.

Leloir, der den Wagen lenkte, bremste, als wir einen großen Parkplatz erreichten. Dahinter erstreckte sich das Bahnhofsgebäude, was ich an dem Signet erkannte: ein Kreis und darin die Buchstaben *RER*. Sehen konnte ich sie nicht, aber ich war sicher, dass es von Sondereinheiten nur so wimmelte. Falls die Entführer keine kompletten Idioten waren, würden Sturmtruppen und Scharfschützen hier nicht auf ihre Kosten kommen. Leloir hielt an.

»Sie wissen hoffentlich, wie Sie sich zu verhalten haben?«, fragte er mich.

»Selbstverständlich. Ich folge allen Anweisungen der Kidnapper. Hauptsache, auch Sie wissen um Ihre Verantwortung.«

Weder Leloir noch Marguerite reagierten, aber ich ahnte, dass sie sich über meine Bemerkung ärgerten. Dennoch fügte ich noch einen moralischen Appell hinzu.

»Ein Menschenleben sollte Ihnen mehr bedeuten als der zwar schnelle, aber nur kurzlebige polizeiliche Erfolg.«

»Wir brauchen keine Belehrung«, stellte Leloir klar. Ich war mir dessen nicht sehr sicher und stieg aus.

Die Nachrichten des Tages aus Berlin und Wiesbaden waren nicht Erfolg verheißend gewesen. Da sich Lonke, der mir immer unsympathischer wurde, weiterhin in Paris herumtrieb und er von der Erfindung der Post offenbar nichts wusste, hatten die Spezialisten des BKA noch immer keine Stimmanalyse vornehmen können. Lüders hatte Annekathrin Scholz ausgequetscht wie eine Zitrone, die jedoch keinen Saft gab: Die Scholz hatte anfangs schlichtweg abgestritten, Rudi Krossmann beobachtet zu haben, und nach einem Gespräch mit ihrem Anwalt hatte sie überhaupt nichts mehr gesagt. Ob sich Winfried Biegel tatsächlich in seinem Schweizer Ferienhaus aufhielt, war nach wie vor unbekannt, weil die Anfrage an die Kantonspolizei von Glarus beim BKA verschimmelte und Ziegler trotz guten Willens an den bürokratischen Rädchen nicht drehen konnte. Wahrscheinlich würden noch Tage, wenn nicht Wochen ins Land gehen; zuerst musste die Anfrage nämlich an die Bundespolizei in Bern geleitet werden, und kein Mensch vermochte zu sagen, ob die eidgenössischen Bundesbehörden ebenso verschlafen waren wie die teutonischen. Das viel beschworene Europa bewegte sich nun mal im Kriechgang, und eine Schnecke vermochte den Dienstweg von Wiesbaden nach Bern und Glarus in erheblich höherem Tempo zurückzulegen als ein Polizeifax.

Auch Leloir und Marguerite Nicolas waren ausgestiegen. Leloir, der nach langem Mühen einen Dackelblick zustande gebracht hatte, drückte mir die Hand und wünschte mir Glück. Marguerite nickte bloß. Ich wusste noch immer nicht, ob sie auf meiner Seite war. Verlassen mochte ich mich nicht auf sie. Abermals schaute ich auf die Uhr. Es war jetzt zwanzig dreiunddreißig, ich musste los.

Nein, in deutschen Ämtern arbeiteten nicht nur Versager. Die Bremer Kripo immerhin hatte gespurt und herausgebracht, dass Achim Priebe seine Wohnung nicht nur ausgeräumt, sondern auch gekündigt hatte. Dass ich dies bereits als eine Leistung goutierte, war eigentlich ein Grund, der Polizei für immer den Rücken zu kehren. Natürlich hatten wir den Kampf gegen das Verbrechen verloren, und zwar an jenem Tag, als wir begannen, uns in unsere Schreibtische zu verlieben. Ich trabte auf den Bahnsteig. Diethelm saß auf einer Bank und hatte tatsächlich eine Illustrierte dabei: *Paris Match*, in der er angestrengt blätterte. Ich setzte mich zu ihm. »Nahezu perfekt, deine Tarnung«, lästerte ich. »An deinen gewienerten Schuhen haben dich längst alle als Germanen identifiziert.«

»Ich tarne mich nicht«, widersprach Diethelm, »ich hab mir das Blatt nur wegen der Fotomodelle gekauft.«

»Feurige Französinnen, mhm?«

»Feurig bestimmt«, Diethelm klappte das Magazin zu, »aber alles Nordafrikanerinnen. Wie geht's nun weiter?«

»Ich hab keinen blassen Schimmer«, sagte ich.

»Ziemlich viele Bullen hier, was?« Diethelm zeigte in die Runde. Er hatte Recht, man erkannte die Kollegen an der typischen Manier, die Hände auf dem Rücken zu verschränken und ab und zu auf den Füßen zu wippen.

»Damit rechnen die Entführer sicher«, meinte ich und kramte nach meinen Zigaretten. Durch den Bahnhofslautsprecher wurde etwas durchgesagt.

Die Linie C verkehrte hier; die C2 nach Pont de Rungis, Aéroport d'Orly und Massy-Palaiseau, die C4 nach Dourdan, die C 6 nach Saint Martin d'Etampes, für mich alles böhmische, oder besser gesagt, französische Dörfer. Auf der Karte hatte ich gesehen, dass die C-Linie auch den Bahnhof Saint-Michel bediente; dort war vor ein paar Jahren in einem Waggon eine Bombe explodiert. Sogar an die Fernsehbilder konnte ich mich erinnern. Wohl war mir nicht. Ein Zug donnerte heran. Sofort standen wir beide auf, aber der RER machte keine Anstalten, seine Geschwindigkeit zu verringern. Wahrscheinlich war eine Durchfahrt angesagt worden. Ich steckte mir die Zigarette in den Mund. An einem Fenster des vorbeirauschenden Zuges stand ein Jüngling mit krausem Haar, der etwas hinauswarf. Alles ging so schnell, ich erkannte nicht, was es war, aber ein gedämpfter Ton verriet mir, dass der Gegenstand zu Boden gefallen war. Ich senkte den Blick, sah eine schwarze Schlüsseltasche. Der Zug war vorbei. Diethelm setzte sich in Bewegung und bückte sich. Auch zwei der Zivilbeamten näherten sich, hielten aber dennoch Abstand.

In dem Täschchen befand sich ein Autoschlüssel. Der Anhänger verwies auf einen Volkswagen. Es brauchte nicht viel Phantasie, um darauf zu kommen, dass dieser Schlüssel einen Wagen öffnete, der draußen auf dem Parkplatz stand. Diethelm reichte ihn mir.

»Du weißt, dass ich ein Mietauto dabei habe«, sagte er. »Soll ich mich an dich hängen?«

»Nein, das sollst du nicht. Auch die Flics nicht, aber ich fürchte, die halten sich nicht dran. Behalte sie im Auge.«

»Okay.« Diethelm reichte mir ein Handy. »Meine Nummer ist einprogrammiert. Ich halte mich also fern und bin doch in der Nähe.«

Ich nickte. Diethelm knuffte mich leicht gegen den linken Oberarm, dann ging er. Nachdem er aus meinem Blickfeld verschwunden war, ging auch ich. Marguerite hielt mich fest, als ich den Parkplatz betreten wollte.

»Wer war der Mann, mit dem Sie gesprochen haben?«

»Ein anständiger Mensch«, entgegnete ich und schüttelte sie ab. »Verziehen Sie sich, sonst verderben Sie alles.«

Marguerite Nicolas ließ ab von mir, aber falls einer der Kidnapper den Parkplatz beobachtete, bot sich ihm ein grandioses Schauspiel: Monsieur Leloir, wie er in ein Walkie-Talkie sprach. Wer auch immer er war, er verhielt sich so, wie man es von einem Polizisten erwartete, nämlich wie ein Bulle im Porzellanladen. Ich wusste, dass die Geschichte der Entführungen in Deutschland eine Geschichte der Ermittlungspannen und der Fehlentscheidungen war. Womöglich war es in Frankreich nicht anders.

6

Dass französische Automarken in Frankreich gängiger waren als deutsche, überraschte mich nicht sonderlich, aber während ich den Parkplatz bestreifte, stellte ich auch sechs Volkswagen fest: zwei Golf einer sehr frühen und einen der aktuellen Generation, einen Santana, der meines Wissens auch nicht mehr produziert wurde, und zwei Passat. Nachdem ich mir einen Überblick verschafft hatte, probierte ich den Schlüssel zuerst an dem VW Passat aus, wobei ich von drei uniformierten Polizisten beobachtet wurde.

Als sie einschreiten wollten, stellte sich ihnen ein Zivilist in den Weg. Er präsentierte ihnen ein Dokument, und sie trollten sich. Der zweite Passat, silbermetallic und mit Schiebedach, ließ sich öffnen. Ich umrundete ihn noch einmal und prägte mir das Kennzeichen ein, dann nahm ich hinter dem Lenkrad Platz. Auf dem Handschuhfach klebte, offenbar von einem Computer in großer, fetter Schrift ausgedruckt und dann aus einem A4-Blatt mit ungelenker Hand ausgeschnitten, ein I. Der erste Buchstabe des Kürzels *IFF* also. *Franzosen raus!* Ich öffnete das Fach, fand eine Kassette und schob sie in den Rekorder. Dann führte ich den Schlüssel ins Zündschloss, setzte die elektrische Anlage des Wagens in Betrieb und spielte die Kassette ab.

»Nehmen Sie jetzt auch Karte aus dem Fach«, befahl mir eine Frau. Sie sprach mit einem starken französischen, vielleicht sogar mit einem provenzalischen Akzent; das vermochte ich nicht zu beurteilen. Die Karte jedenfalls war da. »Ihr erstes Ziel eißt Athis Mons. In Banlieue, nicht weit von Vitry. Dort gibt es auf dem Boulevard de Fontainebleau numéro einundertdrei eine indische Restaurant. Gehen Sie in Restaurant und bestellen Sie das Menu du soir für achtzig Francs. Sie brauchen Zeit und müssen viel essen. Nach Essen gehen Sie auf Toilette. A bientôt, Madame.«

Ich schaute mir den Weg auf der Karte an. Dort, wo sich das Restaurant befand, war mit rotem Faserstift ein Punkt eingetragen. Nach mehreren Minuten angestrengten Kartenlesens hatte ich das Gefühl, zumindest zu ahnen, wie ich fahren musste. Ob ich das Restaurant auch finden würde, stand nicht in dem Plan, sondern höchstens in den Sternen.

»Na, denn«, sprach ich mir Mut zu und startete den Wagen. Ich parkte aus, nahm das Handy aus meiner Jackentasche und drückte die Programmtaste.

»Ja, ich bin's«, meldete sich Diethelm.

»Ein indisches Restaurant am Boulevard de Fontainebleau in Athis Mons«, sagte ich. »Nummer eins-null-drei. Als Ortsunkundiger wird man mir zubilligen, mich zu verfahren. Also sei bitte vor mir da. Nur beobachten.«

»Verstanden. Wollen wir einen Code ausmachen?«

»Meinetwegen.« Ich verließ den Parkplatz. Das Auto, das mir folgte, war der Wagen von Leloir und Marguerite. Diethelm war, wie er versprochen hatte, fern in der Nähe. »Ich bin Trine eins.«

»Na, Lena, nu …«

»Trine kann man bestimmt nicht ins Französische übersetzen.«

»Okay«, Diethelm kicherte, »dann bin ich also Trine zwei. Obwohl, wenn sie uns abhören … Aber so schnell schaltet keine Polizei der Welt.«

»Pass trotzdem auf einen Schatten auf«, riet ich ihm.

»Ich hab schon einen«, sagte Diethelm. »Grüner Peugeot. Aber ich krieg das in den Griff.«

7

Das Menü für achtzig Francs hätte auch Jim noch miternährt. Um nicht schläfrig zu werden, ließ ich die Hälfte der Köstlichkeiten in den Schalen und Schälchen, was dem Kellner, einem Pakistani, allerlei betrübte Nachfragen entlockte, die ich nicht verstand. Erst nachdem ich mehrmals *Très, très bien!* gesagt und Entschuldigung heischend auf meinen Bauch gewiesen hatte, lächelte er wieder. Das Restaurant *New Taj Mahal,* wie sollte es auch anders heißen, war nicht gerade gut besucht; außer mir labten sich noch zwei Pärchen und eine Familie mit einem ausgesprochen nervenden Kind an der indischen Cuisine. Keine der Personen schien mir in einer Verbindung zu Rudis Entführung zu stehen, andererseits erkannte man Kidnapper oder ihre Helfershelfer natürlich nicht an der Kleidung oder der Frisur. Ich rauchte zur Verdauung, nippte von dem süßen Likör, den mir der Garçon gebracht hatte und sah, dass die Frau, die mit ihrem Freund oder Gatten hier eingekehrt war, aufstand und sich auf den Weg zur Toilette machte. Sie mochte etwa so alt sein wie ich, vielleicht auch etwas jünger, und sah gut aus: sie war dunkelhaarig und dunkeläugig, was ja in Frankreich nicht eben selten war, und von einer Gestalt, die Männer Wespentaille zu nennen pflegten. Ihre Rückkehr vom Klo wollte ich noch abwarten, bevor ich mich selbst aufs Örtchen zurückzog und weiterer Instruktionen harrte. Ich war sehr gespannt, wie man sie mir zukommen lassen würde.

Die Frau brauchte drei Minuten, und wie es aussah, hatte sie nur an ihrem Make-up gearbeitet. Ich zahlte, um notfalls sofort verschwinden zu können, und folgte dem Schild mit der unzweideutigen Aufschrift. Kaum hatte ich den Raum mit den Boxen betreten, sah ich schon, was für mich bestimmt war. An der mittleren Box klebte ein Zettel: *L'usage 50 FF*. Vor allem der phantastische Preis erregte meine Aufmerksamkeit, aber nach ein paar Sekunden war mir auch die Botschaft klar. Ich hatte auf das Kürzel *IFF* achten sollen, das I hatte man mir bereits geliefert, nun kamen die beiden F hinzu. Phantasie hatten sie, die Entführer. Ich ließ den Zettel in meiner Jackentasche verschwinden und stieß die Tür auf. Vor mir hatte ich eine ganz gewöhnliche Toilettenbox.

Ich hob den Deckel des Klobeckens an, ich schaute in den Spülkasten, ich öffnete den Spender für das Hygienepapier, inspizierte den Behälter für die gebrauchten Binden, nahm die Toilettenbürste aus ihrem Halter und fand nichts. Geldübergaben, das wusste jedes Kind, waren die heikelsten Punkte einer jeden Entführung, weil sich die Kidnapper zumindest einen Schritt aus ihrer Deckung wagen mussten, womöglich hatte irgendetwas ihr Misstrauen erweckt, und so hatten sie beschlossen, diesen Versuch platzen zu lassen. Ich legte das Paket mit den Millionen auf den Klodeckel und nahm das Handy aus meiner Jacke. Ich schloss die Tür und wollte schon die Taste drücken, als ich an der Tür ein weiteres Blatt Papier entdeckte. Es enthielt drei Worte: *Rampillon, église (Kirche).* Nun rief ich doch Diethelm an.

»Hat eben ein Paar das Restaurant verlassen?«, wollte ich wissen, während ich aus der Box stürzte.

»Nein«, sagte Diethelm. Aber auch im Gastraum war das Paar nicht mehr.

Ich warf dem Kellner einen Blick zu. Er zuckte die Schultern, deutete mit einer Kopfbewegung an, dass ich mich umdrehen solle. Ich schaute in einen kurzen Gang, der an der Küche vorbeiführte. Am Ende des Ganges gab es eine Stahltür, die offenbar ins Freie führte. Ich eilte auf sie zu. Sie war nicht versperrt. Aber natürlich waren die beiden nicht mehr zu sehen. Allerdings wusste ich nun, wie zwei der Entführer aussahen: französisch. Ich war ein wenig enttäuscht. Immerhin musste ich meine Theorie nicht über den Haufen werfen. Falls doch Deutsche hinter dem Kidnapping steckten, konnten, ja mussten sie einheimische Handlanger haben.

»Ein Mann und eine Frau«, erklärte ich Diethelm hastig und wühlte im Handschuhfach; die Karte, die ich bisher hatte benutzen können, führte auf dem rückseitigen Ortsverzeichnis kein Rampillon auf. »Beide Mitte dreißig. Beide dunkel. Sie extrem schlank, er kräftig, fast wie ein Bodybuilder.« Es gab einen Autoatlas, wie ich erwartet hatte. »Die beiden müssen vor ein paar Minuten das *New Taj Mahal* durch den Seiteneingang verlassen haben, also noch in der Nähe sein.« Ich schlug den Atlas auf, suchte das Verzeichnis. »Bekleidung: Sie trägt enge Blue Jeans, die nur bis über die Knöchel reichen, flache, schwarze Stoffschuhe, schwarzes T-Shirt, er ebenfalls Jeans, aber schwarze, und rote Turnschuhe, keine Ahnung, welche Marke, ein ärmelloses schwarzes Shirt und eine Art Bomberjacke, Farbe weinrot.« Mit fliegenden Händen schlug ich die Seite auf, auf der ich Rampillon finden sollte. Es war ein Dorf, und noch dazu weit von Paris entfernt. Außerdem war die Kirche als historische Sehenswürdigkeit gekennzeichnet. »Rampillon heißt das nächste Ziel. Kleiner Ort, Dorf oder so. Ich lege jetzt los und beschreibe dir den Weg beim Fahren.«

»Nicht nötig«, sagte Diethelm. »Ich schaue auf meinem Plan nach. Lena, sieh zu, dass du irgendwo für ein halbes Stündchen vom Weg abkommst, damit ich vor dir dort bin und mich umschauen kann.«

»Aber sei vorsichtig«, ermahnte ich ihn.

»Bin ich«, gelobte mein Kollege. »Schließlich weiß ich, worum es geht.«

8

Dass ich nach Rampillon eine Stunde oder gar länger unterwegs sein würde, hatte auch einen Vorteil; es verschaffte mir die Gelegenheit zu dem Versuch, meine Schatten abzuhängen. Mittlerweile war es dunkel, was mir meinen Versuch nicht gerade erleichterte, denn von den Wagen, die auf der noch relativ stark befahrenen Nationalstraße nach Nangis hinter mir unterwegs waren, sah ich nur die Lichter. Dass mir zivile Polizeifahrzeuge folgten, bezweifelte ich nicht; alle Polizisten litten unter einem Erfolgssyndrom, und selbst wenn Entführer hundertmal darauf bestanden, dass bei der Geldübergabe keine Bullen in der Nähe sein sollten, sie waren trotzdem da, weil sie einfach nicht anders konnten. Natürlich bildeten sie sich alle ein, unauffällig zu sein, und oft tarnten sie sich auch, aber in einem Dorf durfte das schwierig werden, denn als Baum, Pferd oder Rind konnten sie sich nicht verkleiden. Um nicht überrascht zu werden, stellte ich mich auf das Schlimmste ein, auf Missgeschicke, auf Pannen, auf mein Scheitern. Und auf die Folgen, die das für Rudi haben konnte. Schmerzhafte Folgen vielleicht, vielleicht tödliche. Aber wenn ich die Übergabe abbrach, wäre es nicht anders. Ich war nicht religiös, doch nun betete ich. Ich betete nicht zu Gott, sondern zum Schicksal, dass es mir ein Schlupfloch zeigen möge. Es wies mir keins.

Diethelm hätte mich nicht bitten müssen, so zu tun als ob, denn in Nangis verfuhr ich mich tatsächlich. Obwohl ich den Hinweisschildern mit der Aufschrift *Alle Richtungen* folgte, landete ich immer wieder im Ortskern. Nach dem dritten Versuch allerdings schaffte ich es doch, Nangis zu verlassen. Etwa fünfhundert Meter, nachdem ich die Nationalstraße verlassen hatte, hielt ich den Wagen an, schaltete das Standlicht ein und stieg aus. Es war ein Uhr und stockfinster, ich war mutterseelenallein, und als ich den Kopf zum unbedeckten Himmel hob, musste ich die für alle Großstädter immer wieder überraschende Feststellung treffen, dass es tatsächlich eine enorme Menge von Sternen gab; man pflegte von Myriaden zu sprechen, doch wusste ich nicht, wie viel eigentlich eine Myriade war. Ich steckte mir eine Zigarette an, vertrat mir die Beine. In zwanzig, fünfundzwanzig Minuten, so schätzte ich, würde ich Rampillon erreicht haben. Kein weiteres Auto war bisher aufgetaucht. Damit war klar, dass die Flics das Geldpaket mit einem Minisender präpariert haben mussten. Am liebsten hätte ich nach ihm gesucht, doch würde es Rudi sicher schlecht bekommen, sähen die Kidnapper, dass ich mir an der Verpackung zu schaffen gemacht hatte. Die Entführer selbst hatten auch niemanden auf meine Spur geschickt. Sie wiederum konnten einen Sender im Passat verborgen haben, womöglich verfügten sie ja über entsprechendes Equipment. Ich rief Diethelm an.

»Der Igel ist schon da«, meinte er. »Verschlafenes Nest übrigens.«

»Um diese Zeit?«

»Das wird auch tagsüber verschlafen sein. Weißt du, was *Mairie* bedeutet?«

»Bürgermeisteramt oder so. Wieso?«

»Ich stehe in der dunklen Zufahrt zum Hof der Mairie. Wenn jemand vorbeikommt, wird er ein geparktes Auto sehen, aber mich nicht. Dafür habe ich die Kirche im Blick. Sieht sehr alt und ziemlich trutzig aus. Wird wohl 'ne Wehrkirche gewesen sein. Ansonsten ist es totenstill. Ab und zu bellt mal ein Hund, und dann fällt ein Dutzend anderer Hunde ins Gebell ein. Und eine Eisenbahn muss in der Nähe sein.«

»Dein Pariser Kennzeichen könnte auffallen«, warnte ich.

»Da ist was dran«, bestätigte Dietmar. »Ich werd's verhängen. Alles Gute, Lena.«

Ich fuhr wieder los. Noch immer war ich allein auf der Landstraße. Rampillon, überlegte ich, es musste einen Grund geben, warum die Entführer ausgerechnet dieses Dorf ausgewählt hatten. Sie hatten nicht Zeit genug gehabt, um die gesamte Pariser Umgegend nach einem geeigneten Ort abzusuchen, also waren sie früher bereits hier gewesen. Vielleicht waren sie kulturgeschichtlich interessiert, hatten die Kirche besichtigen wollen und noch gar nicht daran gedacht, hier einmal eine Geldübergabe zu inszenieren, falls Rampillon überhaupt der Übergabeort war. Es war ebenso möglich, dass mich nur neue Instruktionen erwarteten.

Noch eine andere Frage beschäftigte mich. In Berlin bei Krossmann hatte sich immer eine männliche Person gemeldet, von der man sicher war, sie würde ein Französisch mit deutschem Akzent sprechen. Die Kassette, die an die Pariser Kripo oder an welche Behörde auch immer gesandt worden war, hatte aber eine Frau besprochen, die in der Provence aufgewachsen war oder dort zumindest so lange gelebt hatte, dass sie die sprachlichen Eigenarten der Landschaft angenommen hatte, ohne dass ich wusste, worin diese Eigenheiten bestanden. Dieser Umstand irritierte mich, und ich wusste ihn nicht zu deuten.

Rampillon lag in völliger Dunkelheit. Als ich das Ortseingangsschild passierte, sah ich die Kirche und rechts neben ihrem Turm am Himmel die Mondsichel; mit mehr Kitsch hätte mich das Dorf nicht empfangen können. Statt zu einer Geldübergabe lud die Szenerie zu einem Nachtspaziergang mit einer Geliebten ein, zu Händchenhalten und erotischem Getuschel; selbst meinem unromantischen Sohn wäre sicher das Herz aufgegangen, und er hätte Rudi grandiose Liebesschwüre ins Ohr geraunt, wäre es beiden vergönnt gewesen, unter anderen Umständen einen nächtlichen Ausflug nach Rampillon zu machen. Es war uns allen nicht vergönnt, Punktum. Ich stellte meinen Wagen, der gar nicht meiner war, auf einem kleinen Parkplatz neben der Kirche ab. Wie Diethelm versprochen hatte, schlug ein Hund an, und aus allen Richtungen wurde ihm Antwort zuteil: Rampillon bellte. Ich entdeckte auch die Mairie, aber nicht Diethelms Mietauto. Langsam näherte ich mich dem Kirchentor. Nichts war dort angeschlagen, weder reformatorische Thesen noch Instruktionen von Kidnappern, also umrundete ich den Bau. Ich schaute in jeder Nische nach. Das Einzige, was ich fand, war ein zerknülltes Papiertaschentuch.

Irgendwann kam dann doch Bewegung in das verschlafene Nest, was die aufmerksamen Nachfahren der Wölfe sofort quittierten. Ein Kastenwagen kam herangefahren, stoppte für einen Moment vor der Kirche, fuhr wieder davon. Vielleicht zehn Minuten später, ich war gerade dabei, die Kirche zum zweiten Mal zu umrunden, trat jemand aus dem Schatten. Ich erschrak. Es war Marguerite Nicolas.

»Nichts?«, fragte sie nur.

»Rien«, bestätigte ich.

»Gut«, sagte sie. Ich fand das eher miserabel. Und gab den Flics die Schuld. Bei meiner dritten Umrundung hatte sich die Nicolas längst aufgelöst wie ein Geist.

Einmal hatte ich den Impuls, Diethelm anzurufen, aber da ich befürchten musste, von irgendwoher durch die Entführer beobachtet zu werden, ließ ich es bleiben. Sehr wahrscheinlich war es allerdings nicht, dass die Kidnapper in der Nähe waren: Ich hatte bereits alle Positionen, an denen sie sich hätten verbergen können, in Augenschein genommen. Um drei Uhr zwölf bestieg ich wieder meinen Wagen. Jetzt gab es keinen Grund mehr, das Handy nicht zu benutzen.

»Ich breche ab«, erklärte ich meinem Mitarbeiter.

»Die Franzosen haben es verdorben, was? Meine Augen funktionieren mittlerweile wie ein Radar, Lena. Die Flics lauern überall.«

»Wo wohnst du eigentlich?«

In der Hektik der letzten Stunden hatte ich es ihn noch nicht gefragt.

»Ja, ehrlich gesagt, darum hab ich mich noch nicht gekümmert«, gab Diethelm zu.

»In der Außenstelle der Berliner Polizei bei Lüders' Cousine wird sich auch für dich sicher ein Plätzchen finden«, sagte ich. »Lass uns fahren.«

Wir zogen ab. Diethelm hielt einen großen Abstand, ob mir auch die einheimischen Polizeitruppen folgten, vermochte ich nicht zu sagen. Rampillon lag hinter mir. Den Abstand konnte ich nur in Zeit ausdrücken; vor zwölf Minuten hatte ich das Dorf verlassen, wie mir die Uhr am Armaturenbrett verriet. Zwölf Minuten nach dem Passieren des Ortsausgangsschildes wurde mir in Sekundenbruchteilen klar, dass die Übergabe des Geldes doch noch stattfinden würde. Hinter einer Kurve stand ein Lieferwagen quer über die Fahrbahn. Erst als ich heftig auf die Bremse trat, wurde ich auch gewahr, dass er grau war.

Zwei Vermummte sprangen von der Ladefläche, ich griff nach dem Paket auf dem Beifahrersitz: Widerstand würde ich nicht leisten. Ich wollte Rudi, das viele Geld, das mir sowieso nicht gehörte, war mir egal. Die Vermummten kamen auf mich zu, ich öffnete das Fenster, hielt das Paket heraus. Der erste der Vermummten war eine Frau. Sie trug Blue Jeans und flache, schwarze Schuhe; ob auch ein schwarzes T-Shirt, konnte ich nicht erkennen, denn sie hatte eine Trainingsjacke übergestreift. Im Rückspiegel sah ich die Scheinwerfer von Diethelms Auto. Auch er bremste stark. Dann wurde geschossen.

Ich sah etwas. Und ich sah auch nichts. Es ging schnell. Es dauerte endlos. Die Vermummten stürzten. Die Windschutzscheibe des Lieferwagens splitterte. Es wurde geschrien. Ich schrie. Ich hatte Blut im Gesicht. Das war unmöglich. Es waren Tränen. Polizisten mit Maschinenpistolen rannten auf die Straße. Ich ließ das Geldpaket fallen. Ich weinte hemmungslos. Behelmte Männer, uniformierte Männer, vermummte Männer liefen. Hierhin, dahin, dorthin. Leloir war plötzlich da. Marguerite Nicolas war da. Diethelm kam. Ich ließ meinen Kopf auf das Lenkrad sinken. Rudi war verloren.

9

Ich kannte die Bilder. Ich hatte das alles schon gesehen: die Straßensperren, die Männer von der Spurensicherung, die fotografierten, pinselten, auf ihre Klemmbretter Notizen kritzelten oder in ihre Diktaphone sprachen, die mit Planen abgedeckten Toten, die vier Sanitätswagen, die nicht gebraucht wurden, bis auf einen. Der Mann am Steuer des Lieferwagens nämlich, so schien es jedenfalls, hatte überlebt. Ich sah das alles, und ich begriff es nicht. Die Spezialeinheit der CRS, der Compagnies Républicaines de Sécurité, war doch sicher auch darin ausgebildet, Kidnapper und Terroristen zu überwältigen und sie nicht nur mit offenbar gezielten Schüssen zu erledigen. Das war vollkommen sinnlos gewesen und gefährdete Rudis Leben. Diethelm, der zu mir in den Wagen gestiegen war, sprach aus, was ich selbst schon gedacht hatte.

»Das war eine Hinrichtung«, sagte er. Ich nickte nur, öffnete den Schlag und verließ das Auto. Leloir und Marguerite Nicolas, die etwas abseits standen, waren in eine heftige Debatte verstrickt. Ich verstand beim Nähertreten nur das eine oder andere Wort, aber mir kam es vor, als ob auch Marguerite mit den Todesschüssen nicht einverstanden war. Leloir, vermutete ich, hatte sie angeordnet. Der Typ wurde mir immer suspekter. Und als ein junger Polizeibeamter im Kampfanzug ihm Meldung machte, vernahm ich zum ersten Mal den Dienstgrad des ominösen Herren: Commissaire principal. Ich hielt ihn für keinen geringen.

»Warum?«, wandte ich mich an Leloir und Marguerite Nicolas zugleich. »Warum diese Härte? Gegen die Übermacht Ihrer Beamten hätten die drei Entführer doch gar keine Chance gehabt.«

»Es musste sein«, erklärte Leloir unlustig, dann ließ er mich stehen und begab sich zu seinem Auto. Die Krankenwagen fuhren ab, auch der mit dem Schwerverletzten. Ich schaute Marguerite in die Augen, die meinem Blick nicht standhielt und nur den Kopf schüttelte. Ohne um Erlaubnis zu fragen, hob ich die Plane von der Toten. Es war die Frau, die ich im *New Taj Mahal* gesehen hatte. Marguerite Nicolas trat neben mich und deckte die Leiche wieder zu.

»Ihr habt die Täter sicher schon identifiziert«, flüsterte ich. Leloir hupte, winkte seine Mitarbeiterin zu sich in den Wagen. Mittlerweile waren vier CRS-Leute bei mir und baten mich gestenreich, von den Toten zurückzutreten. Es waren ihre Leichen. Dass sie auch sehr viel mit mir zu tun hatten, wussten sie entweder nicht, oder sie hatten den Auftrag, meine Einmischungsversuche zu verhindern.

Marguerite hatte von ihrem Chef eine Instruktion empfangen. Diese Instruktion war auch für mich bestimmt. Die Nicolas, an meine Seite zurückgekehrt, wies auf Diethelm.

»Dein Kollege«, meinte sie, »hat in Frankreich ebenso wenig Kompetenzen wie du. Kriminalrat Lonke ist unser Ansprechpartner. Ich gebe dir nur wieder, was Leloir gesagt hat. Als Urlauberin bist du in Frankreich willkommen. Wenn du jedoch die Arbeit der hiesigen Polizei blockierst, könntest du schnell ausgewiesen werden. Mit allen Konsequenzen, die das für dich zu Hause haben wird.«

»Ich habe die Drohung verstanden«, bestätigte ich. »Du bist nicht seiner Meinung, nicht wahr?«

»Ich bin es gewohnt, zu dienen und Befehle zu empfangen«, umging Marguerite eine deutliche Antwort.

»Was heißt überhaupt, hiesige Polizei?«, wollte ich wissen. »Ist Commissaire principal Leloir wirklich ein Flic?«

»Ja und nein. Bis vor einem Jahr war er noch Unterdirektor bei der Direction Centrale des Renseignements Généraux der Police nationale. Mit der Bildung von GICOT stieg er ins Sécretariat Général de la Défense Nationale auf. Er koordiniert die gesamte Terrorismusabwehr der Republik. Ich sage das aus zweierlei Gründen. Weil ich Vertrauen zu dir habe. Und weil du wissen sollst, dass du dir an einem Leloir die Zähne ausbeißen wirst.«

»GICOT gibt es also doch«, bemerkte ich.

»Nein«, sagte Marguerite und nickte.

»Und du? Wer bist du?«

»DGSE. Du bist hartnäckig, irgendwann wirst du es ja sowieso erfahren. Zuständig für die Zusammenarbeit mit dem algerischen Nachrichtendienst. In der GICOT die Nummer drei.«

»Madame le Commissaire principal?«

»Nein.« Marguerite Nicolas lächelte verlegen. »Ich habe es für eine Frau wirklich weit gebracht. Und ich bin Soldatin. Oberstleutnant.«

»Hohe Tiere also.« Ich nickte vor mich hin. Marguerite zog die Augenbrauen hoch.

»Madame Nicolas«, rief Leloir aus seinem Wagen.

»Ich muss«, Marguerite zuckte die Schultern und rüstete sich zum Aufbruch.

»Wer ist die Nummer zwei bei der GICOT?«, wollte ich noch wissen.

»Monsieur X vielleicht?« Marguerite Nicolas setzte sich in Bewegung. »Es ist besser, es nicht zu wissen.«

10

Ich hatte ein gutes Dutzend und noch mehr Fragen, die mir weder der völlig verstörte Jim noch die ebenso verzweifelte Renata beantworten konnten. Wir saßen im Wintergarten, es sah aus, als ob unser privater Krisenstab tagte, aber es kam nichts dabei heraus außer Tränen und Geschrei. Ich wusste nicht, warum Leloir die Kidnapper hatte exekutieren lassen. Ich hatte keine Ahnung, wohin der Verletzte gebracht worden war. Mir waren ihre Namen unbekannt. Ja, ich hatte nicht einmal Kenntnis davon, woher die Entführer den VW Passat hatten, den sie mir am Bahnhof *Les Ardoines* zur Verfügung gestellt hatten. Er war von der Kriminalpolizei beschlagnahmt worden. Sicher wurde er gerade von der Spurensicherung untersucht. Niemand würde mir das Ergebnis mitteilen. Wir bliesen also kollektiv Trübsal. Selbst Diethelm hatte sich von der miserablen Stimmung anstecken lassen und schwieg.

»Eigentlich«, sagte ich nach einer Weile, »eigentlich gibt es nur eine Erklärung.«

»Wofür?« Diethelm hatte es gefragt, aber eine Antwort verlangten alle.

»Dass Leloir befohlen hat, sofort zu schießen, und zwar final.«

»Welche Erklärung?«, erkundigte sich Renata.

»Die Kidnapper haben die Attentäter von Vincennes gesehen. Oder könnten sie gesehen haben. Und das sollten sie nicht.«

»Aber dieser Leloir«, gab Angelika zu bedenken, »soll das Attentat doch aufklären. Ihm müsste doch jeder Zeuge recht sein.«

»Warum gibt es denn kein Bekennerschreiben?«, überlegte ich weiter. »Politisch motivierte Attentäter stehen immer unter Erklärungszwang.«

»Das wäre allerdings ungeheuerlich«, sagte Diethelm, der mich verstanden hatte.

»Die Karriere von Leloir interessiert mich brennend«, sagte ich.

»Darüber wirst du nichts erfahren.«

»Vielleicht doch. Marguerite Nicolas scheint kalte Füße zu bekommen.«

»Ich versteh bloß Bahnhof«, bekannte Jim.

»Ich auch«, fiel Renata ein.

»Außerdem müssen wir wissen, wer auf der Straße von Rampillon nach Nangis in den Asphalt gebissen hat respektive beißen sollte«, fuhr ich fort. »Womöglich ziehen sie diesen Lonke ins Vertrauen. Nun, mal sehen.« Ich erhob mich, um mir die Beine zu vertreten; manchmal verhalf ein wenig Bewegung dem Geist auf die Sprünge. Lonke, das war mir durchaus klar, würde nichts durchblicken lassen, gerade Männer liebten ja die Geheimniskrämerei, die ihnen das Gefühl gab, über Herrschaftswissen zu verfügen. Und Ziegler war vermutlich nicht der richtige Mann, um an die entscheidenden Informationen heranzukommen. Er war hilfsbereit, aber er stand nicht auf einer Position, die ihm alle Türen öffnete. Wenn ich die verfahrene Kiste wirklich aus dem Dreck ziehen wollte, half wohl nur ein großer Knall. Ich war ein viel zu kleines Licht, um eine solche Explosion auszulösen. Ein Artikel in einer führenden französischen Tageszeitung hingegen konnte für Leloir und Kompagnons äußerst peinlich werden. Es fragte sich nur, ob ein solcher Artikel Rudi nutzen oder schaden würde. Außerdem hatte ich keine Beweise.

»Scheiße, ich weiß nicht weiter!«, rief ich und ließ mich wieder auf meinen Stuhl fallen. Lange nicht mehr hatte ich mich dermaßen ohnmächtig gefühlt. Und nach wie vor erwarteten alle von mir das Wunder, das es nicht geben konnte.

Das Klingeln an der Haustür erinnerte uns daran, dass die Nacht vorbei war. Angelika ging öffnen. Es war der Postbote, den sie abfertigen musste. Er hatte Briefe von französischen Firmen gebracht, für die Angelika Duvic als Übersetzerin tätig war, aber auch etwas für mich: einen A4-Umschlag und ein kleines Päckchen. Der Umschlag stammte von Lüders, das Päckchen trug keinen Absender. Ich riss zuerst Lüders' Brief auf. Vier Fotos kamen zum Vorschein, und gemeinsam mit Jim, Diethelm und den Frauen schaute ich mir Annekathrin Scholz, Winfried Biegel, Klaus Albrecht und Achim Priebe an. Renata Krossmann kannte sie bis auf Annekathrin Scholz, weil die drei Männer etwas mit ihrem Mann zu tun gehabt hatten, aber sie kannte sie eben nur flüchtig. Ich hatte noch niemanden von ihnen gesehen. Nach der gescheiterten Geldübergabe hatte ich von den drei Vermummten nur die Frau betrachten können, war mir aber sicher, dass es sich bei dem erschossenen Mann um ihren Begleiter aus dem *New Taj Mahal* gehandelt haben musste; nur beim Fahrer des Lieferwagens bestand eine, meiner Meinung allerdings geringe Möglichkeit, dass er Biegel, Albrecht oder Priebe war.

»Und du, Jim?«, fragte ich meinen Sprössling. »Kommt dir jemand bekannt vor?«

Jim zögerte mit der Antwort, er war sich seiner Rolle und seiner Verantwortung bewusst. Dann tippte er auf das Bild, auf dessen Rückseite Lüders notiert hatte: *Achim Priebe, geboren*

26. Mai 1964 in Hamburg. Letzter bekannter Wohnort: Bremen, Theodor-Billroth Straße 25. Achtung! P hat vor neun Tagen in Bobigny bei Paris an einem Geldautomaten der Société Générale mit seiner VISA-Karte tausend Francs abgehoben!

»Der!«, sagte mein Sohn. Wir alle hielten den Atem an.

»Woher?«

»Das war einer von den beiden Männern. In diesem Schatoh da. Und später in dem Lieferwagen. Wo es dann drei Männer waren. Hab ich dir alles erzählt, Mam.«

»Ja«, bestätigte ich, »Priebe also. Doch die deutsche Spur. Angelika? Wo befindet sich Bobigny?«

»Nördlich von Paris. Man kommt dorthin mit der Metro, aber warte ... Ich habe da einen Plan von der Banlieue.«

»Das sind ja einige Überraschungen«, sagte Dietmar und zeigte auf das Päckchen. »Vielleicht kommen noch ein paar hinzu, was?«

Das Päckchen zu öffnen, hatte ich bewusst vor mir hergeschoben; es war absenderlos, also ahnte ich natürlich, wer es mir geschickt hatte. Gerade jetzt, da sie zwei, vielleicht sogar drei ihrer Leute verloren hatten, würden die Kidnapper nicht aufgeben. Eigentlich hätte ich die Pariser Kripo rufen müssen, damit mögliche Spuren gesichert würden, aber ich verzichtete darauf, ließ mir von Angelika eine Schere geben und löste vorsichtig die Papierhülle. Die Pappschachtel darunter war ebenfalls verschnürt. Bevor ich das Paketband zerschnitt, schickte ich alle aus dem Raum, obwohl ich nicht wirklich mit einem explosiven Inhalt rechnete. Außerdem beroch ich die unschuldig wirkende Schachtel. Ein süßlicher Blutgeruch machte meine Hände zittern. Ich schloss die Augen, dann faltete ich, mich auf meinen Tastsinn verlassend, den Verschluss auf. Ein paar Mal atmete ich tief durch, riss dann die Lider auseinander. Sprang sofort in die Höhe. Schrie wie angestochen. In dem Paket lag ein blutiger Daumen.

Ich hatte mir die Bettdecke über den Kopf gezogen, denn ich wollte nicht mehr sehen, hören, riechen, fühlen; ich wollte nichts mehr. Von den Vorgängen im Haus bekam ich nichts mit, und das war auch nicht nötig, meine Phantasie war stark genug, um mir auszumalen, wie es Rudis Mutter, wie es Jim, wie es auch Angelika, Margrete und Diethelm ging. Die Schweine hatten Rudis linken Daumen von der Hand abgetrennt. Sobald ich mir vorstellte, wie der Junge dabei gelitten hatte, bekam ich einen Schüttelfrostanfall. Tränen hatte ich nicht mehr. Ich war ausgebrannt, ich war tot. Und wenn Margrete an mein Bett trat und mich zu streicheln versuchte, stieß ich ihre Hand weg. Ich wollte das gar nicht. Aber ich tat es. Ihre Hand erinnerte mich an eine andere, verstümmelte.

»Lena!«, rief plötzlich jemand. Nicht Margrete. Eine andere Frau. Die Nicolas. Sie musste in der Tür stehen. »Lena! Alles in Ordnung!« Unmöglich. »Der Daumen ist aus Gummi.« Das war absurd. Rudis Daumen konnte nicht aus Gummi sein. »Lena, hör doch! Es ist ein Scherzartikel. Und das Blut … von einem Tier. Vermutlich Katzenblut.«

Jetzt musste ich schon wieder heulen, wenn auch aus Erleichterung. Scherzartikel, Katzenblut. Ein böser, widerwärtiger, krimineller Scherz, für den ich mich rächen würde, notfalls blutig. Ich kroch unter der Decke hervor. Renata stand nun ebenfalls in der Tür, schräg hinter der Nicolas. Auch sie sah verweint aus. Was waren wir nur für eine verdammte Heulsusenversammlung. Mir reichte es. Und doch fühlte ich wieder meine Ohnmacht.

»Sie haben die Wohnung gefunden«, erklärte Renata. Marguerite nickte dazu. Ich begriff nicht, was sie meinten.

»In Bobigny«, sagte Nicolas. »Avenue Karl Marx. Bâtiment zehn. Ein Hochhaus. Zwölfter Stock. Dort haben sie den Jungen offenbar versteckt gehalten.«

»Haben?« Ich schoss aus dem Bett.

»Leider. Sie müssen nach …, nach dem Fiasko von letzter Nacht haben sie offenbar überstürzt das Versteck geräumt.«

»Und wie seid ihr …?«

»Später. Ich fahre euch hin, auch wenn mich Leloir dafür … Bist du bereit?«

»Und ob.« Also fuhren wir. Im Auto berichtete uns Marguerite, was sie mir hätte verschweigen müssen. Uns, das waren Renata, Diethelm und ich. Die Frau Oberstleutnant hatte offenbar beschlossen, kein Blatt mehr vor den Mund zu nehmen. Was sie erwartete, wenn Leloir davon Wind bekam, konnte ich nur vermuten; vermutlich setzte sie sogar ihre Karriere aufs Spiel. Die Schüsse auf der Strasse zwischen Rampillon und Nangis hatten bei ihr offenbar einen Sinneswandel bewirkt. Jetzt, so hoffte ich, hatte ich also eine Vertraute dort, wo ich dringend eine Vertraute brauchte. Trotzdem beschloss ich, vorsichtig zu bleiben; auf der Ebene, auf der Marguerite Nicolas ihren patriotischen Dienst versah, war das Eis dünn.

»Simone Pasquet«, begann Marguerite. Wir befanden uns auf der Autobahn nach Norden. »Die Frau, die von der CRS … Wir haben sie rasch identifizieren können. Anhand einer verwaschenen Hotelrechnung, die sie in ihrer Gesäßtasche hatte. Und als heute Morgen an alle Polizei- und Gendarmerieposten eine Tickermeldung ging, da erinnerte sich ein aufmerksamer junger Gardien vom Commissariat de Police in Bobigny an eine seltsame Begebenheit, in die eine Madame Pasquet verwickelt war. Sie wissen, ihr wisst, in diesen Hochhaussiedlungen ist die Anonymität des Einzelnen sehr groß, und in der Regel interessiert man sich nicht einmal für seinen Nachbarn. Doch im Haus 10 der Avenue Karl Marx war das ein wenig anders. Vor sechs Wochen hat Simone Pasquet die Wohnung angemietet und anstandslos drei Monatsmieten bezahlt.«

»Was dafür spricht, dass die Entführung von langer Hand

und auch von Berlin aus vorbereitet worden ist«, warf ich ein.

»Exactement. Also, wie gesagt, sie hat die Wohnung angemietet, sich aber dann vier, fünf Wochen nicht sehen lassen. Das hat einer der Nachbarn beobachtet, ohne sich zuerst etwas dabei zu denken. Das heißt, ein bisschen stutzig hat es ihn schon gemacht. Dann kreuzte die Pasquet eines Tages auf. Mit zwei Männern. Sie brachten ein paar Möbel, einen Tisch, Stühle, eine Klappcouch, etwas Geschirr auch. Und eines Nachts dann gab es in der Wohnung mächtiges Gepolter und Geschrei. Nur kurz, aber der Nachbar hat es gehört, weil er offenbar einer von jenen Typen ist, die mit dem Ohr an der Wand schlafen. Von diesem Zeitpunkt an war die Wohnung immer besetzt, aber nicht etwa nur von der Mieterin, sondern hauptsächlich von Männern, die mit einer gewissen Regelmäßigkeit auftauchten und wieder abzogen. Die Bewacher also. Außerdem will der Nachbar hin und wieder ein gedämpftes Wimmern vernommen haben, und als ihm das alles höchst verdächtig erschien, ist er aufs Commissariat gegangen. Nun ist es ja so, Polizisten mischen sich nur ungern in Dinge ein, die sich hinter geschlossenen Wohnungstüren abspielen, und oft entpuppen sich Anzeigen von Nachbarn als bloße Denunziationen. Trotzdem schickte der Chef des Commissariat eine Streife vorbei. Der Streifenführer, ein Brigadier Major mit allen Attitüden des alten Hasen offenbar, hat sich nicht mal aus dem Wagen bemüht, sondern seinen jungen Begleiter geschickt, den erwähnten Gardien de la Paix, zur Anstellung übrigens. Der wollte seinen Job gut machen, klingelt also an der Wohnungstür. Niemand öffnet ihm. Er geht zum Nachbarn, lauscht an der Wand, hört nichts. Der Streifenführer will die Sache damit auf sich beruhen lassen. Doch der junge Mann geht Stunden später noch einmal hin. Trifft Madame Pasquet, als diese gerade die Wohnung verlässt. Er kontrolliert ihre Papiere und weist sie darauf hin, dass sie ihren Meldepflichten noch nicht nachgekommen ist. Er will der Frau auf den Zahn fühlen, aber die weicht aus, und in die Wohnung bittet sie ihn auch nicht. Da kein Grund vorliegt, sich gewaltsam Zutritt zu verschaffen, lässt er sich abwimmeln. Heute Morgen erschien ihm natürlich alles in einem anderen Licht.«

Ich nickte stumm vor mich hin, während Marguerite die Autobahn verließ und ins Zentrum von Bobigny fuhr. Lüders' Cousine hatte mich darauf eingestimmt, von dieser Stadt nicht das Paradies auf Erden zu erwarten, und so war es auch: Man hatte eine große Neubausiedlung für die knapp fünfundvierzigtausend Balbiniens aus dem Boden gestampft, die weder hässlicher noch schöner war als deutsche Neubausiedlungen. Das Bâtiment No. 10 in der Avenue Karl Marx befand sich zwischen einer Fußgängerzone und einem kleinen Park mit einer grauen Betonkirche, die Straße hatte man unter die Fußgängerzone versenkt, und offenbar versteckten die Bewohner ihre Autos in Tiefgaragen. Ich zählte neunzehn Stockwerke. Hochhäuser mochte ich sowieso nicht, aber an diesem stieß mich nicht nur die Höhe ab, sondern vor allem die Art, wie die Fassade gestrichen worden war: von unten nach oben zuerst altrosa, dann rosa und schließlich grau. Als wir auf die Eingangstür zuschritten, vor der ein Wagen der Gendarmerie nationale parkte, entdeckte ich ein Schild, das darauf hinwies, Bâtiment No. 10 beherberge auch ein *Centre Dentaire Karl Marx*.

»Avenue Gagarine, Avenue Lénine, Avenue Marx«, bemerkte ich, »in Deutschland wären solche Straßennamen alles andere als selbstverständlich.«

»In der Banlieue finden Sie solche Bezeichnungen oft«, erwiderte Marguerite Nicolas. »Hier waren und sind die Kommunisten in den Stadtparlamenten relativ stark und stellen manchmal sogar den Maire. Wie ja überhaupt Kommunisten und Sozialisten in der französischen Politik immer eine große Rolle spielten. Im Volksfrontfrankreich, in der Résistance, in der Nachkriegszeit auch.«

»Nun, denn«, ermunterte ich uns alle. Marguerite hatte den Aufzug gerufen. »Wirst du es ertragen können?«, wollte ich von Renata Krossmann wissen. Sie hörte mich gar nicht, starrte nur unentwegt auf die Fahrstuhltür. Als diese sich öffnete, huschte sie als Erste hinein. Das war auch eine Antwort. Die Wohnung in der zwölften Etage wurde von zwei Gendarmen und einem Polizisten bewacht, denn sie war noch nicht verschlossen und versiegelt, weil die Spurenleser ihrer Arbeit nachgingen. Renata schluchzte auf, als wir den Raum betraten, der für ihren Sohn ein Gefängnis gewesen war. Die Entführer waren tatsächlich überstürzt aufgebrochen, hatten also alles stehen und liegen gelassen, wie man so schön sagte; da alles wenig war, genügte ein Blick, um die Situation zu erfassen. Im Zentrum des Zimmers stand das Klappbett, an dessen Eisengestänge man Rudi mit Hand- und Fußschellen gefesselt haben musste, außerdem mit etlichen Ledergurten, um ihm nur geringe Bewegungen zu ermöglichen, zweifellos damit er keine Geräusche verursachte. Sich ständig in einer fast reglosen Haltung zu befinden, musste für den Jungen eine Tortur gewesen sein, zumal die Kidnapper ihn gewiss geknebelt hatten; ein dafür geeignetes Tuch oder etwas Ähnliches vermochte ich nicht zu entdecken.

Die Bewacher, so sah es aus, hatten es sich an dem Tisch neben und damit quasi auch über dem Bett bequem gemacht. Sie hatten dort eine Untertasse vollgeraucht, sie hatten, das verrieten klebrige Ränder auf der Tischplatte, auch getrunken. Ich schaute in die Pantry. Die Gläser, es waren drei, hatten sie abgespült. Die Zeit dafür hatten sie sich immerhin noch genommen, allerdings hätten sie auch die Kippen beseitigen müssen: Die Speichelspuren würden im Falle eines Falles ausreichen, ihre Anwesenheit zu beweisen. Simone Pasquet war tot, einer ihrer Komplizen ebenfalls, der zweite lag auf der Intensivstation. Außer den dreien, das lag auf der Hand, gab es noch mehr Beteiligte, mindestens zwei, denn einer allein hätte Rudi nicht unbemerkt aus dem Haus schaffen können. Und der graue Lieferwagen war selbstredend nicht das einzige Fahrzeug, über das sie verfügten.

»Wissen Sie schon, wie die Täter zu dem Passat gekommen sind, mit dem ich zur Geldübergabe fahren musste?«, fragte ich Marguerite Nicolas.

»Ich will hier raus«, meldete sich nun Renata zu Wort. »Ich ersticke. Raus.«

Diethelm übernahm es, sie an die frische Luft zu begleiten, wenn man an einem Sommertag in der Steinwüste überhaupt frische Luft erwarten konnte. Ich lauerte auf die Antwort.

»Gestohlen. Im Nachbarort La Courneuve. Und dann mit falschen Pariser Kennzeichen versehen.«

»Außer der Pasquet … Habt ihr die beiden Männer identifiziert?«

»Dazu kann nur Leloir etwas sagen. Ich habe mich schon zu weit vorgewagt.« Marguerite Nicolas wies auf die Wohnungstür. »Lass uns aufs Commissariat fahren. Der Nachbar wird dort gerade verhört.«

Wir hatten es nicht weit zur Cité Administrative, wo sich etliche Behörden des Departements Seine-Saint-Denis konzentrierten, aber das Commissariat de Police von Bobigny schien Marguerite nicht zu kennen; zuerst steuerte sie nämlich die Direction Départmentale de Securité Publique an, wo wir, wie sich rasch herausstellte, am falschen Ort waren. Während sich Nicolas an der Pforte erkundigte, hatte ich die Gelegenheit, einen Gedenkstein vor dem Gebäude der Sicherheitszentrale zu betrachten. *Aux Policiers de Seine-Saint-Dents*, lautete die Inschrift, *Victimes du Devoir*, dann folgten zehn Namen. Man brauchte nicht viel Französisch, um zu verstehen, dass es sich wohl um im Dienst umgekommene Polizisten handelte. Mir wurde etwas mulmig zumute; ermordete Polizisten waren mir in Berlin noch nicht untergekommen, jedenfalls hatte meine Abteilung noch nie einen solchen Mord zu untersuchen gehabt.

Zum Bâtiment F der Cité Administrative, dem Sitz des Polizeikommissariats, gingen wir zu Fuß. Das zweistöckige, barackenartige Gebäude machte bereits von außen einen heruntergekommenen Eindruck, der sich im Innern noch verstärkte. Die Jalousien an den Fenstern hingen schief, sofern sie sich nicht längst in Fetzen aufgelöst hatten, der lange Gang war schmuddlig, und das traf auch für das nüchterne Büro mit den alten, abgestoßenen Möbeln zu, in das ich geführt wurde. Diethelm und Renata warteten draußen, darauf hatte Marguerite Nicolas bestanden. Sie lieferte mich bei einem Herrn ab, dessen grauer Anzug so unsauber war wie das gesamte Interieur, aber das Abstoßendste an ihm war sein Gesicht: Er war nicht nur von Altersfalten gezeichnet, sondern die geschwollene Nase und die geplatzten Äderchen auf den Wagen, die geröteten Augen und die aufgekratzten Warzen bewiesen, dass ich es mit einem schweren Alkoholiker zu tun hatte.

»Enchanté, Madame!«, begrüßte er mich. Er erhob sich gar und reichte mir seine schweißnasse Hand.

»Monsieur Guéro von der DRPJ«, stellte Marguerite ihn vor. »Der Regionaldirektion Paris der Police Judiciaire, die auch für die drei angrenzenden Departements zuständig ist. Petite Couronne, kleiner Kranz, so nennt man die Departements 92, 93 und 94, die sich an Paris intra-muros anschmiegen, also Hauts-de-Seine, Seine-Saint-Denis und Val-de-Marne, und die gehören eben zum Verantwortungsbereich der Pariser Kripo. Monsieur Guéro spricht nur Französisch.«

»Oui, Oui«, bestätigte Monsieur, dann öffnete er die Tür zu einem Nebenraum, in den wir ihm folgten. Zwei weitere Flics beschäftigten dort einen Mann von Mitte vierzig damit, in einer Fotokartei zu blättern und sich jeden Bösewicht genau anzusehen. Ein Foto hatte er bereits ausgesondert, und Guéro hielt es mir vor die Nase. Den Mann, der dort aufgenommen worden war, kannte ich. Ich hatte ihn gemeinsam mit Simone Pasquet zu einem Zeitpunkt, da ich ihren Namen noch nicht kannte, beim Inder in Athis Mons gesehen. Bevor ich etwas sagen konnte, schüttelte Guéro den Kopf und wies in die Felder mit den Personenangaben. Christophe Sébastiani hieß der Kerl. Und das Licht der Welt hatte er in Erbalunga erblickt. Erbalunga sagte mir nichts, Sébastiani schon: Albrechts korsische Lebensgefährtin trug den gleichen Familiennamen.

Der Mann, der die Fotos durchschaute, war sicher der Nachbar aus der Avenue Karl Marx. Das bedeutete also, er hatte Sébastiani bei Rudis Bewachern gesehen. Ich war gespannt, was er zu meinen Bildern sagen würde, und reichte sie an Guéro. Bei Winfried Biegel und Klaus Albrecht schüttelte er den Kopf. Bei Achim Priebe hingegen nickte er heftig.

»C'est un des hommes«, sagte er, »je suis sûr, c'est un des hommes.« Auch Priebe war also einer der Männer.

»Un instant«, bat mich Guéro, nahm die Fotos und verschwand eine Zeit lang, vermutlich, um sich Abzüge machen und nach dem Deutschen fahnden zu lassen. Ich nutzte die Pause, um alle Personen Revue passieren zu lassen, die offenbar mit der Entführung in Verbindung standen: die erschossene Simone Pasquet, der offenbar ebenfalls tote Sébastiani, Achim Priebe aus Bremen, Klaus Albrecht aus Berlin, jetzt aus Bastia, Corinne Sébastiani, vielleicht Winfried Biegel, womöglich auch noch die eine oder andere bisher für mich namenlose Person. Damit ließ sich doch einiges anfangen, ganz gleich, ob mir die französischen Behörden nun unter die Arme griffen oder nicht.

»Zufrieden?«, wollte Marguerite wissen. Ich bestätigte ihr, zufrieden zu sein. Als wenig später die Tür vom Gang aufgerissen wurde, erwarteten wir die Rückkehr von Guéro. Es war aber nicht Guéro, der wie ein Berserker hereinplatzte, es war Leloir. Sein Gesicht war rot und verzerrt vor Wut, und ehe jemand etwas sagen konnten, fiel er über Marguerite Nicolas her und nahm sie Maß. Er musste ihr heftige Vorhaltungen machen, was ich an den Mienen der beiden Flics und auch des Nachbarn erkannte. Schließlich zerrte er seine Mitarbeiterin mit sich auf den Gang, wo seine Abfuhr noch an Heftigkeit zunahm. Alldieweil war Guéro wieder da, der grinste und mir meine Bilder zurückgab. Und nicht nur meine, auch die Fotografie von Christophe Sébastiani.

»Bonne chance, Madame!«, wünschte er mir. Seiner Unterstützung konnte ich also gewiss sein. Auf dem fernen Korsika, wohin ich nun unverzüglich aufzubrechen gedachte, würde sie mir wohl nicht von Nutzen sein.

Das Geschrei draußen auf dem Flur dauerte an, als ich das Büro verließ. Ich hatte mich von Guéro sehr herzlich verabschiedet, er hatte etwas von *une jolie femme* gemurmelt und es durch das englische *pretty lady* ergänzt, ich vermutete, dass er mich damit gemeint hatte, und ging an den Streitenden vorbei zum Ausgang. Diethelm und Renata Krossmann warteten neben dem Wagen der Nicolas, die wenig später auch das Commissariat de Police verließ, gefolgt von ihrem Chef. Beide stiegen in das Auto, sie dachten also nicht daran, uns mitzunehmen.

»Sieht nach einer Metrofahrt aus, Kinder«, sagte ich.

Nicolas und Leloir tauschten irgendetwas aus, dann stieg Leloir wieder aus und verschwand, ohne uns eines Blickes zu würdigen, im Commissariat. In der Tür stieß er fast mit Guéro zusammen, der fröhlich wirkte. Marguerite fuhr, nachdem sie uns mit einem bedauernden Schulterzucken bedacht hatte, ab, Guéro steckte mir einen Zettel zu. Dann lief er, leichtfüßig wie ein kleiner Junge, zu einem der Polizeifahrzeuge. Ich faltete den Zettel auseinander.

Chère Madame!, hatte der Pariser Kriminalbeamte geschrieben. *Il faut que vous soyez prudente. Ms. Leloir est très dangereux, et Mme Nicolas aussi. Il est un diabolique fasciste. Elle est son assistante. Votre serviteur, Madame. G. G.*

Den Text würde mir meine Norwegerin übersetzen müssen.

12

Sie müssen vorsichtig sein. Leloir ist sehr gefährlich, die Nicolas auch. Er ist ein teuflischer Faschist. Sie ist seine Gehilfin. Ihr Diener, Madame. G. G.

Ein kleines Abenteuer war es schon gewesen, von Bobigny ohne Wagen nach Vitry zu gelangen, zuerst mit der Metro fünf zur Place d'Italie, dann mit der Sieben zur Porte de Choisy; da sich diese Linie jedoch an der Haltestelle Maison Blanche teilte und ich nicht aufgepasst hatte, hatten wir im falschen Zug gesessen, dem nach Villejuif Louis Aragon, also hatten wir noch einmal zum Maison Blanche fahren und dort auf den Zug nach der Mairie d'Ivry warten müssen. Von der Porte de Choisy hatte uns der Bus 183 nach Vitry-sur-Seine geschafft, wir hatten den Weg in die Avenue Maginot unter die Sohlen genommen, nach gut neunzig Minuten, in etwa der Flugzeit von Berlin nach Paris, waren wir glücklich eingetroffen, und sofort hatten uns die Zurückgebliebenen mit ihren Fragen bestürmt. Der Sturm war mittlerweile abgeflaut. Ich hatte mich von Diethelm verabschiedet, der nach Berlin zurückkehren musste, allerdings ein kleines Intermezzo in Wiesbaden einplante, und nun saß ich am Küchentisch, schlürfte heißen, starken Espresso und dachte darüber nach, wie Kripomann Guéro wohl mit Vornamen heißen mochte. Gabriel, Guillaume, Gérard, vielleicht auch Gustave, Gaston, Georges. Da er mich sowohl vor Leloir als auch vor Marguerite Nicolas gewarnt hatte, musste er die beiden kennen und mehr über sie wissen, als seine heimliche Depesche verriet. Die Direktion der RG war eine eigenständige Dienststelle der Police nationale, sie existierte neben der Direktion der Kriminalpolizei, aber es mochte Fäden geben, die die eine mit der anderen verbanden. Gérard Guéro, so taufte ich ihn für mich, er meinte es gut mit mir, vielleicht würde ich auf ihn zurückgreifen können. Er war ein Säufer, vor dem Alkohol musste ein anderer Wurm an seiner Leber genagt haben, womöglich einer, der seine Wut auf Leloir und Konsorten begründete. Soweit ich es beurteilen konnte, stöberten diese Typen in seinem Fall herum. Das war natürlich kein Grund, Leloir einen Teufel oder gar einen Faschisten zu nennen. Im Moment bedauerte ich sehr, der französischen Sprache nicht mächtig zu sein, andernfalls hätte ich Guéro in Bobigny zur Rede stellen können. Mit Konjunktiven ließ sich kein Fall lösen, keine Entführung beenden. Ich langte nach dem Telefon und rief KHK Ziegler an.

»Ja, liebe Kollegin«, sagte dieser sofort, »ich hab schon von Ihrem Unglück gehört.«

»Mehr ein Unglück für den Jungen, finden Sie nicht?«

»Richtig, natürlich. Viel Tröstliches fällt mir nicht ein, aber ich habe einiges für Sie, was das gute Funktionieren meiner Ohren bestätigt. Klaus Albrecht betreffend. Diese ominöse Staatsschutzsache. Albrecht hat als junger Mensch, also bevor er sich im Ausland niederließ, in Berlin einer ganz merkwürdige Untergrundorganisation angehört, die irgendwo im linken Spektrum angesiedelt war. Niemand ist je ganz klug daraus geworden, was diese Truppe eigentlich wollte, außer natürlich den Staat abschaffen. Der Staatsschutz hat die Bande, die sich Bewegung für den Volkskrieg nannte, aber sehr ernst genommen, obwohl es nur ein einziges Kommandounternehmen gegeben hat, einen obendrein misslungenen Brandanschlag auf eine Schaltstelle der Berliner Elektrizitätswerke. Aber unsere Staatsschützer sehen ja hinter jedem Dummejungenstreich gleich eine neue Woge des Terrorismus, ist also durchaus möglich, dass sie Albrecht zum V-Mann aufgebaut haben. Viel Freude werden sie an ihm nicht gehabt haben, die Bewegung zerbrach sehr schnell, Kläuschen profilierte sich als Kleindealer und setzte sich bald nach Frankreich ab.«

»Vielleicht arbeitet er für einen französischen Dienst weiter«, überlegte ich.

»Glaub ich nicht«, sagte Ziegler überzeugt, »was wollen die mit einem solchen Idioten, der er doch offenbar ist.«

»Und Biegel?«, erkundigte ich mich weiter. »Krossmanns ehemaliger Sozietär und Schweizurlauber?«

»Da gibt es nix«, sagte Ziegler.

»Weil die Anfrage an die Schweizer Behörden nicht raus ist, fürchte ich.«

»Was soll ich dazu sagen? Ich kann ja nicht mal Druck machen, weil ich nicht zuständig bin.«

»Von meinem Dank, der ihnen zeitlebens nachschleichen wird …«

»Ja, schon gut. Man soll nicht so viel reden und lieber kräftig durchatmen. Ein Wort trotzdem noch, ich hab extra für Sie ein bisschen Französisch gelernt. Bonne chance!«

Dafür musste ich mich natürlich ausgiebig bedanken. Dann war Lüders dran. Ich berichtete ihm, was sich ereignet hatte und was ich nunmehr wusste und vermutete, bevor ich die Dinge abfragte, von denen ich hoffte, Lüders würde sie wissen. Auch er half mir ein Stückchen weiter.

»Krossmann hat sich nach dem Debakel mit der Geldübergabe nun doch zu noch umfassenderer Zusammenarbeit bereit erklärt.« Manchmal sprach mein Stellvertreter jenes umständliche Polizeideutsch, das uns allen in Fleisch und Blut übergegangen war. »Zu seinen Auseinandersetzungen mit Winfried Biegel hat er geäußert, diese wären in unterschiedlichen Auffassungen über das Führen der Anwaltskanzlei begründet gewesen. Nach den ersten Achtungserfolgen hat Biegel nämlich darauf bestanden, immer mehr Mitarbeiter einzustellen, was Krossmann aus betriebswirtschaftlicher Sicht für übertrieben, gar für riskant hielt. Eine typische Expansionskrise, so hat Rudis Vater es genannt: Es war immer mehr Arbeit da, aber die Umsätze rechtfertigten noch keine Erweiterung der Angestelltenzahl. Biegel wollte das nicht einsehen. Deshalb haben sich die beiden schließlich getrennt.«

»Achim Priebe?«

»Da wissen wir auch nicht mehr, als dir schon bekannt ist«, sagte Lüders. »Krossmann kann sich zwar ein Motiv bei seinem Bremer Cousin vorstellen, mehrere Motive sogar, Neid auf Krossmanns Wohlstand, Geldnot, den Wunsch, der ganzen Familie einen dicken Daumen zu zeigen. Aber der Kontakt zwischen Priebe und Familie Krossmann war derart gestört, dass im Prinzip seit Jahren keine Verbindung bestand. Will sagen: Priebe kann über Rudis Leben nicht das wissen, was ein Entführer eigentlich wissen müsste. Sagt Krossmann. Jetzt sieht das natürlich anders aus.«

»Ja«, bestätigte ich. »Die Scholz schweigt immer noch, nehme ich an?« Mein Stellvertreter bejahte. »Wenn wir mal unsere Vermutungen bündeln«, fuhr ich fort, »dann scheint es doch so zu sein: Einer, der Spiritus Rector des Unternehmens, hat versucht, für Rudis Entführung Leute aus der Umgebung von Krossmann zusammenzuführen, die einen Rochus auf den Vater haben und von denen ihm bekannt war, dass sie über kriminelle Energie verfügen. Die gleiche Person muss gute Kontakte in Frankreich haben, sodass er den Plan, Rudi in Berlin zu kidnappen, innerhalb einer relativ kurzen Zeit zugunsten von Paris aufgeben konnte. Nach dem bisherigen Stand kommt dafür nur Klaus Albrecht in Frage. Aber sag mir bitte, wie kann jemand, der auf Korsika und damit mehr als tausend Kilometer von Berlin entfernt lebt, überhaupt auf die Idee kommen, in der deutschen Hauptstadt so eine Sache einzufädeln? Das ist doch absurd.«

»Vielleicht ist die Schaltstelle doch in Berlin«, gab Lüders zu bedenken. »Jemand, der für uns noch vollkommen im Dunkeln geblieben ist. Oder eben Biegel.«

»Ihr müsst es irgendwie schaffen, dass die Scholz zu reden beginnt.« Das hatte sich auch mein Stellvertreter sicher schon zigmal gesagt, aber wenn sie mit ihrem Anwalt Schweigen als Strategie verabredet hatte, war das kaum zu bewerkstelligen.

»Irgendwie und irgendwann«, sagte Lüders. »Im Moment klappern wir ihr gesamtes Umfeld ab, sozusagen von der Wiege bis jetzt. Möglich, dass uns da noch ein Licht aufgeht.«

»Okay. Ich fliege jedenfalls bald nach Bastia. Und habe noch eine dringende Bitte.«

»Sag sie mir«, verlangte Lüders.

»Es gab in Berlin mal eine Organisation von linken Spinnern, die sich Bewegung für den Volkskrieg nannte. Albrecht gehörte dazu, ihr müsst euch also auch damit befassen.«

»Sicher«, stöhnte mein Stellvertreter, »damit beginnt dann bald Band vier der Akte.«

Fünftes Kapitel

1

Guillaume chauffierte mich auf dem Périphérique zum Flohmarkt an der Porte de Clignancourt, ich sah die Lagerhallen, Firmengebäude, die Häuser des Pariser Ostens und die Hochhäuser der Banlieue an mir vorbeirauschen und dachte darüber nach, dass nicht jeder Wunsch, der einem absurd oder phantastisch vorkam, es auch sein musste. Angelika Duvic hatte mir natürlich keine Waffe zu beschaffen gewusst, ja sie hatte nicht einmal die Quellen gekannt, doch eine unbedachte Äußerung zu ihrem Sohn hatte genügt, und schon war ein Stein ins Rollen gekommen. Nicht dass Guillaume mit legalen, halblegalen und illegalen Waffendealern auf dem Duzfuß stand, aber er hatte sich unter Kommilitonen und Freunden umgehört, und irgendwann war er auf jemanden gestoßen, der jemanden kannte, der jemanden kannte, der etwas wusste. Der Marché aux Puces, der große Flohmarkt von Saint Ouen, war ihm genannt worden, und auch mit ausführlichen Instruktionen hatte er mich versorgt. Margrete hatte Recht gehabt, ich war nicht Clint Eastwood, aber ich war auf dem besten Wege, eine Clinthia zu werden. Guillaume hatte sich bereit erklärt, mich bis zur Porte de Clignancourt zu bringen, aber dann sollte ich mich selbst durchschlagen. Was ich wissen musste, stand auf einem Zettel. Ich war Angelikas Sohn dankbar, aber auch ihr selbst, und das auch aus einem weiteren Grund: Um mich zu entlasten, wollte sie die Flugscheine für Margrete und mich beschaffen. Sobald wie möglich würden wir nach Bastia fliegen. Ich ließ mich nicht mehr zurückhalten, nicht mit Drohungen und nicht mit Argumenten. Und in den wilden Bergen Korsikas mochte eine Waffe immer nützlich sein. Was mir vorschwebte, war eine Schrotflinte mit abgesägtem Lauf; nur sie war einer Clinthia Eastwood würdig.

Der Flohmarkt begann nördlich des Périphérique, erstreckte sich über die Pariser Stadtgrenze weit hinein nach Saint Ouen und bestand eigentlich aus mehreren Märkten, von denen jeder einen Namen hatte. Mein Ziel war der Antiquitätenmarkt *Paul Bert*. Guillaume setzte mich ab, ich schob mich durch enge, viel bevölkerte Gassen zwischen Ständen mit Kleidung, Lederwaren und folkloristischem Tinnef hindurch und hielt krampfhaft meine Tasche fest; Flohmärkte waren das Reich der Taschendiebe. Der Antiquitätenmarkt war nach der Rue Paul Bert benannt, die von der Rue des Rosiers abzweigte, und auf der befand ich mich bereits: eine deutsche Kriminalbeamtin, die eine Mordmaschine erwerben will, inmitten von Jeans und Schuhen. Meine erste Aufgabe bestand darin, La *Bourse aux Armes* zu finden, die Waffenbörse. Ich sollte mich dort für Colts interessieren, nicht für Trommelrevolver schlechthin, sondern für Schießmichtots der Marke *Colt* aus dem vorigen Jahrhundert. Und dann, nachdem ich mir drei Modelle zum Einzelpreis von über zehntausend Francs hatte vorführen lassen, sollte ich mich erkundigen, ob es denn die Sonderangebote von André noch gäbe. Mehr war vorerst nicht zu tun. Für mich war es genug, die Sätze hatte ich auswendig gelernt. *Je désire voir une ancienne arme de la marque Colt*. Und falls welche in den Vitrinen ausgestellt waren, konnte ich zeigen: *Celle-la! Ou celle-la!* Und so weiter. Ich rekapitulierte. Sonderangebot, das war *offre spéciale*. Irgendwie würde ich mich schon verständlich machen, und das Zauberwort André bereitete mir keine Schwierigkeiten.

André, wenn er denn so hieß, war ein blutjunger Schwarzer mit Rastalocken. Ich hatte vor La *Bourse aux Armes* immerhin eine Stunde auf ihn warten müssen, und er nahm Kontakt zu mir auf, indem er mich um eine Zigarette bat. Die Zigarette brannte er sich mit einem Feuerzeug an, das einen Revolver darstellte, und dann erging er sich in langatmige Lobpreisungen, die offenbar eben dieses Feuerzeug betrafen, von mir aber nicht verstanden wurden.

»English?«, fragte er schließlich. Ich nickte. »Okay. Go back to the Périphérique. You know Périphérique?«

»Yes, I do.«

»Okay, okay, okay. Follow the street Rue Fabre. Go down to the end. Le coin … corner Rue Charles Schmidt. Wait. Bye. See us, Lady. Okay?«

»Okay«, murmelte ich. Der Jüngling tanzte auf seinen weißen Basketballschuhen davon. Ich betrachtete seinen Hintern, bis er in der Menge der mehr Schau- als Kauflustigen auf dem Antiquitätenmarkt verschwand. Er besaß, was man einen Knackarsch nannte. Für mich uninteressant, da es ein männlicher war. Aber womöglich würde mein Sohn eines Tages beim Anblick solcher Ärsche den Verstand verlieren. Ich jedenfalls tat, was man mir geheißen, trottete die Rue de Rosiers zurück, hielt angestrengt Ausschau und fand an ihrem Ende tatsächlich eine Rue J. H. Fabre. Je tiefer ich mich in diese Straße begab, desto ärmlicher erschienen mir die Stände. Alles wurde feilgeboten, was irgendwie noch brauchbar, aber auch, was vollkommen unnütz war: Koffer, die einen Flugzeugabsturz überstanden haben mussten, Schuhe, in denen mehrere Generationen übers Pflaster gelatscht waren, grünspanige Armaturen, Kaffeemaschinen ohne Kanne und Kannen ohne Kaffeemaschinen, verfärbte Trockenhauben, Feldpostkarten, Spielzeug, Schrott. Und an der Mündung der Rue Schmidt, so kam es mir zumindest vor, kauften nicht einmal mehr die Sozialhilfeempfänger, sondern die Bettler. Die Händler hatten ein liebenswertes Chaos der wundersamsten Dinge ausgebreitet, die man nicht als Müll der Wohlstandsgesellschaft bezeichnen konnte; eher schon hatte der menschliche Müll der Wohlstandsgesellschaft sie ausrangiert. Der

Bedarf nach ihnen war auch nicht sonderlich groß, sie zogen vor allem Neugierige und Touristen an, aber irgendwie musste sich das Geschäft ja lohnen. Ich zündete mir eine Zigarette an. Das Abenteuer konnte beginnen.

Nach einer Weile tippte mir jemand auf die Schulter. Es war natürlich der Jüngling, und er nickte in Richtung eines der Stände, wo hinter all dem von mir bereits bewunderten Krimskrams ebenfalls ein Schwarzer saß, einer mit ergrauter Krause jedoch, der der Vater des Jungen sein konnte, aber auch sein Grand-Père. Genau wusste ich nicht, woran ich es erkannte, denn der Alte verzog keine Miene, aber irgendwie bedeutete er mir, doch näher zu treten. Mit großer Geste fuhr er über seine Auslagen, hob hier ein rostiges Messer, dort ein versifftes Uhrenarmband an und redete in einer Sprache auf mich ein, die alles andere als Französisch war, wenn sie auch frankophone Einsprengsel enthielt. Ich sagte, mich nach Mithörern umschauend, leise meinen Text auf, murmelte etwas von *un fusil de chasse*, einem Jagdgewehr, und von *un canon scié*, einem abgesägten Lauf, bezweifelte aber, dass er meinen Wunsch wirklich begriff. Nach vielem Hin und Her seinerseits legte er schließlich zwei Messer nebeneinander auf den Tisch und malte drei Ovale auf den Tisch. Das mochte ein Voodoo-Zauber sein oder auch nur ein Geheimzeichen, das ich nicht zu entschlüsseln vermochte.

»Quatorze mille«, erläuterte er endlich, als er meine Begriffsstutzigkeit begriffen hatte. Vierzehntausend Francs, das war eine Menge Geld. Ich brauchte doch gar keine Waffe. Es war nach wie vor nur ein absurder, phantastischer Einfall gewesen. Ich schüttelte den Kopf.

»Onze«, gab er nach. Vielleicht pokerte er auch nur gern hoch, oder er wollte mich Ausländerin über den Tisch ziehen. Elftausend war mir immer noch zu viel, zumal ich gar nicht wusste, was er mir anbot. Vorsichtshalber zückte ich mein Taschenwörterbuch. Der Mann winkte mich hinter den Stand. Dort präsentierte er mir seinen Schatz: einen Gegen-

stand, der in seinem früheren Leben der Kasten einer Näh-
maschine gewesen war. Als er ihn öffnete, sah ich kein
Schrotgewehr, aber damit hatte ich nicht mehr gerechnet.
Der Grauhaarige offerierte mir eine Pistole, die zwar frisch
gewienert und poliert war, aber auch schon ein Leben hinter
sich zu haben schien. Immerhin war auch Munition dabei.
Ob die Kanone auch schoss, war damit nicht bewiesen.
»Bonne arme?«, fragte ich.
»Très, très bonne«, behauptete der Verkäufer. »La meilleure.«
Nun, die beste war es sicher nicht. Aber für einen Apfel und
zwei Eier war ich in den sauren Apfel zu beißen geneigt.
»Trois mille«, bot ich ihm dreitausend an. Bei viereinhalb ei-
nigten wir uns. Dafür bekam ich noch ein verschlissenes
Schulterholster, einen Wortschwall und eine Pistole mit einer
sicher schmutzigen Karriere. Es war eine Tokarew, eine,
wenn ich nicht irrte, bulgarische Militär- und Polizeiknarre
vom Kaliber 7.62. Vermutlich tötete sie, wenn sie überhaupt
noch tötete, nur denjenigen, der sie abfeuerte. Aber zum Drohen und Einschüchtern reichte sie allemal.
Da mir Leloir und Nicolas die Anschrift von Albrecht verschwiegen, ich ihnen aber den Namen und die Arbeitsstelle
seiner Freundin aus dem Kreuz geleiert hatte, sah mein Plan
für Korsika erst einmal vor, Corinne Sébastiani auf die Füße
zu treten; die würden wir in ihrem Institut für korsische Studien schon auftreiben. Und von ihr, so hoffte ich, führte dann
der direkte Weg zu Albrecht. Den würde ich nicht mehr aus
der Mangel lassen. Es fragte sich allerdings, ob er sich zurzeit überhaupt in seiner Wahlheimat aufhielt.
Im Haus von Angelika Lüders-Duvic erwarteten mich einige
Überraschungen: Die Weiber waren beim Packen, und Jim,
einen Ausdruck höchsten Beleidigtseins auf dem Gesicht,
schleppte trotzig seinen Rucksack durch die Küche.
»Was ist denn hier los?«, fragte ich entgeistert.
»Die wollen mich nicht mitnehmen«, schimpfte Jim, »aber
ich komme mit, und wenn es im Gepäckraum ist.«

»Moment mal!«, bremste ich. »Natürlich fliegen nur Margrete und ich.«

»Keinesfalls«, protestierte Renata Krossmann, »es geht immer noch um mein Kind. Da habe ich ein Anrecht, euch zu begleiten.«

»Und mir geht die Sache so nahe«, fiel Angelika ein, »ich lasse euch nicht im Stich.«

»Heißt das etwa …?« Ich war wie vor den Kopf geschlagen.

»Ich habe vier Tickets bestellt. Und meine Chefin, die unsere Angelegenheit aus den Medien kennt, hat mir anstandslos frei gegeben. Zwei Tage Jahresurlaub, zwei Tage unbezahlten, einen hat sie mir geschenkt.«

»Das glaub ich einfach nicht. Margrete, ist das wahr?«

Meine liebste Norwegerin zuckte nur die Schultern. Ich setzte mich erst einmal und rauchte eine Zigarette an.

»Und doch komm ich mit«, quengelte Jim.

2

Bereits an Bord des Flugzeuges, das kurz nach acht Uhr abends von Orly abgehoben war, hatte ich das Gefühl, dass mich eine geheimnisvolle, exotische Fremde erwartete, obwohl außer Wolken nichts zu sehen war. Ich hatte von Angelika Duvic nicht nur gelernt, wie man den Namen der Departementshauptstadt von Haute Corse richtig aussprach: Ich hatte Bastia natürlich auf der ersten Silbe betont, aber nun wusste ich, dass man die Kraft der Stimme auf den vorletzten Buchstaben zu legen hatte, und prompt klang Bastia völlig abenteuerlich. Außerdem hatte ich mich, soweit es die knappe Zeit zugelassen hatte, auch ein wenig über Korsika belesen und setzte die Lektüre während unseres Fluges fort; als hätte man den Reiseführer eigens für Leiterinnen von

Mordkommissariaten verfasst, war ich nun jedenfalls im Bilde über die Blutfehden, die man Vendetten nannte, über die Totenklage, über den Aufstand nach dem Weinpanscherskandal von Aléria, der einen Blutzoll gefordert hatte, und über die Autonomiebewegung. Die Losungsworte *Liberti, Independenzia, Autonomia* konnte ich in astreinem Korsisch zumindest schreiben. Aber nicht das war es, was die eigenartigen Spannung in mir auslöste, mich beeindruckte vor allem der Name des Hotels, in dem Angelika für uns zwei Doppelzimmer hatte buchen können. Es hieß *Posta Vecchia* und sollte sich angeblich direkt am Meer befinden; da es sich bei dem Gewässer, das Korsika umgab, um das Mittelmeer handelte, fand ich den Namen Alte Post für ein Hotel an eben diesem Meer schon fast zu romantisch. Ich würde mir ein Doppelzimmer mit Margrete teilen, und wenn ich daran dachte, dass die Wellen an die Kaimauer peitschten und der Mond auf unser Bett schien, wurde mir schwindlig. Ich war, wie so oft in meinem Leben, auf der Suche nach hundsgemeinen Verbrechern. Romantik passte nicht in dieses ernste Spiel. Außerdem war ich seit meinem lesbischen Coming-out davon überzeugt, Rationalistin zu sein. Bastia, Posta Vecchia, Terra Vecchia, Vieux Port, la Méditerranée, ich durfte nicht daran denken. Klaus Albrecht und Corinne Sébastiani, Klaus Albrecht und Corinne Sébastiani, betete ich wie einen Rosenkranz. Die Fokker von *Corse méditerranée* setzte zum Sinkflug an. Nach ein paar Minuten taten mir die Ohren weh.

Natürlich sah ich beim Landeanflug nur Dinge, die meine verklärte Stimmung bedienten. Das unnatürlich blaue Meer hatte ich schon eine Weile unter mir, und auch das Weiß der Segel, das jede Hausfrau entzückt hätte, war bereits gewohnt. Nun wurde ich auch noch mit zwischen dunklem Grün und dunklem Blau changierenden Bergen verwöhnt, auf deren Spitzen man zu allem Überfluss Felsen geklebt hatte; das alles sah verdammt nach Urlaub und Liebe und Leidenschaft aus, dass ich mir verstohlen ein paar Tränen aus den Augen wischen musste. Ich wünschte mir, Korsika würde augenblicklich mitsamt Klaus Albrecht, Corinne Sébastiani, Canal historique und Canal habituel im Meer versinken. Aber es versank nicht, und die Maschine setzte weich auf der Landebahn von Bastia-Poretta auf. Um nicht noch weinerlicher zu werden, konzentrierte ich mich auf meine Ohrenschmerzen. Sie waren wirklich ein Anlass zum Hass, aber auf den holländischen Flugzeugbauer Fokker, der leider eine Krise überlebt hatte, nicht auf Kidnapper und sonstige Schweine wie meine Spezis Lonke und Leloir. Ich wünschte also den Beschäftigten der holländischen Flugzeugindustrie Arbeitslosigkeit und Verelendung an den Hals und kletterte die Gangway hinab. Das zwar moderne, aber relativ kleine Abfertigungsgebäude von Poretta verriet den Provinzflughafen, aber schließlich wurden auch solche Airports gebraucht, damit Berliner mit Tegel, New Yorker mit JFK und Pariser mit Charles de Gaulle und Orly angeben konnten. Während wir auf unser Gepäck warteten, erfreute ich mich an einem Anschlag, der mich darauf hinwies, unbeaufsichtigtes Gepäck könne zerstört werden. Da mein Gepäck noch nicht da war, konnte ich es auch nicht beaufsichtigen, also wartete ich auf die Sprengung des Laufbands. Niemand fühlte sich dazu bemüßigt. Meine Ohrenschmerzen waren weg.

Der Vorschlag, zum Hotel ein Taxi zu nehmen, kam von mir; ich hatte gelesen, dass man von Poretta ins Centre ville etwa zwanzig Kilometer zurücklegen müsse, und zwanzig Kilometer Taxifahrt hielt ich für erschwinglich. Als einer der Fahrer uns zu einem uralten Mercedes mit einem Riss in der Windschutzscheibe führte, wagte ich sogar zu empfehlen, dass wir uns trennten: Angelika und Renata sollten den Mercedes nehmen, ich linste für Margrete und mich nach einem schicken Volvo. Angelika lehnte wortreich ab. Sie hatte auch gut reden, sie nahm neben dem Fahrer Platz, während wir drei Übriggebliebenen uns auf die Rückbank quetschen

mussten. Als wir am Hotel ankamen, leistete ich Lüders'
Schwester insgeheim Abbitte, denn für den Katzensprung
mussten wir neunzig Mark blechen. Wenn nicht bloß die
Taxis so teuer waren, würde mich Frankreich in den finanzi-
ellen Ruin stürzen.

Das *Posta Vecchia* war kein Luxushotel, aber das hatte ich
auch nicht erwartet. Margrete und ich bekamen ein Zimmer
in der ersten Etage, das schlicht eingerichtet war, aber nachdem ich das Fenster und die Läden geöffnet hatte, wäre ich
auch mit zwei Matratzen zufrieden gewesen: Ich sah aufs
Meer. Mittlerweile war es nach dreiundzwanzig Uhr und
schon dunkel, das Wasser also schwarz, aber das störte mich
nicht. Wir schauten nach Osten, also würden wir die Sonne
im Meer aufgehen sehen. Es war mir in meinem Leben noch
nie vergönnt gewesen, dieses Schauspiel zu betrachten. Zur
Einstimmung durfte ich mit einem grünen Blinkfeuer auf der
Hafenmole vorlieb nehmen. Und als ich mich zum Zimmer
umdrehte, ging eine andere Sonne auf. Margrete hatte sich
entkleidet, weil sie eine Dusche nehmen wollte. Je prends
une douche, rekapitulierte ich. Darin immerhin waren uns
die Franzosen ähnlich: Wenn man ihnen androhte, eine Dusche nehmen zu wollen, konnte es nicht zu dem Missver-
ständnis kommen, dass man beabsichtige, die Duscheinrich-
tung mitgehen zu lassen. Ich atmete tief ein und aus. Die
nackte Margrete erweckte in mir weibliche Bedürfnisse. Ich
machte mir das Zeichen des Gehörnten, spreizte also den
kleinen und den Zeigefinger von der Faust ab; auf Korsika,
hatte ich gelesen, schützte man sich so vor dem bösen Blick,
und unter Katholiken wie den Korsen musste, heidnische
Einsprengsel hin und her, auch ein lüsterner ein böser Blick
sein. Margrete, die mich verstand, weil sie denselben Reiseführer wie ich durchgeblättert hatte, wackelte mehr ironisch
als aufreizend mit dem Arsch und verfügte sich ins Bad. Ich
legte mich aufs Bett und lauschte den mediterranen Geräu-
schen. Das Meer hörte ich ebenso wenig wie das Rauschen

der für mich als Naturnull unbestimmbaren Bäume. Was ich vernahm, waren die übertourten Motoren von Autos und Motorrädern auf dem Quai des Martyrs de la Libération.

Ich hatte mir von einer Straße mit solch pompösem Namen eigentlich etwas mehr Andacht versprochen; da hatten irgendwelche mir unbekannten Leute Leib und Leben für die Freiheit geopfert, aber die Bastienser traten deren Würde mit ihren Reifen.

Natürlich waren die Autos und die Zweiräder nicht das Einzige, was mein Trommelfell in Vibrationen versetzte; ich hörte auch das Rauschen der Dusche, ich hörte das vermutlich halb obszöne, halb verlegene Gefasel junger Männer, die am Kai flanierten, und ich vernahm, nichts Böses erwartend, dennoch schrilles deutsches Geschrei. Eine deutsche Mutter erzog gerade ihren deutschen Sohn.

»Ich hab dir doch gesagt, dass du Socken anziehen sollst«, keifte sie. »Ohne Socken kriegt man natürlich Blasen an den Füßen.«

»Und ich hab gesagt«, setzte sich der Junge zur Wehr, was mir gut gefiel, »ich hab gesagt, dass man nach Erbalunga auch mit dem Bus fahren kann.« Erbalunga, hatte er gesagt. Ich richtete mich auf. In Erbalunga war Christophe Sébastiani zur Welt gekommen, auf einer nachtdunklen Straße zwischen Rampillon und Nangis hatte er sie wieder verlassen. Erbalunga befand sich also in der Nähe.

»Wir können doch kein Französisch«, sagte die Mutter, als würde das die Ablehnung einer Busfahrt erklären.

»Anne«, krähte einer der Flaneure dazwischen. »Anne, toi, tu …« Mehr verstand ich nicht.

»Ich habe euch gesagt, wo der Bus abfährt«, sagte der Junge. Er befand sich noch diesseits des Stimmbruchs. »Was hättet ihr denn groß sagen müssen? Trois tickets pour Erbalunga.«

»Aber den Preis hätten wir doch nicht verstanden«, erklärte seine Mutter, nun schon etwas leiser.

»Wir können auch heimfahren«, sagte drohend ein Mann.

Ich brauchte nicht viel Einbildungsvermögen, um in ihm den Vater der heiligen Familie zu erkennen. Weitere Worte überfuhr ein Motorrad. »… heute Abend auf dem Zimmer bleiben«, das vernahm ich dann wieder.

»Okay«, sagte der Junge, und es klang sympathisch selbstbewusst. »Ist eh peinlich mit euch im Restaurant.«

»Wieso ist das peinlich?«, fragte Papa mit unterdrückter Wut in der Stimme. Die Familie musste unter unserem Fenster stehen, aber ich konnte mich nicht erfrauen, es zu überprüfen.

»Na, wie ihr mit dem Finger in die Karte zeigt und Sielwuhpleh sagt«, der Kleine kicherte, »und dann ist es wieder kein Schnitzel.«

Abermals bediente ein Mann sein Gaspedal mit dem Penis, und der Wortwechsel ging unter. Nur Satzfetzen erreichten mich noch. »… frech sein … Urlaub verdient … arbeiten ja wohl … Gymnasium falsch … nicht mehr …« Als das Motorrad vorbeigerauscht war, da war offenbar auch die Familie verschwunden.

»Lena?«, rief Margrete aus dem Bad.

»Mhm?«

Was Margrete von mir wollte, erfuhr ich nicht mehr, denn an unsere Tür wurde geklopft.

»Lena? Margrete?« Es waren Angelika und Renata.

»Ja?«

»Wir wollten jetzt mit euch essen gehen«, sagte Angelika.

Kaum hatte sie das Wort Essen ausgesprochen, verspürte ich einen Bärinnenhunger. Margrete trat aus der Dusche, ihr Haar und ihre Haut glänzten noch feucht, ich entriegelte die Tür. Angelika und Renata hatten bereits eine kleine Runde durch die Altstadt gedreht und in der Nähe ein libanesisches Restaurant ausfindig gemacht, in das sie uns zu entführen gedachten. »Wann isst man schon libanesisch?«, fragte Rudis Mutter uns und wohl auch sich selbst, und sie hatte Recht, ich für meinen Teil hatte diese Küche noch nicht kennen gelernt. Margrete kleidete sich in einen unzüchtig kurzen Rock und nahm ein ärmelloses Oberteil, was mich entzückte, aber gewiss das Missfallen traditionsbewusster Korsen erregen würde; einer Touristin jedoch verziehen sie sicher solchen Fauxpas. Ich jedenfalls behielt meine Jeans an und nahm sogar eine leichte Sommerjacke über die Schulter. Zum Restaurant *Baalbek* gelangten wir in fünf Minuten; wir mussten nur ein paar Schritte auf der Rue Posta Vecchia zurücklegen und dann in eine Rue Pino einbiegen. Arabische Gesänge vom Band empfingen uns, der junge arabische Garçon geleitete uns zu einem Vierertisch, stellte eine Karaffe mit Wasser auf den Tisch und brachte die Speisekarte, ich checkte den Gastraum. Außer zwei älteren Französinnen, die sich offenbar über ihren Roséwein unterhielten, denn sie zeigten immer wieder auf die Flasche, hatte noch ein unzweideutig deutsches Ehepaar die Spécialités libanaises zum Abendmahl erkoren. Das heißt, sie waren nicht zum Essen, sie waren ausgegangen; zum bloßen Mampfen trugen Frauen doch kein Abendkleid. Und auch er hatte sich schick gemacht, wie er es verstand, mit einer weißen Hose und einem Hawaiihemd. An den Stimmen erkannte ich das Ehepaar wieder, das sich auf der Straße vorm Hotel mit seinem aufsässigen Sohn gestritten hatte. Der Junge musste nun also auf dem Zimmer ausharren, während sich seine Alten die Bäuche vollschlugen; mein Sohn konnte von Glück reden, dass ich ihm solche Art von Ferienreisen ersparte. Allerdings befanden wir uns hier nicht in den Ferien, und Jim war nicht bei uns. Guillaume kümmerte sich in Paris um ihn und hatte mir versprochen, ihn zu behandeln wie einen jüngeren Bruder. Von dem Augenblick an, da ich Jim meine unumstößliche Entscheidung, ihn nicht mitzunehmen, verkündet hatte, bis zum Check-in hatte mein Sohn nicht mehr mit mir gesprochen. Er hatte sich nicht verabschiedet, er hatte mir nicht hinterhergewinkt.

Wir wählten alle das Menu du Chef, zu dem fünf Vorspeisen, irgendwas mit Lamm und eine libanesische Süßspeise zum Dessert gehörten. Angelika bestellte einen korsischen Rotwein von der Domaine Gentile, und als der Kellner die Flasche entkorkte, erinnerte ich mich meiner Pflichten.

»Comment«, begann ich, um sogleich eine Pause einzulegen, weil ich überlegen musste, wie man denn *gelangt man nach* übersetzte. Ich verzichtete großzügig auf die korrekte Syntax. »Comment à Corte?« *Wie nach Corte?*, das klang blöd. Außerdem wurde mir sofort bewusst, dass es auch *Wie in Corte?* bedeutete.

»You are German?«, fragte der Garçon zurück. So rasch hatte er mich durchschaut. »Je ne parle pas allemand ou anglais«, fügte er hinzu. »But very good pa russki.« Nun, ein bisschen Englisch konnte er doch. Und Russisch. Ich schüttelte den Kopf, steckte den Zettel aber wieder ein. Ein Libanese, der auf Korsika lebte und Russisch sprach, das war mir zu verrückt. Es erklärte allerdings, warum die Tafel am Eingang zum Restaurant auch mit kyrillischen Buchstaben versehen war. Und es hatte den großen Vorteil, dass die norwegische Diplomatentochter Margrete mit ihm ausführlich diskutieren konnte.

»Man kann mit der Eisenbahn fahren«, fasste meine Liebste das Ergebnis der langen Debatte zusammen.

Dann verspeisten wir allerlei fremde, aber genießbare, interessant gewürzte Dinge und tranken von dem schweren, roten Wein. Nach der dritten Flasche hätte ich singen mögen. Oder etwas viel Besseres tun. Ich studierte Margretes Augen und trat ihr hin und wieder zart auf die Füße. Und auf unserem Rückweg schien ein großer Mond in die dunklen Gassen.

Lange, zu lange hatte ich darben müssen, lange, zu lange war mein Kopf nicht frei gewesen, um mich der schönsten Nebensache der Welt zu widmen. Wie eine Verdurstende in der Wüste kroch ich auf Margrete zu. Der Weg bis zur Oase war nicht weit, nur Bettbreite. Draußen vor dem Fenster war es still, ganz selten hallten Schritte von der Promenade herauf. Ich seufzte und fürchtete, ganz Bastia könne meine Seufzer hören. Obendrein wurden wir, je mehr wir uns ineinander versenkten, nicht gerade leiser. Am Ende jedoch war das lauteste Geräusch das Rauschen meines Blutes.

3

Irgendjemand war komplett wahnsinnig geworden. Ich war zwar schon erwacht, weil unten auf dem Quai ein Motor angelassen worden war, hatte nach einem Blick auf den nicht gestellten Wecker aber festgestellt, dass es gerade einmal vier Uhr war, und mich an Margrete gekuschelt, als an unsere Tür gebullert wurde. Margrete murmelte bloß im Schlaf, für mich war die Nacht beendet. Nur Bullen konnten so rücksichtslos sein, nur Typen wie Leloir, und mich kam die Lust an, ihm mit der Tokarew den Schädel einzuschlagen. Stattdessen bedeckte ich meine Nacktheit mit dem Morgenmantel, den mir Margrete zum Geburtstag geschenkt hatte, und ging öffnen. Angelika und Renata, beide gestiefelt und gespornt, lächelten mir entgegen.

»Was ist passiert?«, fragte ich verwirrt und rieb mir die Augen.

»Na, wir sollten euch doch zum Sonnenaufgang wecken«, entgegnete Rudis Mutter. Zehn kleine Teufel mussten mich geritten haben, das von ihnen zu erbitten.

»Kommt rein.« Ich trat aus dem Weg, folgte den beiden dann zum Fenster, dessen hohe Doppelflügel beide geöffnet waren. Der Horizont über dem kaum bewegten Meer hatte gelbe, rote und orange Streifen. Und links von mir wölbte sich in der Ferne eine dunkle Masse aus dem Wasser. Die Sonne konnte es nicht sein.

»Was ist das?« Ich wies in die Richtung.

»Wir glauben, das ist Elba«, sagte Angelika Duvic. Elba, ich erinnerte mich, hatte etwas mit Napoleon zu tun. Napoleon war in Ajaccio geboren. Wäre er einmal quer über die Insel gerauscht, hätte er seinen späteren Verbannungsort sehen können und der Welt vielleicht viel erspart. Natürlich war ich begeistert davon, aus unserem Hotelzimmer auf Elba zu blicken. Dann ging es los. Ich kniff die Augen zusammen, als die große gelbe Lampe aus dem Meer geschoben wurde. Zu allem Überfluss kam auch noch eine Fähre ins Bild. Als ich den Namen *Corsica Victoria* an ihren Aufbauten entziffern konnte, war die Sonne voll da. Das enttäuschte mich ein bisschen, weil ich mir einen Sonnenaufgang wie eine Symphonie vorgestellt hatte und nicht wie eine kurze Ouvertüre. Außerdem, das spürte ich schon, würde dieser Tag furchtbar heiß werden.

»Um sechs Uhr fünfundfünfzig fährt die erste Bahn nach Corte«, meinte Angelika. Sie hatte sich also schon erkundigt.

»Wenn wir die nehmen, bekommen wir aber kein Frühstück«, fügte Renata hinzu. Ich war unter keinen Umständen bereit, aufs Frühstück zu verzichten. Als es uns später in dem kleinen Speiseraum serviert wurde, sah ich ein, dass ich es getrost hätte tun können. Es gab Baguettes, Croissants, Butter und zwei Sorten eingeschweißter Marmelade. Oder Konfitüre, den Unterschied würde ich nie begreifen. Auf das süße, klebrige Zeug war ich nicht erpicht, und da die Butter wie üblich nicht reichte, aß ich nur das Croissant. Der Kaffee war gut. Stark vor allem. Ich blätterte in der Zeitung, die ich mir vom Ablagetisch genommen hatte. Sie hieß *Corse-Matin*, und in den Artikeln wimmelte es von bemerkenswerten Namen: Santandrea, Locci, Campana, Ghio, Carboni. Mein Sohn hätte noch die Familiennamen Makkaroni und Spaghetti hinzugesetzt. Er fehlte mir natürlich. Insgeheim schalt ich mich eine blöde Mutterkuh und studierte den Fahrplan der *Chemins de Fer de la Corse*. Das war ein langer Name für

170

das, was uns erwartete. Aber es gab auch eine Abkürzung, C.F.C., und die passte haargenau auf das aus zwei Wagen bestehende Vehikel, das uns auf dem Bahnhof Bastia aufnahm. Autos und Eisenbahnen waren zwar Männersache, aber ich erlaubte mir trotzdem die Vermutung, dass es mit Diesel fuhr.

Sechs-fünf-fünf, von dieser Abfahrtszeit hatte ich mich noch einmal überzeugt, während Angelika die Fahrkarten erwarb. Um sieben-zwölf standen wir immer noch.

»Wir müssen wohl noch auf den Gegenzug warten«, meinte Angelika, die meine Nervosität bemerkt hatte.

»Genau«, bestätigte Margrete. »Strecke ist bloß … nicht eineiig, nein, das ist bei Zwillingen …«

»Eingleisig«, schlug ich um sieben-fünfzehn vor. Eine Minute später war der Gegenzug da, und ich hatte mich bei den einheimischen Mitreisenden durch meine ständigen Blicke auf die Uhr verdächtig gemacht. Also schaute ich nicht mehr, aber wir fuhren ohnehin sofort ab und verschwanden erst einmal in einem Tunnel. Als wir ihn wieder verließen, sah ich links das Meer, rechts ein Neubauviertel. Während einer Eisenbahnfahrt aufs Mittelmeer zu schauen, war sicher reizvoll, aber natürlich saßen wir rechts.

Furiani, das war die erste Station, die wir rasch erreichten. Dann, nicht viel später, kam Biguglia. Die Namen der Orte erweckten in mir wieder jene Spannung, die ich schon beim Herflug verspürt hatte. Das hier konnte nicht mehr Frankreich sein. Casamozza. Das war doch italienisch, spanisch vielleicht. Oder ein Niemandsland. Oder Utopia. Wahrscheinlich war ich nur bescheuert. Es war ja Korsika. Barchetta. Nach Barchetta ging es aufwärts. Hinauf in die Berge. Über einen Fluss, tief unter uns und voller Felsen. Eine seltsame Landschaft. Buschwald, ich hatte doch den Namen gelesen, wie man ihn nannte. Bevor mir die Bezeichnung einfiel, hielt ich den Atem an. Und nicht nur ich. Den Ausdruck von Erschrecken konnte ich auch bei Angelika, Renata und

Margrete wahrnehmen und selbst bei den beiden alten und, wie ich fand, sympathisch wirkenden Korsen, die sich für ihre Fahrt nach Ajaccio schick gemacht hatten; ich vermutete jedenfalls, dass sie in die Hauptstadt der Region fuhren, denn für eine Reise in die Berge brauchte man keine Sakkos. Sowohl linker als auch rechter Hand des Bahndamms war alles verbrannt. So etwas hatte ich noch nie gesehen. Von den Spitzen der Berge bis hinab in die Täter erstreckte sich die verkohlte Erde, die zu Holzkohle gewordenen Bäumen sahen mitunter wie Menschen aus, die Opfer der Inquisition geworden waren, und hier und da rauchten noch die Glutnester. Am meisten aber beeindruckten mich die Blätter. Nicht alle hatten sich schwarz verfärbt, sondern manche sahen aus, als wären sie aus Silber. Trostlos, das war wohl das richtige Wort für diesen Anblick. Die beiden alten Männer schüttelten wütend die Köpfe. Hier hätte man einen Film gegen Atomversuche drehen können. Schließlich gewann die naturwissenschaftlich ausgebildete Kriminalistin in mir die Oberhand.

»Sommerhitze und lange Trockenheit«, erklärte ich meinen drei Frauen. »Und ein karger Boden, der als Wasserspeicher nicht geeignet ist. Alle Pflanzen sind doch strohtrocken. Da genügt eine Glasscherbe zur Selbstentzündung.«

Die beiden alten Korsen schauten mich an. Ich nahm nicht an, dass sie mich verstanden hatten, aber meinen allwissenden Erklärungston hatten sie vernommen. Einer von ihnen, der die Zeitung *Le Figaro* auf Angelikas Schoß ausgemacht hatte, sie also für verständig hielt, tippte ihr leicht an den Oberarm. Er wollte wissen, ob ich eine Deutsche sei, Angelika bejahte. Daraufhin erzählte der Alte eine längere Geschichte. Was auch immer er zu berichten hatte, mich verwunderte, dass darin das Wort *Waffen-SS* vorkam, und hoffte nur, dass er kein heimlicher oder gar offener Bewunderer der Nazis war.

»Was sagt er denn?«, bedrängte ich Lüders' Cousine.

»Er war früher Lehrer. Zu einer Zeit, als die korsische Sprache noch verboten war und jedes Schulkind, das versehentlich mal ein korsisches Wort benutzte, dafür geschlagen wurde. Damit wollte er aber nur erklären, warum er sich so gut auskennt in der hiesigen Geschichte. Die Deutschen sind nämlich mit Korsika enger verbunden, als wir daheim denken. Der einzige König, den es jemals auf Korsika gab, war ein Deutscher. Theodor ... Moment, bitte!« Angelika wandte sich noch einmal an den Mann. »Theodor Neuhoff. Die Korsen ... also das war wohl im achtzehnten Jahrhundert ... die Korsen haben mal wieder gegen ihre Besatzer aus Genua gekämpft, und da kreuzte dieser Neuhoff auf und versprach ihnen, Waffenlieferungen zu besorgen. Er hat sich nicht lange gehalten, nur sieben Monate. Und ist in einem Londoner Schuldturm gestorben.«

»Mein Gott, ist das verrückt«, bemerkte Renata. Von mir aus sollte der alte Mann bis Corte Vorträge über die korsische Historie halten, damit Rudis Mutter für diese Zeit ihre Sorgen und Nöte vergaß. Bei mir geisterten sie ständig im Hinterkopf herum. Der Zug erreichte eine Station namens Ponte Novu. Auf die Landschaft hatten wir in den letzten Minuten nicht geachtet. Hier war sie wieder zwar nicht grün, aber begrünt.

»Ja, wirklich verrückt«, sagte Angelika.

»Oui, oui«, sagte der Mann und lächelte. »Ponte Novu.«

»Genau hier hat es auch 'ne Story mit Deutschen gegeben«, sagte Angelika. »Hat was mit einem Paoli zu tun, der ist hier wohl so 'n Freiheitsidol. Korsika hatte Frankreich den Krieg erklärt. Und an der Brücke von Ponte Novu oder Ponte Novo hatte dieser Paoli die Entscheidungsschlacht geplant. Er hatte deutsche Söldner eingekauft, die sollten die Brücke um jeden Preis verteidigen. Haben sie auch gemacht. Gegen die Korsen, die sich gerade auf dem Rückzug befanden. Man hat nie geklärt, ob da nun Verrat im Spiele war oder ob die Deutschen nur als bedingungslose Befehlsempfänger agierten.«

»Aus unserer Sicht ist beides möglich, die zweite Variante aber wahrscheinlicher«, behauptete Renata. Der Zug fuhr wieder an.

»Na ja«, Lüders' Cousine hob die Zeitung, als wollte sie sich an ihr festhalten, »und im Zweiten Weltkrieg sind auch deutsche Truppen hier gelandet. Zuerst allerdings die Italiener. In Mussolinis Sicht gehörte Korsika zu Großitalien. Und auf ihrem Rückzug aus Nordafrika haben die Deutschen die Eisenbahnlinie nach Porto-Vecchio demontiert. Das hat alle Korsen sehr geschmerzt, weil sie so furchtbar stolz sind auf ihre Eisenbahn.«

Jetzt lief der Zug in Ponte Leccia ein, und die beiden alten Männer erhoben sich. In Ponte Leccia, das hatte ich auf dem kleinen Faltplan der C.F.C. gesehen, zweigte die Strecke nach Calvi ab, die Männer wollte jedoch nur bis L'Ile Rousse. Sie nickten uns zum Abschied zu, und wir winkten, als wir sie in den Waggon auf dem anderen Bahnsteig einsteigen sahen.

»Ich wünschte mir, auch Rudi hätte das gehört«, meinte seine Mutter, »er interessiert sich doch für Geschichte.«

Wir suchten alle einen Punkt, an dem wir unseren Blick befestigen konnten, denn Renata mochte keiner anschauen. Angelika vertiefte sich in ihre Zeitung, Margrete interessierte sich für das Eisenbahnwesen, ich überprüfte die Sauberkeit meiner Fingernägel.

»Ach so«, Lüders' Cousine hob noch einmal den Kopf, »was ich dir noch sagen wollte, Lena, in Bezug auf die Macchiabrände …« Richtig, Macchia hieß der Buschwald. »Die meisten entstehen durch Brandstiftung. Es sind, glaube ich, die Hirten, die das tun, um Weideland für das nächste Frühjahr zu gewinnen. Und an den Küsten stecken wohl Immobilienhaie dahinter, die auf der verbrannten Erde bauen wollen. Es heißt, im Allgemeinen seien die Brandstifter bekannt, aber keiner zeigt sie an, weil … Es gibt doch dieses Gesetz des Schweigens.«

»Omertà«, sagte ich.

»Mag sein.« Angelika blätterte *Le Figaro* auf. Der Zug ruckte an. »Oh, nein!«, rief unsere zur Reisebegleiterin mutierte Gastgeberin plötzlich, dann ließ sie das Blatt auf ihre Knie sinken. Wir starrten sie an, erwarteten neue Schocknachrichten. »Gestern … in Mélun … auf die Schule der Gendarmerie ist ein Anschlag verübt worden. Wieder mit *plastique*. Keine Toten diesmal. Aber ein Bekennerschreiben.«

»Ein Bekennerschreiben?« Ich beugte mich vor.

»Ja.« Angelika tippte auf die Zeitung. »Von … von einer bislang unbekannten Terrororganisation. M.G.P.C. Mouvement pour la guerre du peuple corse.«

»Was heißt?«

»Bewegung für den Krieg des korsischen Volkes.«

»Vielleicht auch: Bewegung für den korsischen Volkskrieg?«, fragte ich. Angelika räumte es ein.

4

Corte, für vierzehn Jahre erste und letzte Hauptstadt eines unabhängigen Korsika, war umgeben von Bergen, deren Gipfel sich zum Teil oberhalb der Vegetationsgrenze befanden, also aus klippenartigem Felsgestein bestanden. Bereits als wir in das Tal hineinfuhren, sahen wir auch die Zitadelle, die aus der Stadt herauswuchs wie ein Geschwür; von dort oben hatten einst die Genueser ihren okkupierten Besitz verwaltet und verteidigt. Am Bahnhofsgebäude war ein Stadtplan angebracht, und auch die Universität *Pasquale Paoli* war verzeichnet: Wer in die Altstadt gelangen wollte, kam ohnehin an ihr vorbei. Von Stadtplänen auf die Größe einer Ortschaft schließen zu wollen, war immer schwierig, aber ich hatte Corte für größer gehalten und war erstaunt, dass wir

175

die Université de Corse bereits nach einem nicht einmal zehnminütigen Fußmarsch erreichten. Gegenüber den Neubauten, an einer grauen Betonwand, prangten die ersten Inschriften, die nicht von offizieller Seite angebracht worden waren. *Salvemu a nostra lingua,* war dort zu lesen, und man musste nicht sonderlich gebildet sein, um es zu verstehen. *Ghjuventù Paolina,* das war schon schwieriger, und auch Angelika konnte damit nichts anfangen. Ich schrieb mir die beiden Worte in mein Notizbuch.

Auf dem Campus sprach Lüders' Cousine ein paar Studenten an, und so erfuhren wir, dass wir das *Centre de Recherches Corses* in der Innenstadt zu suchen hätten, jedoch ohne Schwierigkeiten finden würden; der Weg zu allen Sehenswürdigkeiten sei für die Touristen ausgeschildert. Die Sehenswürdigkeit, in dem die korsischen Studien betrieben wurden, war der Palais national. Da Innenstadt ein euphemistischer Begriff war, brauchten wir nur weitere zehn Minuten, um dorthin zu gelangen. Ich stieß noch auf weitere Inschriften, die das Vorurteil zu bestätigen schienen, *fora* sei das wichtigste Wort der korsischen Sprache. *A maffia fora!* und *A droga fora!* und *Dealers fora!* und *Pieds noirs fora!*, ja einmal sogar *I arabi fora!* Alles, alles sollte raus, alles Fremde, Unbekannte, Angstmachende, Bedrohliche. Während unseres Ganges durch die Gassen, immer bergan, kamen mir die Korsen wie kleine Kinder vor, die fremdeln. Niemand konnte sich doch dem entziehen, was es auf der Welt nun einmal gab, auch dem Schmutzigen und Zerstörerischen nicht. Selbst wenn die Korsen ihre Insel mit einer Mauer umgaben und mit einem Dach bedeckten, es würde ihnen nicht helfen.

»Was sind Schwarzfüße?«, wollte ich von Angelika wissen.

»Schwarzfüße?«, fragte sie irritiert zurück.

»Nun, *pieds noirs,* heißt das nicht so?«

»Ach, die meinst du. Und ich hab zuerst an Indianer gedacht.« Die Cousine meines Stellvertreters lachte. »Die *pieds noirs* waren die Franzosen in den Kolonien, die Einheimischen nannten sie wegen ihrer schwarzen Lackschuhe so. Als Frankreich dann seine Kolonien aufgeben musste, erhielt sich der Begriff für die Heimkehrer.«

»Und warum sollen die aus den Kolonien Heimgekehrten Korsika verlassen?«

»Das weiß ich nicht«, erwiderte Angelika.

Corinne Sébastiani, Hilfskraft in der Bibliothek des *Centre de Recherches Corses*, war über den Besuch von vier Frauen, die in einer fremden Sprache schnatterten, mehr als überrascht. Ich hatte mit Angelika Duvic, die ja selbst Bibliothekarin war, vereinbart, dass sie erst einmal einen Auftrag des Goethe-Instituts vortäuschen sollte, damit es uns gelänge, Corinne Sébastiani von ihrem Arbeitsplatz zu locken; der Ort mit all den lesenden Studenten und Dozenten war ungeeignet, die Frau fertig zu machen. Das aber hatte ich vor.

Sie war weder jünger noch älter als Christophe, für mich der Mann aus dem *New Taj Mahal*, und dass ich mir einbildete, sie sähe ihm ähnlich, mochte vor allem an ihrem südländischen Typus liegen. Ob sie tatsächlich nahe verwandt waren, würde sich zeigen, wie so manches andere auch. In der Universität befand sie sich auf ihrem, also auf vertrautem Terrain. In einem Café, in das ich sie einzuladen beabsichtigte, würde es nicht viel anders sein, auch dort konnte sie notfalls Einheimische zu Hilfe rufen, wenn sie sich von mir zu sehr bedrängt fühlte, nur blieb mir nichts anders übrig, ich konnte ja mit ihr keinen Spaziergang machen. Corinne war natürlich skeptisch, dass vier Abgesandte aus dem fernen Paris ausgerechnet mit ihr als einer Hilfskraft sprechen wollten, aber für Bullen hielt sie uns gewiss nicht; die letzten deutschen Bullen, die hier auf Korsika etwas zu schaffen gehabt hatten, waren, wenn überhaupt, die der Gestapo gewesen. Trotzdem war unser Wunsch nicht sehr überzeugend. Corinne Sébastiani verwies uns an ihre Vorgesetzten. Ihre Chefinnen und Chefs interessierten mich nicht. Ich musste also, Angelikas Vermittlung nutzend, deutlich werden.

»Sie sind doch mit einem Deutschen befreundet«, sagte ich also. »Mit Klaus Albrecht. Seinetwegen sind wir hier.« Das irritierte sie noch mehr, aber ich spürte auch, dass sie sich auf Widerspruch oder Widerstand vorbereitete. Beides konnte ich nicht dulden. »Uns ist bekannt, dass schon die Police justiciare in Bastia mit Ihnen gesprochen hat. Uns ist weiterhin bekannt, dass es sich bei Albrecht um einen in Deutschland vorbestraften Drogenschmuggler handelt. Wir wissen, dass Sie ihm ein mehr als zweifelhaftes Alibi für die Nacht des Anschlages auf die Gendarmeriekaserne in Vincennes gegeben haben. Es ist nicht unsere Absicht, Ihnen Schwierigkeiten zu machen. Geben Sie uns seine Adresse, und Sie sind uns los. Falls Sie sich weigern …« Was dann geschehen würde, ließ ich unausgesprochen. Ich wusste es selbst nicht.

»Ob es gut ist, ihr zu drohen?«, fragte Rudis Mutter besorgt.

»Drohen? Ich hab meine Krallen doch noch gar nicht ausgefahren.«

»Ich verstehe nicht«, sagte Margrete leise in mein Ohr, Corinne Sébastianis Worte wiedergebend.

»So? Nein? Ach … Nun, grüßen Sie Christophe.«

»Christophe?« Ein wenig begriffsstutzig war sie schon.

»Christophe Sébastiani.«

»Meinen Bruder?«

Ich dankte Gott für mein Gespür. Meine Vermutung hatte sich als richtig herausgestellt.

»Den«, bestätigte ich. »Den grüßen Sie bitte, falls Sie es noch können.«

»Ja, sicher. Aber ich sehe ihn selten. Er lebt in Paris.«

»In der Banlieue«, schoss ich ins Schwarze.

»In Athis Mons.« Noch ein Volltreffer.

»Ja, mir fällt gerade ein«, ich schlug mir demonstrativ an die Stirn, »Sie können ihn gar nicht grüßen. Leider.«

»Warum nicht?«

»Weil er tot ist.« Auch das wusste ich nicht genau, aber es war mittlerweile höchst wahrscheinlich. »Erschossen. Bei einer gescheiterten Geldübergabe. Von der Polizei. Im Auftrag oder mit Billigung eines Monsieur Leloir.« So nämlich sahen meine Krallen aus.

»Leloir«, flüsterte Corinne. Dann schrie sie auf. Dann brach sie in Tränen aus. Dann schwieg sie und stand wie erstarrt. Dann folgte sie uns.

5

»Christophe«, schluchzte Corinne Sébastiani. Das Straßencafé, vor das wir uns begeben hatten, ermöglichte uns einen Blick auf die Place Paoli, auf dem sinnigerweise ein Denkmal für Paoli stand. Der Mann aus Bronze, in der typischen Tracht des achtzehnten Jahrhunderts und mit einer Perücke auf dem Haupt, hielt sich an seinem Degen fest und schaute selbstbewusst über die Köpfe der Cortenser in die Zukunft. Von Selbstbewusstsein konnte bei Corinne keine Rede mehr sein. Ich schlussfolgerte, dass Leloir die Familie Sébastiani noch nicht vom Tod des Sprösslings informiert hatte; sein Spiel wurde mir immer dubioser, aber es widerte mich auch an. Vor allem, dass er mich zwang, mit schmutzigen Mitteln mitzuspielen. »Christophe. Und Leloir.« Sie kannte ihn also.

»Capitaine Leloir.«

»Nun, mittlerweile müssen Sie ihn schon Commissaire principal nennen«, erklärte ich ihr.

»Er hat Christophe auf dem Gewissen«, flüsterte Corinne.

»Kann man so sagen.«

»Nein, früher schon. Als Christophe noch das Lycée in Bastia besuchte. Damals.«

»Erzählen Sie.« Ich legte meine rechte Hand auf die ihre, weil jetzt die Zeit für Güte war. »Bitte, ich bitte Sie sehr. Wir müssen alles wissen, um das Leben eines Kindes zu retten.

179

Das auch ein Lycée besucht, wenn auch nicht in Frankreich.«

»Kurz vor seinem Abitur«, begann Corinne, dann schüttelte sie wieder ein Weinkrampf. Ich strich ihr beruhigend über die Wange. Margrete bestellte den hier üblichen Pastis. »Christophe … wir wohnten damals in Erbalunga, das ist ein kleines Fischerdorf auf dem Cap Corse, nicht weit von Bastia … Christophe musste mit dem Bus in die Stadt fahren … Sechzehn war er oder siebzehn, und Jungen in dem Alter, denen ist es im Dorf einfach zu eng. Alle seine Freunde lebten in der Stadt, und sie machten, was man als Jugendlicher so macht in Bastia, sich auf der Place Saint Nicolas treffen, dort herumhängen, den Mädchen nachgucken, Vespa fahren. Aber zwei oder drei Freunde von Christophe, die waren auch politisch. Sie hatten irgendetwas mit einer der Untergrundgruppen zu tun, und mein Bruder, der war immer schon abenteuerlustig. Die Besetzung von Aléria und die Gründung der Fronte di Liberazione, der FLNC … genau heißt sie Fronte di Liberazione Naziunale Corsu … also diese ganzen Sachen lagen noch nicht so lange zurück. Und dann kam im Januar 1978, also als damals die FLNC den Stützpunkt der Marineflieger in Sulinzara sprengte, um diese Zeit muss es gewesen sein … Etwas später, ich glaube, es war im Mai, da haben Christophe und seine Freunde Streit mit einer Clique von Arabern angefangen.

Nichts Rassistisches oder so, nein, das nicht. Aber es gab eine kleine Schlägerei, und die Flics rollten an. Die Jungs hauten ab, doch Christophe hatte Pech, er stürzte, brach sich ein Bein und konnte nicht mehr weiter. Er hätte aufgeben sollen, aber er dachte wohl: Ich bin Korse, die Bullen repräsentieren den französischen Staat, ich muss mich wehren. Dabei hat er einen Flic an der Augenbraue verletzt. Sie haben ihn auf das Commissariat in der Rue Commandant Luce de Casabianca gebracht und dort zusammengeschlagen. Dann kam Leloir.«

»Wieso der? War er damals in Bastia bei der Kripo?«

Corinne Sébastiani schüttelte den Kopf. Ich wies auf das Glas mit dem Pastis, nahm selbst einen Schluck von dem Anisschnaps, die Korsin nippte nur. Das war auch recht getan, mir drehte sich der Magen um.

»Sie haben Christophe über Nacht auf dem Commissariat behalten«, setzte Corinne ihren Bericht fort. »Leloir kam erst am nächsten Morgen von jenseits der Berge, aus Ajaccio. Er war einer von der politischen Polizei. Die kleine Schlägerei interessierte ihn nicht, er interessierte sich für Christophe. Weil er damals ein Spitzelnetz aufbaute. Ein Spitzelnetz in der Unabhängigkeitsbewegung. Spitzelnetze in Unabhängigkeitsbewegungen aufzubauen, das hat Frankreich doch in seinen Kolonien gelernt. Ich bin weiß Gott keine Nationalistin, aber ... Leloir hat Christophe vor die Wahl gestellt. Entweder Anzeige wegen tätlichen Angriffs auf Vollzugsbeamte und damit Knast und Lycée ade, oder ...« Corinne Sébastiani wischte sich über die Augen. Mir war schon klar, was sie sagen würde. »Oder Spitzeldienste für Leloir. Mein Vater hätte Christophe halb tot geschlagen, wenn der Junge vor Gericht gekommen wäre. Vielleicht hätte er ihn sogar aus der Familie ausgestoßen. Das wäre noch schlimmer gewesen als Schläge.«

»Ich habe verstanden«, sagte ich.

»Leloir wollte meinen Bruder ganz groß aufbauen.« Corinne Sébastiani war nicht mehr zu bremsen. »Er brauchte wohl Erfolge für seine Karriere. Aber Christophe war ein miserabler Spitzel. Von den Freunden, über die er in den Untergrund eindringen sollte, hat er sich zurückgezogen. Und irgendwann hat er angefangen, über seine Treffs mit Leloir zu sprechen. Damit hat er noch mehr Freunde verloren. Er hat sogar Morddrohungen erhalten, musste deswegen von Korsika weg. Das ist seine Heimat, Madame. Er liebt sie. Aber er wollte kein Verräter sein. Und Leloir, der hat offenbar trotzdem genug junge Korsen ans Messer geliefert, sonst hätte er ja wohl den Aufstieg nicht geschafft.«

Corinne war nach ihrer langen Rede vollkommen erschöpft, ich spülte meinen Widerwillen mit Pastis hinunter. Typen wie Leloir gab es auch in Deutschland, Typen wie Leloir gab es überall auf der Welt, es hatte diese miesen Kakerlaken immer gegeben, und sie würden wohl auch nicht aussterben: Ungeziefer verfügte über erstaunliche Fähigkeiten zur Resistenz.

»Leloir war übrigens nicht allein«, sagte Corinne Sébastiani. »Da war noch ein Typ, mit dem er zusammengearbeitet hat. Der soll auch die Treppe raufgefallen sein. Warten Sie … Der hieß Guéro.«

6

Unsere Rückfahrt nach Bastia verlief schweigsam. Bevor sie zurückkehren musste zu ihren Büchern und Dokumenten, hatte uns Corinne Sébastiani noch eine Liebesgeschichte erzählt, die fast zu schön war, um wahr zu sein. Klaus Albrecht hatte sie vor drei Jahren an Bord der Fähre von Marseille nach Bastia kennen gelernt, und auch wenn es keine Liebe auf den ersten Blick gewesen war, mit der obligatorischen Einladung zum Abendessen war Corinne in Bastia von Bord gegangen. Albrecht hatte sich als Aussteiger geriert, der sich jedoch nicht, wie bei deutschen Aussteigern üblich, auf La Gomera niederlassen wollte, in Goa oder an den anderen bekannten Orten, sondern in den korsischen Bergen, die ihm vertraut waren von seinen Wanderungen quer über die Insel. Nach dem Abendessen in einem Restaurant beim Alten Hafen, das ausgerechnet *Le Romantique* hieß, hatte Corinne dem Mann angeboten, für einige Zeit im Haus ihrer Eltern in Erbalunga unterzukriechen, wo sie selbst noch wohnte. Sie hatte sich längst in Albrecht verliebt; mit jener Mischung aus

Bewunderung für seinen Mut und Mitleid mit seiner Armut, die uns Frauen leider oft unüberlegte Entscheidungen fällen lässt. Aber wie auch immer, Liebe ließ sich nun mal nicht erklären, und Albrecht schien alles in allem doch ein patenter Bursche zu sein, er nahm eine Arbeit an, die er als Vertretertätigkeit bezeichnete, die jedenfalls mit vielen Reisen verbunden war und einiges einbrachte. Nach einem Vierteljahr, als Albrechts Anwesenheit den Eltern der Sébastiani trotz der korsischen Gastfreundschaft schon mächtig stank, mietete er eine Wohnung in Montsoro, einem Vorort Bastias. Das Leben dort galt nicht als unbedingt erstrebenswert, aber immerhin verfügte die kleine Neubauwohnung über mehr Komfort als die abgefuckten Wohnungen in Bastias Altstadt. Albrecht, der von den Bergen geträumt hatte, wohnte noch immer in Montsoro, aber mittlerweile hatte er eine Eigentumswohnung in der Résidence *A Sulana* ins Auge gefasst, einer Siedlung an einem Berghang mit Blick über Bastia und auf das Meer. Corinne hatte sich selbst, aber nie ihren Geliebten gefragt, woher das Geld für diese Wohnung stammen sollte. Nach wie vor bewunderte sie, die nie einen Beruf erlernt hatte, lange arbeitslos gewesen war und sich als Hilfskraft gering schätzte, den Mann mit akademischer Bildung. Nur aus dieser untertänigen Haltung heraus, dessen war ich gewiss, hatte sie Albrecht ein Alibi verschafft. An dem sie auch uns gegenüber festhielt.

Ich musste mir nur Margrete anschauen oder an Jim denken, um zu wissen, dass gegen die Liebe kein Kraut gewachsen war. Außerdem kannte ich von Berufs wegen all die scheinbar unbegreiflichen Geschichten sowohl von Kindern als auch von so genannten Erwachsenen, die einen Menschen, der sie quälte, schändete und schlug, nach außen verteidigten, bloß weil sie ihn dennoch liebten. Ich hatte schon mit Söhnen zu tun gehabt, die sich lieber die Lippen blutig bissen, als gegen einen Vater auszusagen, der gerade die Mutter erschlagen hatte. Liebe, wenn es sie denn gab, aber ich glaubte daran, Liebe war eine Infektionskrankheit. Nicht immer war sie heilbar.

Die verbrannte Erde lag hinter uns, die Micheline, wie der Zug von den Einheimischen genannt wurde, näherte sich der Ebene. Im Haus der Eltern hatte sich Klaus Albrecht auch mit Christophe Sébastiani befreundet; der lebte zwar in Paris, aber kehrte so oft wie möglich nach Korsika zurück. Es war ein offenes Geheimnis, dass der einst hoffnungsvolle Pennäler, der mit dem Untergrund sympathisiert hatte, in der Kapitale Verbindungen zur Unterwelt pflegte. Keiner der Angehörigen sprach darüber, Corinne hatte immer versucht, ihren Bruder von seinem Weg abzubringen. Sie ahnte, dass er seinen Lebensunterhalt mit Drogenhandel im Auftrag der illegalen korsischen Befreiungsbewegung verdiente. Und sie ahnte, dass Leloir seinen Fisch nie von der Angel gelassen hatte. Nicht einmal in der Riesenstadt Paris konnte man einem Leloir aus dem Wege gehen, wenn der Commissaire principal es nicht wollte.

»Leloir hat Christophe Sébastiani und Simone Pasquet hinrichten lassen«, dachte ich laut.

»Was ist?« Margrete stellte die Frage, aber auch die beiden anderen Damen meines Gefolges rissen die Augen auf.

»Es muss einen Grund dafür geben, dass Leloir auf der Straße von Rampillon nach Nangis so rücksichtslos schießen ließ. Und den Grund finden wir hier. Auf Korsika.«

»Wir sollten lieber über diesen Guéro nachdenken«, meinte Renata.

»Es kann sich nicht um den Guéro handeln, den ich in Bobigny kennen gelernt habe«, sagte ich überzeugt. »Aber vielleicht ... Angelika, wenn ich dich bitten dürfte.«

»Um fast alles«, versprach Lüders' Cousine.

»Neben dem Hotel gibt es doch einen Servicepoint von France Télécom«, führte ich aus. »Ich kaufe dort eine Telefonkarte ... nein, kein Widerspruch, wir haben dich genug geschädigt ... ich kaufe dort eine Karte, und du rufst diesen Guéro von der Kripodirektion Paris an. Die Fragen, die ich an ihn habe, notiere ich dir nachher im Hotel.«

Daraus wurde erst einmal nichts. Ich hatte unsere Zimmernummer auswendig gelernt, und als ich radebrechend unseren Schlüssel verlangte, krähte ein halber Hahn los, den ich in Bastia nicht erwartet hatte.

»Hallo, Mam!«, krähte er. Ich fuhr sofort herum. Im Frühstücksraum saßen, ein Bild holder Eintracht, mein Sohn und Guillaume und lächelten mich an. Mir schwoll der Hals zu. Aber ich freute mich auch.

»Ihr?« Mehr brachte ich nicht heraus. Angelika, die auf ihren Sohn losstürzte mit einem Ausdruck, als ob sie ihn ohrfeigen wolle, hielt ich zurück.

»Woher hast du das Geld?«, keifte Lüders' Cousine wie ein Fischweib.

»Na, so teuer war der Flug auch nicht«, versuchte Jim zu vermitteln. Dann erhob er sich, kam auf mich zu und legte mir die Arme um den Hals. Zur Salzsäule erstarrt registrierte ich, dass mein Sohn, hielt sein Wachstum an, eines Tages größer sein würde als ich. Ich war stolz auf ihn, auf seine Entscheidungsfreude. In Bastia gebrauchen konnte ich ihn nicht. Als der dumme Kerl mich küsste, zerschmolz ich natürlich.

»Ich hab bisschen was gespart«, sagte Guillaume. »Außerdem …«

»Außerdem was?« Angelika war immer noch auf hundertachtzig.

»Ich dachte, ihr seid froh und gebt mir das Geld zurück. Jim wollte unbedingt zu seiner Mutter.«

»Und das Geld für ein Zimmer?«, fragte Angelika scharf. Guillaume zuckte die Schultern, aber er hatte auch dieses unschuldige Lächeln drauf, mit dem man Mütter bestach. Ich befreite mich von Jim und kramte meine Kreditkarte aus der Tasche. Eine meiner beiden, schließlich war ich eine moderne Frau. Der Mann an der Rezeption akzeptierte *VISA,*

Mastercard, Diner's Club und *American Express.* Er hatte nur kein Zimmer frei.

»Try ... I will ...« Er schüttelte den Kopf, mit dem Englisch wollte es nicht klappen. Ohne mir zu erklären, was er vorhatte, griff er zum Telefon. Nach drei Minuten hatten wir ein Zimmer für unsere missratenen Bengel. Im Hotel *L'Alivi.* In Pietranera, einem nördlichen Vorort. Das Zimmer war natürlich teurer. Aber Pietranera befand sich an der Küstenstraße nach Erbalunga. Das hatte nur symbolische Bedeutung, denn nach Erbalunga wollte ich nicht. Ich wollte nach Montsoro. Ins Marzahn oder ins Märkische Viertel von Bastia.

7

Die Erste Kriminalhauptkommissarin Lena Wertebach und ihr innig geliebter Sohn hatten die zweifelhafte Ehre, im Reinickendorfer Teil der Aroser Allee zu wohnen. Das war eine Siedlung im Bauhausstil, architekturhistorisch sicher interessant, aber als Wohnort nicht gerade aufregend. Der liebe Gott konnte das Haus, in dem wir lebten, nur sehen, wenn er ein Mikroskop benutzte. Alles war klein: Fenster, Türen, Räume. Das Proletariat hatte in diesen Häusern glücklich werden sollen. Das war es aber offenbar nicht geworden, denn es hatte ziemlich rasch Hitler gewählt. Und nun beherbergte die Siedlung Kleinbürger und uns.

Über die Aroser Allee konnte man sich immerhin noch streiten. Über Montsoro gab es keine Worte zu verlieren. Montsoro bestand aus Wohnmaschinen, die nicht von Architekten entworfen worden waren, sondern von den betrunkenen Herstellern von Schuhkartons. Und es war, das sah ich sofort, nachdem ich aus dem Taxi ausgestiegen war, nach

Korsika verlängerter Marghreb. Hier musste man lebensmüde sein, wenn man *I arabi fora!* an die Hauswände sprühte. Auch vor dem Haus, in dem ein Klaus Albrecht Mieter war, spielten arabische Kinder. Ein kleiner Junge stach mir sofort ins Auge. Er war barfuß, seine Füße waren seit dem letzten Fastenmonat nicht mehr gewaschen worden, die Beine waren zerschrammt, an den Knien begrüßten neue die alten Schürfwunden, aber das Gesicht unter dem Kraushaar wirkte so pfiffig, dass das Mutterschaf in mir gern geblökt hätte. Auf dem Weg zum Hauseingang überfiel mich der äußerst merkwürdige Gedanke, ob den Typen, die Judenkinder auf die Waggons nach Auschwitz geworfen hatten, hin und wieder der Satz herausgerutscht sein könnte: *Mensch, ist der süß!* Süße Kinder. Ich schüttelte, nur für mich, den Kopf. Kinder wie Schokolade. Schokolade konnte man schmelzen.

Ich, Clinthia Eastwood mit einer vermutlich funktionsuntüchtigen Tokarew im Holster, stieß die Tür mit dem Fuß auf. Sie traf, allerdings ohne zu verletzen, Marguerite Nicolas. Besonders überrascht, sie hier zu sehen, war ich nicht. Und auch Leloir war sicher in der Nähe.

»So allein?«, fragte ich also. Marguerite Nicolas winkte nur ab. Sie war nicht gewillt, auch nur ein Wort mit mir zu wechseln, eilte zu ihrem Wagen, einem blauen Renault Espace, und raste davon. Ein grauer Citroën folgte ihr. Den Mann, der ihn lenkte, und auch seinen Beifahrer hatte ich noch nie gesehen.

»Überall hat sie ihre Fingers im Spiel«, meinte Margrete.

»Ich glaube aber, dass sie auf Leloirs Abschussliste steht«, sagte ich. Dann fuhren wir mit dem Lift in die sechste Etage. Auf dem langen Hochhausflur standen Kinderwagen vor etlichen Türen, aber auch alte Matratzen, ein Schuhschrank und diverse verschlissene Turnschuhe in Kindergrößen. Arabische Musik drang aus der einen und anderen Wohnung, aber auch die englischen und amerikanischen Mainstreamtitel, die von allen Rundfunksendern der Welt abgedudelt wurden, sowie französische Lieder. Mütter riefen, Kinder schrien, es roch nach Küche, feuchter Wäsche und ein wenig auch nach Pissoir; womöglich weil sich Betrunkene gelegentlich im Flur erleichterten. Klaus Albrecht lebte in der Wohnung 6.8. Er hatte kein Namensschild an oder neben der Tür angebracht, doch die Nummer wussten wir von Corinne Sébastiani. Ich klingelte. Es war ein furchtbar schriller Ton, den ich der Glocke entlockte und der selbst einen Vollsuffschläfer in die Höhe getrieben hätte. Hinter der Tür rührte sich nichts. Ich drückte abermals den Klingelknopf. Eine Wohnungstür wurde geöffnet, aber nicht jene, vor der wir standen, sondern die zur Behausung Nummer 6.5. Aus ihr traten zwei Mädchen, die lange schwarze Kleider und bunte Kopftücher trugen. Als sie uns sahen, wandten sie den Blick ab und machten, dass sie an uns vorbeigelangten. Ich gab Margrete einen Wink. Meine Liebste versuchte die Mädchen aufzuhalten. Margrete sprach auf sie ein, aber die Mädchen schüttelten bloß heftig den Kopf. Ob sie nun verstört waren oder die französische Sprache nicht verstanden, konnte ich nicht erkennen, denn die Tücher verdeckten ihre Gesichter. Ich läutete. Margrete ließ die Mädchen ziehen.

Klaus Albrechts Tür war mit einem Sicherheitsschloss versehen, die berühmte Methode von Fernsehkommissaren, sie mit einer bloßen Kreditkarte zu öffnen, würde versagen; ich fragte mich ohnehin immer, wie das gelingen sollte. Für dieses Schloss, falls es verriegelt war, hätte ich eine Bohrmaschine gebraucht, am besten eine mit einem Spezialisten dran. Unverriegelt hätte ein Spezialist die Tür auch mit einer Drahtschlinge öffnen können. Ich musste passen.

»Was war mit den Mädchen?«, fragte ich meine Geliebte, die auch meine Dolmetscherin war.

»Sie wissen nichts oder wollen nichts sagen«, erwiderte Margrete. »Außerdem waren die Flics schon da. Man kann auch kein Französisch.«

»Ein paar Brocken müssen sie aber beherrschen«, widersprach ich, »wie hätten sie sonst sagen können, dass sie nichts sagen können?«

»Kannst du nicht«, Margrete wies auf die Tür, »mit deiner Credit Card?«

»Nein. Höchstens mit meiner Waffe. Aber ich weiß nicht einmal, wohin ich schießen soll. Und dann hätten wir den halben Flur auf dem Hals.«

»Ob Rudi …?« Margrete zeigte wieder auf die Tür. Ich zuckte die Schultern. Wir würden warten müssen. Albrecht kannte ich vom Foto, ich würde ihn auf Anhieb erkennen. Es fragte sich nur, wann er hier aufkreuzen würde und ob überhaupt. Vielleicht war er in den Bergen, die kannte er ja. Vielleicht lebte er nicht mehr, weil Leloirs Truppe ihn ausgelöscht hatte. Ich brannte mir eine Zigarette an, wir begaben uns zum Lift. Im Schatten eines benachbarten Hauseingangs bezogen wir Position.

Von den Kindern, die vor Albrechts Haus gespielt hatten, hörten wir lange nur die Stimmen. Nach einiger Zeit tauchte auf einem klapprigen Fahrrad der barfüßige Junge auf, der im Slalom über die Straße fuhr und hinter der nächsten Ecke wieder verschwand. Drei Teenager verließen das Haus und schlappten in ihren offenen Baseballschuhen breitbeinig davon.

Ein Wagen der Gendarmerie kurvte langsam durch die Gegend, und kaum dass er unser Blickfeld verlassen hatte, folgte ihm ein Streifenwagen der CRS. Drei Flics äugten umher, musterten uns wie Verdächtige, aber so schauten sie wohl alle Menschen an, weil alle Menschen verdächtig waren. Der kleine Junge radelte durchs Bild, eine aufgeregte Kindermeute im Gefolge. Jeder der Knaben wollte auch einmal fahren. Schließlich gab sich der Junge geschlagen und überließ das Rad einem vielleicht Zehnjährigen. Der strampelte sich mächtig ab, erreichte aber auf dem altersschwachen Fahrrad nicht gerade eine exorbitante Geschwindigkeit. Johlend rannten ihm die übrigen Jungen hinterher. Nur der Kleine blieb zurück. Er schaute uns neugierig an; jedenfalls kam es mir so vor. Um nicht nur untätig herumzustehen, fasste ich Margrete beim Arm und ging geradewegs auf ihn zu. Er lief nicht weg, sondern betrachtete mich eingehend und bohrte dabei nachdenklich in der Nase. Ich zeigte ihm das Foto von Klaus Albrecht; Kinder waren schlechte Zeugen, aber sie sahen eine ganze Menge.

»Kennst du den Monsieur?«, wollte ich wissen.

»Oui, oui«, meinte der Bursche ernst. »Monsieur allemand. Von Deutschland. Weit weg.« Er zeigte zum Meer, also nach Osten und damit nach Italien. Oder in noch weitere Ferne, zum Balkan. Nie und nimmer nach Deutschland. Wahrscheinlich hatte er von meinem Heimatland keine Vorstellung.

»Woher bist du?«

»Ich? Von Korsika.«

»Ja, klar. Und deine Eltern?«

Der Junge blickte mich ratlos an.

»Auch von Korsika«, tastete er sich an die Antwort heran.

»Aber vorher? Bevor sie nach Korsika kamen?«

»Maroc.«

Der Radler und seine Freunde kehrten zurück. Als sie uns mit dem Kleinen stehen und reden sahen, umringten sie uns. Auch ihnen zeigte ich Bilder, zuerst das von Klaus Albrecht, dann das von Rudi. Viel Hoffnung verband ich damit nicht, denn am helllichten Tage würden die Kidnapper nicht mit Rudi herumgelaufen sein.

Albrecht kannten die meisten der Kinder vom Sehen, und sie wussten auch, dass er ein Ausländer war. Mit Rudi hingegen konnten sie nichts anfangen. Zwei der Jungen immerhin wollten sich erinnern, Albrecht vor ein paar Tagen noch gesehen zu haben. Vorgestern oder am Tag zuvor, genauer konnten sie es nicht sagen. Albrecht sei nicht allein gewesen, sondern zusammen mit einem anderen Mann. Auch einem Ausländer. In einen Wohnwagen seien die beiden gestiegen und weggefahren. Und einer der Jungen behauptete, am Kühlergrill des Wagens einen Mercedesstern erblickt zu haben.

Bevor ich noch weitere Fragen stellen konnte, rief ein Mann aus einem der Fenster des Hochhauses. Ich schaute hinauf, die Kinder ebenfalls. Der Mann, auch ein Araber, wie es mir schien, rief abermals, und zwar nicht auf Französisch, sondern eher in einer nordafrikanischen Sprache. Die Kinder stoben davon. Der Mann knallte das Fenster zu. Wir waren wieder mutterseelenallein. Aber mir war nun klar, dass ich unbedingt in Albrechts Wohnung eindringen musste, auch wenn ich mich damit strafbar machte. Da ich nicht durch Wände gehen konnte, würde ich die Tür aufbrechen lassen müssen. Ich fragte mich, von wem. Vielleicht, so überlegte ich, würde mir der notorische Geldbedarf von halbwüchsigen Machos in die Hände spielen, die sich obendrein noch vor mir, einer Frau, beweisen konnten.

Fast anderthalb Stunden verstrichen. Es war auch im Schatten so heiß geworden, dass ich schon auszutrocknen fürchtete, aber dann waren die drei Bengel in ihren schlappenden Turnschuhen und noch ein vierter wieder da. Sie machten irgendwelche Bemerkungen, als sie uns Weiber sahen, und obwohl ich nichts verstand, war mir der Inhalt ihrer Reden sonnenklar. Ich näherte mich ihnen, und das verwirrte sie, ihr Grinsen wurde unsicher, ihre Bewegungen nicht minder. Margrete übersetzte nur widerwillig, weil sie Angst hatte. Ich hingegen war davon überzeugt, dass in solchen Häusern niemand nach der Polizei rief, nur weil die Tür eines deutschen Fremdlings aufgebrochen wurde. Im Falle, dass ich mich irrte, würde ich den gewaltigen Ärger, den ich dann bekam, ertragen müssen.

Tausend Francs setzte ich ein, damit eine halbe Stunde später die Tür zu Albrechts Behausung aufsprang. Da sie sich nicht lautlos öffnen ließ, hatten wir bald Männer, Frauen und Kinder von dem Gang als Zuschauer, die heftig applaudierten.

Ich hatte immer wieder auf mich gezeigt und dazu *la Police allemande* gemurmelt, was man offenbar komisch fand, denn ich erntete nur Gelächter. Dass sich eine deutsche Polizistin in Montsoro auf illegale Weise Zugang zu einer Wohnung verschaffte, war eine zu abenteuerliche Vorstellung. So abenteuerlich wie die Gerüche, die uns aus den beiden Zimmern entgegenschlugen, in denen Albrecht wohnte.

Irgendeiner von denen, die sich in diesen Räumen aufgehalten hatten, musste unter Schweißfüßen leiden, und zwar derart extrem, dass ihre Ausdünstungen in jeden Winkel gekrochen waren. Verschimmelte Nahrungsreste in der Küche, kalter Zigarettendunst und eine eingetrocknete Bierlache taten ein Übriges, um uns den Atem zu rauben. Margrete riss sofort ein Fenster auf. Ich blickte mich in den Zimmern um, beobachtet von den Nachbarn, die die Schwelle allerdings nicht überschritten.

Auch in Albrechts Wohnung deutete alles auf einen hektischen Aufbruch hin. Ihre Einrichtung war von einer etwas schäbigen Bürgerlichkeit. Die Wände hätten einen frischen Anstrich vertragen, aber da der Mann vom Umzug in die Résidence *A Sulana* träumte, interessierte ihn das wohl nicht mehr. Eine Schranktür stand offen, aus dem Fach mit den Pullovern hingen zwei Ärmel, als ob jemand in Eile Kleidungsstücke herausgerissen hätte. Auf dem Schrankboden lag zusammengeworfen die Schmutzwäsche. Was sofort meine Aufmerksamkeit fesselte, war ein weißes Hemd. Mit zwei Fingern zog ich es aus dem Wäschebündel. Auf der linken Seite breitete sich um ein ausgefranstes kleines Loch ein großer Blutfleck aus. Ich wühlte weiter, entdeckte Jeans, die ebenfalls blutig waren, und rot durchtränkte Unterwäsche. Die Sachen stammten nicht von Rudi, und sie wären ihm auch zu groß gewesen. Jemand von Albrechts Leuten oder gar er selbst musste verletzt worden sein, und zwar durch einen Schuss. Vermutlich hier in der Wohnung hatte er die Kleider gewechselt.

Im Badezimmer bekam ich Gewissheit. Mit Mullauflagen und Verbänden hatte jemand das Klo verstopft, und nun schwammen sie in dem Becken, das überlaufen würde, wenn man noch einmal spülte. Ein paar Blutstropfen waren auf dem Fliesenboden geronnen, und im Waschbecken, wo sich der Verletzte gesäubert hatte, sah ich blutige Schlieren.

Blut fand ich auch in dem Raum, der mindestens zwei Menschen zum Schlafen gedient hatte. Es war auf den verschlissenen grauen Teppichboden getropft. Die Bezüge und Laken auf dem Doppelbett, das man auseinander gerückt hatte, waren auch fleckig, aber von anderen Flüssigkeiten. Ich musste nicht an dem Stoff schnuppern, um zumindest eine zu identifizieren: es handelte sich um Urin. Die Person, die hier gelegen hatte, war nicht in der Lage gewesen, zur Toilette zu gehen, und hatte in ihrer höchsten Not eingepinkelt. So etwas widerfuhr Betrunkenen, die im Schlaf ihre Blasenfunktion nicht mehr regulieren konnten. Oder aber jemandem, der ans Bett gefesselt worden war.

Ich schaute unter beiden Schlafstätten nach vergessenen Gegenständen. Unter der linken, vom Fenster entfernten entdeckte ich eine Tennissocke mit rotem und blauem Ring. An den Fuß eines Erwachsenen passte sie kaum. Außerdem hatte Rudi solche Socken getragen. Jim hatte sich manchmal darüber lustig gemacht, weil er Tennissocken für megaout hielt. Ich würgte meine Übelkeit nieder und trat zurück ins Wohnzimmer. Margrete legte mir drei Ausgaben der Zeitung *Corse-Matin* vor, die sie im Papierkorb gefunden hatte. Aus den Headlines hatte man Buchstaben ausgeschnitten. Ich packte die Zeitungen in meine Tasche, warf rasch einen Blick aus dem Fenster. Vor das Haus rollten gerade drei Einsatzwagen der CRS. Es musste doch jemand die Bullen gerufen haben.

»Die Flics!«, rief ich Margrete zu. »Los, abhauen!«

Wir nahmen nicht den Lift, sondern die Treppe. Aber die Bullen waren nicht dumm, und kaum hatten wir das fünfte Stockwerk erreicht, hörten wir von unten das Klappen einer

Tür, dann Stiefelgetrappel. Ich wischte mit Margrete auf den Flur, ohne zu wissen, wie wir von dort fortkommen konnten; die CRS-Leute würden uns alle Fluchtwege abschneiden wollen.

Wir hatten nicht die geringste Chance. Diejenigen, die nach den Bullen gerufen hatten, mussten ihnen auch einen Fingerzeig gegeben haben, dass wir uns noch im Haus aufhielten; die Beamten der CRS durchsuchten es, und keine Viertelstunde verstrich, bis sie uns hatten. Als mich zwei weibliche Uniformierte filzten und dabei die Tokarew fanden, wurde mir bewusst, dass der Ärger, der mich erwartete, weitaus größer war, als ich mir in meinen kühnsten Albträumen ausgemalt hatte. Mir und auch meiner Liebsten wurden Handschellen angelegt, und zum ersten Mal in meinem Leben wurde ich als Verbrecherin behandelt und unsanft in eines der Polizeifahrzeuge gestoßen. Wäre ich nicht sicher gewesen, dass Jim bei Angelika und Renata in guten Händen war, ich hätte mit gefesselten Händen um mich geschlagen. Nun aber hielt ich still. Mir blieb gar nichts anderes übrig.

8

»Du bist wahnsinnig. Komplett. Totalement.« Marguerite Nicolas schob den Festnahmebericht der CRS auf dem Tisch hin und her. Wir saßen in einem Vernehmungszimmer des Commissariat de Police von Bastia, womöglich sogar in jenem, in dem Christophe Sébastiani zum ersten Mal Leloir begegnet war. »Denkst du überhaupt noch nach? Wie konntet ihr euch nur dazu bereitfinden, einen Einbruch zu begehen?«

»Jedenfalls sind Einbrüche Sache der Polizei, nicht des Geheimdienstes«, bemerkte ich.

»Geheimdienst!« Marguerite lächelte säuerlich. »Leloir hat mich aus der GICOT gefeuert, und ob ich zur DGSE zurückkehren kann, steht in den Sternen. Sicher nicht. Ich werde nicht verhungern, denn ohne Bezüge wird man mich nicht lassen, sonst könnte ich auf die Idee kommen, mein Wissen zu verkaufen. Irgendein Druckposten in der Provinz, das wird mein Leben bis zur Pensionierung sein.«

»Wie kommt es aber, dass du noch Zugang in ein Polizeikommissariat bekommst?«, wollte ich wissen.

»Meinen Dienstausweis habe ich behalten. Und Leloir scheint zurzeit so beschäftigt zu sein, dass er sich noch nicht mit den hiesigen Behörden in Verbindung gesetzt hat. Das heißt, er hat es natürlich getan, bloß nicht meine Person betreffend.«

»Aber er lässt dich beschatten, nicht wahr?«

»Natürlich. Seine Kreaturen haben aber offenbar die Order, nicht einzugreifen. Jetzt ist alles eine Frage von Minuten.« Marguerite Nicolas kramte die Zeitungen, die wir bei Albrecht gefunden hatten, aus einer Kollegmappe. »Wir stehen jetzt beide auf einer Seite der Barrikade. Wenn ich mich rehabilitieren will, muss ich Leloir entlarven. Nicht öffentlich, aber vor den Ministern, die für die Groupe interministériel zuständig sind. Wenn Leloir fällt, bleibe ich vielleicht oben.«

»Nur Leloir? Oder auch jener ominöse Monsieur X?«

»Deine Fragen beantworte ich später. Wir müssen alles tun, um Klaus Albrecht und dessen übrig gebliebene Komplizen zu finden. Ich lasse dich durch die Polizei nach Ajaccio zur Regionaldienststelle des Renseignements Généraux überführen. Dort kommen wir aber nie an.«

»Und Margrete?« Das bewegte mich vor allem.

»Sie müssen wir leider als eine Art Pfand hier lassen. Willst du gar nicht wissen ...?«

»Doch.«

»In Ajaccio wird dich noch vor der Dienststelle ein Commissaire Guéro in Empfang nehmen«, erklärte Margrete. »Den kennst du ja aus Bobigny, und ich kann dir sagen, dass er einer der letzten Wahrheitsfanatiker der französischen Kripo ist; man kann ihn nicht einmal mit zehn Litern Schnaps kaufen. Aber er tut alles, wenn er seinem Bruder Adolphe eins auswischen kann. Adolphe Guéro, das ist unser Monsieur X. Es gibt drei Guéro-Brüder, zwei smarte Widerlinge und einen anständigen.«

»Ich hätte nicht gedacht, dass Anstand in deinem Vokabular vorkommt«, sagte ich.

»Auch darüber sollten wir uns jetzt nicht streiten. Also, Gabriel Guéro nimmt uns in Ajaccio in Empfang. Wir steigen dann in seinen Wagen, und er wird uns an einen Ort bringen, der sicher ist. Mach dir ansonsten keine Sorgen, er hat gute Freunde bei der Polizei in Bastia, die werden sich um die Sicherheit deines Sohnes kümmern. Nicht aus Menschenliebe, sondern weil auch sie Leloir zum Kotzen finden. Es kostet auch was.« Marguerite Nicolas drückte auf einen Knopf unter dem Tisch, und wenig später erschienen zwei weibliche und zwei männliche Zivilisten. Meine Handgelenke schmerzten noch, aber sie legten mir abermals die Stahlfesseln an, und ich wurde abgeführt. Nicht zurück in die Zelle jedoch, sondern auf die Rue Commandant Luce de Casabianca. Bevor ich in einen Wagen der Polizei gesteckt wurde, konnte ich mir noch einmal den Betonklotz des Commissariat de Police anschauen. Man hatte versucht, ihn mit Mosaiken unter den breiten Fenstern aufzuwerten, aber er sah trotzdem beschissen aus.

Zwei Gardiens chauffierten uns; ich vermutete, dass Marguerite bewusst auf niedrigen Dienstgraden bestanden hatte, denn die ließen sich umso leichter übertölpeln. Nicht nur wir setzten uns in Bewegung, sondern auch ein grauer Citroën. Marguerite bemerkte ihn ebenso wie ich.

»Das sind Vollprofis«, erklärte sie mir, »die können es auch besser. Ich soll aber wissen, dass ich unter Leloirs Fuchtel stehe. In Ajaccio wird sich Gabriel Guéro um sie kümmern.«

»Erzähl mir was von den Guéros«, bat ich. Das konnte ich getrost, die Gardiens verstanden kein Deutsch.

»Vielleicht sollte ich erst von Leloir erzählen«, meinte Marguerite.

»Das hat Corinne Sébastiani schon getan«, sagte ich.

»Ja, was sie weiß.«

Bastia lag hinter uns. Der Polizeiwagen durchquerte, weil es sich nun einmal an der Nationalstraße nach Ajaccio befand, gerade mein Waterloo: Montesoro. Unsere Verfolger taten es auch.

»Man sagt ja gemeinhin, dass starker Hass nur die Kehrseite einer enttäuschten Liebe ist«, begann Marguerite Nicolas die Abrechnung mit ihrem Chef. »Leloir liebt niemanden und nichts. Nicht einmal Frankreich, mag er sich auch als Patriot ausgeben. Und nicht sich selbst. Aber er kann hervorragend hassen. Die Korsen. Wenn es nach ihm ginge, würde man sie mit einem Kernschlag eliminieren.«

»Na, ist das nicht übertrieben?«

»Keineswegs. Der Hass auf die Korsen und der Hass auf die Araber erhalten ihn am Leben. Er hat schon eine Krebsoperation hinter sich, aber er kann nicht sterben. Nicht, bevor er sein Ziel erreicht hat. Du weißt sicher, dass seit den Bombenattentaten der algerischen Extremisten in Paris das Militär patrouilliert, allerdings gemeinsam mit der Police nationale. Leloir träumt von militärischen Aktionen auch auf Korsika. Deshalb hat er die Bildung der GICOT angeregt. Er will alle Terroristen beseitigen.«

»Und mir hältst du Wahnsinn vor«, warf ich ein.

»Leloirs Hass ist natürlich nicht vom Himmel gefallen«, erklärte Marguerite. »Seine Familie gehört zu den Pieds noirs, sie wurde nach dem Verlust der Kolonien auf Korsika angesiedelt. Damit begann das Drama. Die Regierung hat den Pieds noirs damals enorme Privilegien verschafft. Das hat natürlich den Neid der Korsen geweckt. Man kann es positiv ausdrücken: Die Korsen haben eben ihre eigene Mentalität,

Arbeit bedeutet ihnen nicht so viel wie den Festlandfranzosen. Man kann es auch herablassend sagen: In Frankreich gelten die Korsen als faul. Weißt du, es gab Ende der achtziger Jahre eine Pressekonferenz des FLNC in der Macchia. Die FLNC hat ihr *Konzept der korsischen Gesellschaft* verkündet, mit dem entscheidenden Schlachtruf *Korsika den Korsen!* Das klingt wie *Deutschland den Deutschen!*, nicht wahr? Und ist auch so gemeint. Die FLNC hatte bei jener Pressekonferenz die Stirn, unter anderem zwei Forderungen zu erheben. Sie wollte die Balearisierung Korsikas verhindern, war also gegen den Tourismus, deshalb flogen seinerzeit auch so viele Ferienhäuser und Urlauberunterkünfte in die Luft. Und zugleich verlangten die Terroristen, dass jeder Korse an dem in Europa allgemein üblichen Wohlstand partizipieren soll. Das ist das, was wir *le mal corse* nennen, das korsische Übel. Sie stellen maximale Forderungen für keine Gegenleistung.«

»Und was hat das alles mit Leloir zu tun?«, fragte ich.

»Er, als Sohn von Pieds noirs, trat in Bastia in den Polizeidienst ein. Er machte den üblichen Dienst als Gardien de la Paix, war ein guter Flic und konnte an der École Supérieure de Police in Paris studieren, an der Polizeiakademie also. So kehrte er als Kriminalbeamter nach Ajaccio zurück und arbeitete dort bei den Renseignements Généraux. Das ist die Extremismusabwehr der Police nationale. Wie gesagt, sein Hass auf die Korsen hat ihn beflügelt, nach zwei, drei Jahren, genauer weiß ich es nicht, war er schon Chef der RG und Commissaire. 1975 kam es dann zum Aufstand von Aléria. Unter der Forderung *Colons fora! Siedler raus!* wurde das Weingut von Henri Depeille in Aléria besetzt; mit Siedlern waren natürlich die Pieds noirs gemeint. Tausendzweihundert Polizisten wurden aufgeboten, und es gab Tote auf der Besetzerseite. Leloir hat in der Folgezeit gemeinsam mit seinem engsten Mitarbeiter Adolphe Guéro ein Informantennetz aufgebaut. Ich weiß nicht, wie erfolgreich es war, aber beide stiegen immerhin in die Zentrale auf.«

Wir durchfuhren Casamozza. Offenbar nahm die Nationalstraße einen ähnlichen Verlauf wie die Eisenbahntrasse.

»Die Guéros, das ist wohl eine Polizistenfamilie?«, erkundigte ich mich.

»Jedenfalls sind sie auch Schwarzfüße. Zur Polizei gingen nur die beiden Ältesten, Adolphe und Gabriel. Der dritte ist Unternehmer geworden. In Marseille. Keine Ahnung, in welcher Branche. Aber es heißt von ihm, dass er den Front national finanziell unterstützt. Leloir ist mit ihm befreundet.«

»Sag mal, Marguerite«, ich schaute sie nicht an, sondern aus dem Fenster, auf die verbrannte Macchia, »wir sprechen hier nicht zufällig über eine Verschwörung zum Staatsstreich?«

»Das wäre wohl etwas hoch gegriffen.« Das Ortseingangsschild kündigte Ponte Nuovo an. »Frankreich ist politisch stabil, trotz der Dauerkrise. Noch. Außerdem fehlt Leuten wie Leloir und den Guéros der gesellschaftliche Rückhalt. Nein, was sie wollen, ist ein superstarker Staat, der alles niedermacht, was ihm nicht passt. Der keine Abweichung toleriert. Ein Staat der harten Linie.«

»Jetzt verstehe ich alles«, sagte ich. Ponte Nuovo lag hinter uns, wir befanden uns auf dem Weg nach Ponte Leccia.

»Was verstehst du?«

»Die Bombenanschläge in Vincennes und Mélun sind das Werk von Leloir und seiner Getreuen.« Nun blickte ich Marguerite wieder an. »Also auch deines.«

Sechstes Kapitel

1

Ajaccio erreichten wir zu einer Zeit, da die Dämmerung sich anschickte, zur Dunkelheit zu werden; den Sonnenuntergang zu betrachten, war mir also nicht vergönnt. Wir hatten die Insel überquert, hatten uns auf Serpentinen durch das Bergmassiv geschlängelt, ich hatte in tiefe, zerklüftete Abgründe schauen können, und unter anderen Umständen hätte mich das womöglich fasziniert; im Moment hatte ich jedoch nicht das geringste Interesse an der Natur. Ab Ponte Leccia hatte Marguerite nur noch mit den beiden Flics gesprochen, nicht mehr mit mir: Meinen Verdacht, der mir schon länger zumindest schemenhaft durch den Kopf gegeistert war, hatte sie weder bestätigt noch dementiert, doch dass sie nicht mehr mit mir reden mochte, war Antwort genug. Außerdem würde sie mir schon noch einiges erklären müssen, vor allem natürlich, was sie eigentlich mit mir vorhatte. Ganz allein würde auch Clint Eastwood nicht die Insel durchstreifen können auf der Suche nach Klaus Albrecht; außer der abgesägten Schrotflinte brauchte er auch noch den Drehstab. Und ich brauchte Unterstützung durch die Polizei. Vor dem Commissariat de Police von Ajaccio, das seine Heimstatt neben der Präfektur hatte, erwartete uns tatsächlich Gabriel Guéro. Er war nicht allein, sondern befand sich in Begleitung eines recht jungen Mannes, der ebenfalls Zivilkleidung trug, allerdings höchst elegante: Trotz der Hitze hatte er auf Anzug, Weste und Krawatte nicht verzichten mögen. Guéro öffnete mir die Tür und begrüßte mich ebenso überschwänglich wie angetrunken. Der junge Mann sprach alldieweil mit den beiden Gardiens. Ein schwarzer Jaguar näherte sich langsam, der Fahrer, auch ein junger Beau, versenkte die Seitenscheibe, und ich staunte nicht schlecht, als Guéro wie selbstverständlich zu dieser Nobelkarosse trat und mit dem Fahrer ein paar Worte wechselte. Die Gardiens waren verwirrt, beugten sich aber der Macht des Dokuments, das der Schnösel vorzuweisen hatte. Guéro winkte mich zu dem Jaguar. Ich folgte dem Wink, war mir aber nicht sicher, ob ich mich nicht aus der Obhut der französischen Polizei in die der Mafia begab.

»Keine Sorge«, sagte Marguerite Nicolas. »Das ist zwar kein Dienstfahrzeug der Police judiciaire, und es ist höchstwahrscheinlich durch Bestechungsgelder finanziert, aber der Besitzer ist ein Ehrenmann. Du wirst ihn gleich im *Hôtel Dolce Vita* treffen. Alles Gute, Lena.«

»Und ihr? Guéro, und du?«

»Wir sind immer in der Nähe«, behauptete Marguerite, »aber unsichtbar.« Sie spielte also noch immer ihr eigenes Spiel, nicht meines. Etwas anderes hatte ich auch nicht erwartet.

Guéro verabschiedete sich von mir mit einem leichten Schulterklopfen. Marguerite hatte sich schon zum Gehen abgewandt. Ich ließ mich auf den weißen Lederpolstern des Jaguars nieder und wagte kaum zu atmen. Noch vor kurzem hatte ich geglaubt, alle Fadenenden in der Hand zu halten. Jetzt wusste ich, dass ich mich geirrt hatte; am Pokertisch saß noch jemand, und der hatte bisher eine Tarnkappe getragen. Die beiden schnieken Jungs brachten mich zum Hotel. Dass sie das Wort nicht an mich richteten, war gewiss der Sprachbarriere geschuldet, aber sie unterhielten sich auch nicht miteinander. Bevor ich ihr stumpfsinniges Schweigen als bedrohlich empfinden konnte, hatten wir das *Dolce Vita* schon erreicht. Ich hoffte bloß, dass mich niemand aufforderte, mich frisch zu machen, denn alles, was eine Frau auf Reisen braucht, hatte ich nicht dabei. Man verlangte nur von mir, das Hotelrestaurant *La Mer zu* betreten. Dort hatte der Ehrenmann, den ich für mich *Monsieur Y* getauft hatte, einen Tisch reserviert. Er erwartete mich schon, erhob sich und setzte jenes Lächeln auf, das man gemeinhin als gewinnend bezeichnet. Es erweckte augenblicklich ein tiefes Misstrauen in mir, das noch durch die herrische Geste verstärkt wurde, mit der er die beiden grünen Burschen des Raumes verwies.

»Madame Wertebach? Es ist mir ein Vergnügen«, log *Monsieur Y*. Die Sprache, der er sich befleißigte, sollte Englisch sein. »Sie erlauben?« Er schob mir den Stuhl zurecht. Gegen Stil und Etikette hatte ich nichts einzuwenden, aber bei ihm kamen sie mir übertrieben vor. »Gestatten Sie, dass ich mich vorstelle? Cinquini.«

Ich erklärte ihm, hocherfreut zu sein. Lügen konnte ich auch. Für mich klang Cinquini wie Corleone und nach organisiertem Verbrechen.

Kaum dass sich Cinquini wieder gesetzt hatte, sprangen zwei Serviererinnen auf uns zu und deckten uns mit Speisekarten ein. Ich blätterte nur pro forma in dem Konvolut, das für mich ein Buch mit sieben Siegeln war. Cinquini trug noch immer seine Lächelspange. Ich schätzte, dass er die sechzig schon überschritten hatte.

»Ich empfehle das Langustenfrikassee«, sagte er. »Aber lassen Sie sich Zeit. Wünschen Sie einen Aperitif?«

Ich wünschte. Alles, was als Aperitif angeboten wurde, gehörte für mich zu den unbekannten Genüssen, vom Pastis abgesehen, den ich aber nicht für stilgerecht hielt, also überließ ich meinem Gastgeber die Wahl. Er bestellte Pastis.

»Unser Nationalgetränk«, belehrte er mich. Ich schwieg, weil die Wiederholung die Mutter des Wissenserwerbs ist. »Ich bin Ihnen eine Erklärung schuldig«, sagte Cinquini, und das war er tatsächlich. »Meine Branche ist der Zement. Ich baue.«

»Allein?« Das konnte ich mir nicht verkneifen. Cinquini gab ein Geräusch von sich, das man als Lachen interpretieren konnte.

»Nein, Madame Wertebach, nicht mal das bescheidene Imperium, dem ich vorstehe, habe ich allein errichtet.«

»Sondern mit Hilfe von bestechlichen Beamten?«, schoss ich scharf.

»Das hat Ihnen Guéro eingeredet, nicht wahr? Gabriel Guéro. Er ist ein Gerechtigkeitsfanatiker, bei der Polizei also eigentlich fehl am Platze. Für mich ist er der einzige sympathische Vertreter dieser grässlichen Familie. Obgleich mir sein jüngster Bruder, Enrique, als Juniorpartner eine Zeit lang den Weg aufs Festland geebnet hat. Die korsische Fischsuppe müssen Sie unbedingt probieren.«

»Volontiers«, sagte ich.

»Oh!«, sagte Cinquini. Das sollte offenbar ein Kompliment sein. »Enrique hat einen großen Fehler begangen. Als unser Unternehmen an der Südküste zu boomen begann, hat er sich plötzlich gegen mich gestellt. Er wollte diese Weinpanscher, diesen Leloir-Clan, ins Geschäft ziehen. Und deswegen, Madame, helfe ich Ihnen.«

»Wobei?«

»Nun, Sie wollen doch den entführten Jungen befreien, nicht wahr? Wie heißt er doch? Rüdí?«

»Mit welcher Absicht?«

»Nach der Fischsuppe das Langustenfrikassee?«, wollte Cinquini wissen.

»D'accord«, stellte ich noch einmal dem bescheidenen Unternehmer meine bescheidenen Französischkenntnisse unter Beweis. Er lächelte heftig und winkte einer der Serviererinnen.

»Als Vertreter der Baubranche scheinen Sie ja nicht ohne Einfluss zu sein«, stellte ich fest.

»Wo auf der Welt, Madame Wertebach, ist die Baubranche nicht einflussreich?« Cinquini bestellte erst einmal. Dann war er wieder für mich da. »Ich bin aber auch Politiker. Sitze für die Gaullisten im korsischen Nationalparlament. Bin Bürgermeister, seit zwanzig Jahren schon. Ich will ganz offen sein, ich werde als Bürgermeister auch nie abgewählt, aus dem Parlament natürlich auch nicht, und wenn eines Tages mein Verstand und mein Körper ihren Dienst versagen, übernimmt mein Enkel alle Posten. Mein Enkel, weil mein Sohn nichts taugt. Mein Enkel ist ein Schatz. Er studiert gerade in Paris. Dann geht er nach England. Weil Sie irgendwo gehört haben, dass Engländer und Franzosen wie Hund und Katz sind, kommt Ihnen das vielleicht seltsam vor. Aber ich wollte, dass er auch dort studiert. Die ersten Touristen, die Korsika jemals sah, waren Briten. Er soll die Sprache lernen. Deutsch und Spanisch beherrscht er schon. Sprachkenntnisse, Madame Wertebach, sind auch ein Kapital. Vor allem im Tourismus. Und da sind die Cinquinis geschäftlich sehr engagiert.«

»Dann begreife ich nicht, warum Sie auf Leloir und Guéro, also jedenfalls auf Adolphe und Enrique, sauer sind«, sagte ich. »Die wollen doch die Nationalisten, die ja zu viel Tourismus nicht so mögen, ausrotten.«

»Ich bin ein korsischer Franzose und halte die Nationalisten für Schwachköpfe«, erklärte Cinquini. »Insofern, glauben Sie, müsste ich auf der Seite dieser … dieser Gangster im Staatsdienst stehen? Die von Militärpatrouillen, noch mehr Polizei, noch mehr CRS auf Korsika träumen? Die am liebsten einen Ausrottungsfeldzug gegen die dummen Jungs aus dem Untergrund führen würden? Und von denen ein paar Idioten gewagt haben, sich als meine Konkurrenten aufzuspielen? Nein, liebe Frau Wertebach. Ich verfolge allein wirtschaftliche Interessen. Und genau deshalb dürfen Sie Vertrauen zu mir haben. Unsere Interessen sind sich zurzeit nahe. Ich habe sofort gesehen, wie skeptisch Sie mich betrachtet haben. Und das tun Sie immer noch. Dahinter steckt ein großer Denkfehler. Da ist ein Junge entführt worden, an dem hängt ihr Herz, also bilden Sie sich ein, dass Sie die einzige emotional Beteiligte an der ganzen Chose sind. Die Mutter des Jungen, der Vater, Ihr Sohn Jim natürlich auch. Sie sehen, ich bin informiert. Von mir, einem Mann der Wirtschaft, erwarten Sie keine Gefühle. Sie wissen nämlich nicht, wie viel Adrenalin, wie viel Herzklopfen, wie viele starke Emotionen dazu gehören. Ein absolut gefühlloser Unternehmer, das garantiere ich Ihnen, kann nur eins sein: absolut erfolglos.«

2

Ich selbst war keine grandiose Köchin und gehörte auch nicht zu den Frauen, die Rezepte sammelten; das für die Soupe de Poisson corse hätte ich gern gehabt. Das Ritual, mit dem man sie verspeiste, schaute ich mir von Cinquini ab: Zuerst bestrich man Röstbrotscheiben mit Knoblauch und einer scharfen Soße, die Brotscheiben wurden mit der Suppe übergossen, schließlich geriebener Käse darübergegeben; den Käse konnte man aber auch gleich auf das Brot streuen. Cinquini war auch als Esser bescheiden, das Gros der Suppe landete in meinem Magen, was nicht bedeutete, dass nicht auch noch das ausgezeichnete Langustenfrikassee hineinpasste, und auch den korsischen Käse schaffte ich noch. Bei der Süßspeise allerdings wurde aus dem Genuss Arbeit. Cinquini ließ sich nicht lumpen, weder den Kaffee noch den Armagnac lehnte ich ab, obwohl ich fürchterlich schwitzte, und das trotz des lauen Lüftchens von See. Das *La Mer* hatte seine vielen Michelin-Sterne verdient, ich mir ein Bett. Noch wusste ich nicht, wo man eine Schlafstatt für mich vorgesehen hatten und ob man mich nicht gar über Nacht nach Bastia zurückschaffen würde.

»Haben Sie schon einen Schlachtplan?«, fragte Cinquini.

»Für welchen Endkampf?«

»Nun, um Klaus Albrecht und seine Komplizen ausfindig zu machen.«

»Warum ist Ihnen der Mann denn so wichtig?«, wollte ich wissen. »Bei aller gebotenen Achtung vor Ihren Gefühlen, das Mitleid mit einem gekidnappten Dreizehnjährigen beflügelt Sie wohl kaum.«

»Nicht ausschließlich«, erwiderte Cinquini bloß und nippte am Armagnac.

»Also?« Mein Glas war schon leer. »Wenn wir Partner auf Zeit sein wollen, müssen Sie schon mit offenen Karten spielen.«

»In Ordnung.« Der Mann, der so gern baute, orderte noch einen Armagnac für mich. »Leloir, Adolphe Guéro und ihre Truppe haben den Anschlag auf die Gendarmerie in Vincennes natürlich generalstabsmäßig geplant. Die genauen Hintergründe sind mir nicht bekannt, so kenne ich beispielsweise nicht die Namen aller Beteiligten.«

»Sie wissen daher nicht, wer der Mann ist, der seinen eigenen kleinen Sohn quasi zum Tatbeteiligten machte?«

»Nein. Und auch wer im Inner Circle der GICOT konspirierte, entzieht sich meiner Kenntnis. Leloir, das ist klar, Guéro und die Aussteigerin, Madame Nicolas. Außerdem, bitte halten Sie sich fest, Simone Pasquet.«

»Was?« Ich machte Augen, mindestens so groß wie Teetassen. »Die? Aber sie ist doch auf der Straße vor Nangis ... Hat sie denn die Seiten gewechselt?«

»Im Auftrag«, Cinquini machte eine beruhigende Handbewegung, »im Auftrag. Sehen Sie, Madame Wertebach, Sie sind Polizistin, Sie wissen, dass es zwar nichtaufgeklärte Verbrechen gibt, aber keine perfekten. Weil kein Mensch in seinen Planspielen alle Zufälle voraussehen und damit für alle erdenklichen, ja sogar für die unvorstellbaren Ereignisse eine Reaktionsstrategie entwickeln kann. Wer weiß, vielleicht kann das nicht einmal Gott. Wie gesagt, die Konspirateure innerhalb von GICOT hatten die Aktion gründlich vorbereitet, das unterstelle ich ihnen mal. Aber dann tauchten diese beiden Jungs auf. Ich gehe davon aus, dass die Attentäter auf plötzlich aufkreuzende Passanten eingestellt waren. Sogar die Entführung dürfte sie nicht übermäßig beeindruckt haben. Was aber niemand voraussehen konnte: dass sich am Tatort, an einem Ort, der zufällig der Tatort zweier Verbrechen wurde, dass sich an diesem Ort zwei Männer begegnen würden, die sich schon kannten.«

»Leloir und …«, presste ich hervor.

»Exakt. Der Commissaire principal und sein ehemaliger korsischer Spitzel Christophe Sébastiani.«

3

»Natürlich darf man sich die Situation nicht so vorstellen, dass sich Leloir und Sébastiani beim Attentaten und Kidnappen in die Augen geschaut haben«, meinte Cinquini. »Leloir hat die Aktion aus dem Hintergrund geleitet. Und dabei spaziert ihm doch dieser Sébastiani über den Weg. Leute wie Leloir lassen auch ihre abgeschalteten Informanten nie ganz aus dem Blickfeld, er wusste also, dass Christophe und seine Freunde etwas planen, nur nicht was. In dem Augenblick, als er von der Entführung erfuhr, war es ihm klar. Und nun überlegen Sie: Sébastiani hat den Mann, der für die Terrorismusbekämpfung zuständig ist, in der Nähe eines Ortes gesehen, an dem Terroristen einen Anschlag verübten. Da musste er doch nur eins und eins zusammenzählen … Was sollte Leloir tun? Er setzte sofort seine Vertraute Simone Pasquet in Marsch. Die sollte, koste es, was es wolle, mit den Kidnappern Kontakt aufnehmen. Natürlich unter einer Legende, nicht als diejenige, die sie wirklich war. Ich kann jetzt nur noch vage Mutmaßungen anstellen, denn was dann geschah, weiß ich nicht. Begeistert werden die Entführer nicht gewesen sein. Ihnen war, sozusagen vom Himmel, eine

Komplizin in den Schoß gefallen, die sie gar nicht haben wollten. Vielleicht haben sie eine Krisensitzung anberaumt, vielleicht gab es auch den Vorschlag, Madame Pasquet zu erledigen. Das haben sie nicht getan. Mag sein, es handelt sich um moralische Verbrecher, die nicht töten wollen. Wie ich sagte, kann ich nur spekulieren. Die Pasquet muss es jedenfalls geschafft haben, mit den Entführern scheinbar, denn in Wirklichkeit ja für Leloir, gemeinsame Sache zu machen. Ich nehme an, dass sie von Leloir etwas in die Hand bekommen hatte, womit sie die Kidnapper erpressen konnte. Typen wie er leben bekanntlich von Informationen, die sie sammeln, auswerten, zurückhalten oder gezielt einsetzen. Madame Wertebach, ich sehe Ihnen an der Nasenspitze an, dass auch Sie auf Informationen erpicht sind. Sie wollen nicht nur den Jungen, sie wollen auch alles wissen. Viele Fragen kann Ihnen nur Leloir beantworten. Das wird er nicht tun. Eher inszeniert er einen Autounfall. Für Sie.«

»Das mit der Pasquet kann aber nicht stimmen«, wandte ich ein. »Nach meinen Informationen hat sie schon Wochen vor der Entführung eine Wohnung in Bobigny angemietet. Wie konnte sie das, wenn sie zu dieser Zeit noch brav im Büro der GICOT war und von einer Entführung gar nichts wusste?«

»Das hat man Ihnen einzureden versucht, Madame. Nach ihrem Tod wollte man Simone Pasquet natürlich als wirkliche Kidnapperin aufbauen.«

»Bei der geplatzten Geldübergabe, nachts auf der Straße von Rampillon nach Nangis, hat Leloir seine eigene Mitarbeiterin erschießen lassen?« Das konnte ich nicht fassen. Auch nicht unter Zuhilfenahme des dritten Armagnac.

»So schaut es aus.« Cinquini betrachtete meine Zigarettenschachtel, dann warf er mir einen fragenden Blick zu. Ich nickte. »Eigentlich habe ich's aufgegeben«, erklärte der Bauunternehmer. »Aber meine Frau sieht's ja nicht.«

»Dieser Mann ist ja …« Mir fehlten die Worte.

»Falls Sie jetzt gefühllos sagen wollten«, Cinquini lächelte,

»bedenken Sie, er kämpft ums Überleben. Als die Führungs-
spitze der GICOT noch paralysiert war, weshalb auch das
längst vorbereitete Bekennerschreiben zurückgehalten worden ist, als sie also noch paralysiert war, hat Leloir bereits
zu handeln begonnen. Ihm war klar, dass er alle Kidnapper
auslöschen muss. Dafür hat er Simone Pasquet geopfert, der
Auslöser dafür, dass Madame Nicolas nachdenklich geworden ist. Und er würde auch den Jungen, auch Rüdí
opfern. Bilden Sie sich denn wirklich ein, dass sich Albrecht
und die letzten seiner Mannen vor Ihnen auf der Flucht befinden?«

»Aber Rudi belastet sie doch nur«, meinte ich, »sie könnten
ihn doch freilassen.«

»Und auf viel Geld verzichten, dass sie jetzt mehr denn je
brauchen? Wahrscheinlich glauben sie in ihrem Wahn, der
Coup könnte ihnen noch immer gelingen.«

»Ich frage mich, wer von der Truppe überhaupt noch übrig
ist.«

»Das kann Ihnen Madame Nicolas sagen«, beschied mir Cinquini und forderte die Rechnung. »Es sind noch zwei oder
drei. Und sie müssen leben. Wir brauchen sie als Zeugen gegen Leloir und Guéro.«

»Finden Sie nicht, dass die Weltgeschichte mit uns am Tisch
sitzt?«, fragte ich mit einem Anflug von Galgenhumor.

»Wie meinen Sie das?«

»Nun, ständig wechselnde Allianzen. Wer hat Sie denn ins
Boot geholt?«

»Marguerite Nicolas und Gabriel Guéro.« Cinquini legte seine VISA-Karte auf den Teller, auf dem ihm die Rechnung gebracht worden war. Natürlich war es die goldene. »Madame
Nicolas braucht ihrerseits für ihr Überleben einen starken
Verbündeten, und Guéro tut alles, wenn er seinen Brüdern
eins auswischen kann. Er glaubt nämlich, sie hätten seine
Karriere verhindert.« Cinquini unterschrieb schwungvoll
den Kassenbeleg und ließ ihn mitsamt einem Fünfzigfranc-

schein unter der Serviette verschwinden. »Uns Korsen ist die Familie heilig. Guéro ist Festlandfranzose. Davon abgesehen: Dass uns Korsen die Familie heilig ist, bedeutet nicht automatisch, dass dies auch für jedes Familienmitglied gilt. Bonne nuit, Madame!«

4

Man hatte mir ein Zimmer im Hotel *Dolce Vita* reserviert. Ich war hundemüde, und doch saß ich aufrecht im Bett und grübelte. Mir gefiel es nicht, so wie das historische Korsika der Spielball mehr oder weniger fremder Mächte zu sein. Ich hatte meine eigenen Interessen, und Cinquini irrte gewaltig, wenn er glaubte, dass sich meine mit seinen Interessen auch nur kurzzeitig berühren könnten. Ich verachtete sie alle, ihn, Leloir, Marguerite, die Kidnapper, alle, alle, alle. Aber ich war verdammt schwach in diesem Land. In Berlin konnte ich wenigstens an ganz kleinen Rädchen drehen. In Frankreich war der Kasten, in dem sich die Räder drehten, für mich verschlossen.

»Excusez-moi, Madame!«, sagte leise jemand an meiner Tür. Und er pochte auch leise. Ich stand auf und trat näher.

»Oui?«, fragte ich.

»Vos bagages, Madame.«

Ich hatte kein Gepäck. Womöglich schickte mir Leloir eine Bombe. Dennoch öffnete ich. Ich hatte keinen Platz mehr für Angst. Ein Page drückte mir eine Reisetasche in die Hand. Sie war schwer, ich schleppte sie aufs Bett. Eine Zeit lang starrte ich sie an; wahrscheinlich ging die Sprengladung in die Luft, wenn man den Reißverschluss aufzog. Adieu, Jim! Adieu, Margarete! Ich packte den Verschluss. Adieu, Rudi! Ich schloss die Augen. Adieu, Angelika, Renata, Johannes!

Millimeter für Millimeter bewegte ich den Schieber und wartete auf die Detonation.

Ich hatte mich zu früh verabschiedet. Die Tasche flog mir nicht um die Ohren. Ich schaute hinein. Sie enthielt Jagdutensilien. Für eine weibliche Jägerin allerdings. Das war ich ja.

Waschtasche und Schminkköfferchen verrieten die Handschrift von Marguerite Nicolas, auf so etwas kamen die wasserscheuen Männer nicht, während die Idee, mir zwei Pullen Pastis ins Gepäck zu legen, sowohl auf dem Mist eines Mannes als auch auf dem einer Frau gewachsen sein konnte. Ich förderte ein Paar Bergwanderschuhe zutage, eine Windjacke, die nicht meinen Geschmack traf, ein Fernglas, eine Detailkarte der Insel, eine Geldbörse, die immerhin fünftausend Franc enthielt, eine Perücke für alle Fälle und eine Waffe. Nicht die doppelläufige Schrotflinte, die so gut zu den korsischen Bergen gepasst hätte, und auch nicht die von mir mühsam erstandene Tokarew, sondern eine Automatikpistole für Neun-Millimeter-Geschosse. Die Knarre war aufmunitioniert, und auch das Ersatzmagazin enthielt Patronen. Insgesamt achtzehn Bösewichter würde ich niederstrecken können. Das lag keineswegs in meiner Absicht. Dennoch war es angesichts eines übermächtigen Gegners nützlich, bewaffnet zu sein.

Ich verstaute alle Gegenstände wieder in der Tasche, nur einer Flasche Pastis gönnte ich die Freiheit, und sogar den Geist der Flasche ließ ich heraus, indem ich mir ein Zahnputzglas mit dem Anisschnaps füllte. Mit dem Glas in der Hand trat ich an das Fenster und warf einen Blick auf den Golf von Ajaccio. Ein großes, hell erleuchtetes Schiff glitt gerade aufs Meer hinaus, und auch der Mond hatte sich auf Position begeben. Oder die Mondin, schließlich war *la lune* weiblich. Eine Frechheit, wenn man genauer darüber nachdachte: Einen Himmelskörper als weiblich anzusehen, der nicht selbst strahlte, sondern dafür des männlichen Widerparts *le soleil* bedurfte. Ich zündete mir eine Zigarette an und nahm einen Schluck vom Pastis.

Noch immer teilte Marguerite Nicolas nicht ihr gesamtes Wissen mit mir. Ihre Überzeugung, dass sich Albrecht und sein Partner mit dem Wohnmobil auf Korsika aufhielten, war durch nichts gerechtfertigt, es sei denn, sie wusste mehr, als sie zugab; die Insel war kein Gefängnis, man konnte sie jederzeit mit der Fähre verlassen und brauchte dafür nicht einmal einen Pass. Schwierig wurde das nur, wenn die Polizei die Fährhäfen überwachte, womit Albrecht aber nicht unbedingt rechnen konnte, weil ihm nicht bekannt war, dass ich wusste, mit welcher Art Fahrzeug er unterwegs war. Vielleicht war er mittlerweile aber noch vorsichtiger geworden. Ich schaute auf die Uhr. Um Mitternacht konnte ich niemanden mehr anrufen, dabei hätte ich zu gern erfahren, was es in Berlin und Wiesbaden Neues gab. Schließlich wählte ich Lüders' Privatnummer. Niemand nahm ab. Und ich fühlte mich so verdammt allein in diesem Hotelzimmer. Mit dem Pastis konnte ich mich nicht unterhalten. Besser gesagt, ich musste die halbe Flasche leeren, um es zu können. Das tat ich dann.

5

»Bonjour, Madame!«, begrüßte mich der Kellner beim Frühstück. Wie eine Madame sah ich weder aus, noch fühlte ich mich so. »Le numéro de votre chambre, s'il vous plaît!«

Ich zeigte ihm das Schlüsselschild. Die Zahl zweihundertneunundzwanzig mochte ich nicht nachschlagen. *Deux cents* vermutlich. *Deux cent vingt-neuf.* Mein Gehirn arbeitete jedenfalls. Mühsam. Sehr mühsam. Es war auch geschwollen. *Deux cent vingt-neuf,* dachte es, während ich mir einen Tisch aussuchte, Platz nahm, Kaffee einschenkte und eine Zigarette in Brand setzte; essen mochte ich nicht. *Deux cent vingt-neuf.* Hätte ich bloß nicht begonnen, über Zahlen nachzudenken. *Deux cent vingt-neuf.*

»Une lettre pour Madame«, kredenzte mir der Garçon. Mir war es recht, solange er nicht verlangte, dass ich ihn aß.

Marguerite hatte mir geschrieben, ihrer *Lieben Lena.* Sie bat mich, um zehn Uhr vor dem Hotel ein Taxi zu besteigen, das mich erwartete, und mich zur Assemblée Régionale de la Corse chauffieren zu lassen. Ob man von mir erwartete, mit der Reisetasche in der Hand dort zu erscheinen, hatte sie mir nicht mitgeteilt. Ein Blick aus den Fenstern zum Himmel hinauf verriet mir, dass ich in meinem Zustand Anstrengungen besser vermied. Trotzdem holte ich die Tasche aus dem Zimmer; so schwer war sie nun auch wieder nicht. Ich war schweißgebadet, als ich das Taxi erreichte. Der Fahrer nickte schon, bevor ich etwas sagen konnte; offenbar war ich ihm beschrieben wurden. Als wir abfuhren, blickte ich mich um. Niemand folgte uns. Leloir hatte wohl noch nicht herausgefunden, wo ich mich herumtrieb.

Cours Grandval nannte sich der Boulevard, an dem die korsische Regionalversammlung tagte, und obwohl sie wenig zu entscheiden hatte, war sie standesgemäß in einem ehemaligen Luxushotel untergebracht. Den Blicken des gewöhnlichen Volkes entzogen sich die Abgeordneten durch Palmen, allerlei Hartlaubgewächse und etliche unbekannte Pflanzen, die allerdings zu blühen vermochten. In diesem Garten kamen mir der Deputierte Cinquini und Frau Oberstleutnant Nicolas entgegen. Sie erkundigten sich nach meinem Nachtschlaf, als ob sie nicht die Antwort aus meinem Gesicht ablesen könnten. Cinquini empfahl einen kleinen Spaziergang zur Place du Diamant, wo er mir das Napoleondenkmal zeigen wollte. Als ich ein paar Worte über die Reisetasche fallen ließ, nahm er sie mir kurzerhand ab: Man war eben Kavalier. »Da drüben«, zeigte Cinquini, »das Lycée Fesch. Der derzeitige Polizeipräfekt von Paris war dort einst Schüler. Ich übrigens auch.«

Auf sehenswerte Gebäude, ob sie nun Polizeipräfekten in ihren Mauern beherbergt hatten oder nicht, war ich wenig erpicht, auch das Napoleondenkmal konnte mir gestohlen bleiben, ich erwartete endlich zu erfahren, welche Vorgehensweise die Herrschaften geplant hatten; sie dachten ja wohl nicht im Traum daran, dass ich allein die ganze Insel absuchen würde, um bei Eintritt des Rentenalters vielleicht eine verschüttete Spur von Klaus Albrecht zu finden, sein Skelett womöglich. Noch behielten sie die Katze im Sack, doch lange konnte das so nicht weitergehen. Cinquini erklärte mir eifrig, dass die Place du Diamant zwar in Place de Général de Gaulle umbenannt worden sei, kein Ajaccien jedoch diesen Namen benutze, er unterrichtete mich, das Denkmal würde den Kaiser hoch zu Ross darstellen, was ich selbst sah, umgeben von seinen vier Brüdern im Gewande römischer Liktoren. Ich bedankte mich artig für die interessanten Ausführungen und hatte mittlerweile Hunger. Einen Stadtrundgang würde ich ablehnen. Cinquini hatte keinen vor.

»Wir müssen Vorsicht obwalten lassen«, sagte er unvermittelt. »Leloir und seine Spürhunde sind auf der Insel.«

»Und die hiesige Polizei sitzt zwischen zwei Stühlen«, meinte Marguerite. »Sie ist gezwungen, für Leloir zu arbeiten. Aus alter Verbundenheit mit Gabriel Guéro gibt uns ein Kollege aus dem Commissariat in Bastia, dessen Namen Sie nicht kennen müssen, trotzdem Tipps. Er hat uns zugesichert, dass wir immer einen kleinen Vorsprung haben. Das geht natürlich nur so lange gut, bis Leloir Lunte riecht.«

»Dann macht schnell«, verlangte ich.

»Das Wohnmobil hat Achim Priebe in Paris gemietet«, berichtete Marguerite. »Wir haben eine exakte Beschreibung und auch die Autonummer, wobei das Nummernschild natürlich längst ausgetauscht worden sein kann. Die Gendarmerie hat sich schon einige Campingplätze vorgenommen, aber wir halten es für wenig wahrscheinlich, dass sie sich auf einem solchen Platz aufhalten, wo man sich anmelden muss. Erfolgversprechender erscheint uns da die Mitteilung eines Tankwartes aus der Nähe von Aléria. Bei ihm haben gestern Abend zwei Deutsch sprechende Männer einen größeren Posten Schokolade und mehrere Flaschen Cola erworben. Ihr Caravan war ein Mercedes. Das ist ja an und für sich nichts Ungewöhnliches, aber die beiden Männer waren sehr nervös, und als ein Wagen der Gendarmerie vor der Tankstelle vorfuhr, haben sie gemacht, dass sie davonkamen.«

»Aléria?«

»An der Ostküste, südlich von Bastia an der N 183 gelegen.«

»Wenn sie es denn waren, sind die beiden längst über alle Berge«, meinte ich.

»Das ist auf Korsika schwierig.« Cinquini lächelte.

»Ich frage mich, warum ich mich allein auf die Suche begeben soll, noch dazu auf einer Insel, die ich überhaupt nicht kenne. Warum ohne Hilfe?«

»Ich muss im Background bleiben«, lautete Marguerites Antwort.

»So gut wir können, helfen wir Ihnen ja«, versprach Cinquini.

»Gibt es neue Forderungen der Entführer an Krossmann?«

»Davon weiß ich nichts«, sagte Marguerite. »Ich bin ja jetzt von der Zentrale abgeschnitten.«

»Und was wird mit meinen Leuten in Bastia?«, wollte ich wissen. »Sind sie nicht in Gefahr?«

»Wir haben ein Auge auf sie«, erwiderte Cinquini, ohne das Geheimnis des Wir zu lüften.

»Nun gut. Ich brauche ein Auto mit Funktelefon.«

»Wird sofort erledigt.« Cinquini verließ uns, wir nahmen am Fuße des Napoleondenkmals Platz und schwiegen eine Zeit lang. Zwar war mein Kater verflogen, aber ich schwitzte unmäßig, und das nicht allein wegen der Gluthitze. Außerdem hing mir der Magen in den Kniekehlen. Um ihn zu betäuben, rauchte ich heftig.

»Die Zeitungen aus Albrechts Wohnung«, begann Marguerite Nicolas unvermittelt.

»Ja?«

»Die ausgeschnittenen Buchstaben … Wir haben das rekon-
struiert. Offenbar wurde aus diesen Zeitungen das Bekennerschreiben des Mouvement pour la guerre du peuple corse
zum Anschlag auf die Gendarmerieschule in Mélun gebas-
telt.«

»Ist diese Bewegung für den Krieg des korsischen Volkes
denn keine Erfindung von Leloir?«

»Doch, natürlich. Jemand muss die Zeitungen Albrecht in
Leloirs Auftrag untergeschoben haben.«

»Das bedeutet, er hat Verbündete und Helfer auf Korsika?«

»Ich fürchte«, sagte Marguerite achselzuckend. »Hoffentlich
sind die nicht schneller als wir.«

»Als ich«, berichtigte ich sie.

6

Schlag zwölf waren aus heiterem Himmel alle Straßen verstopft. Die Schüler aus dem Lycée Fesch, unter ihnen vielleicht ein künftiger Polizeipräfekt, bevölkerten die Gehwe-
ge, eine lange Autoschlange kroch den Cours Napoléon
entlang, man fuhr Stoßstange an Stoßstange, wenn man
denn fuhr. Ich hatte einen Chauffeur. Es war einer der jungen Schnösel, die sicher lieber einen Jaguar bewegten, und
den Cinquini mir als Fahrer und Dolmetscher zugeteilt hatte, womöglich auch, aber darüber hatten wir nicht gesprochen, als Bodyguard. Das Gefährt, in dem wir durch Ajaccio
schlichen, war ein Rover. Cinquini schien britische Autos zu
bevorzugen. Für meine Begriffe war auch ein Rover ein ed-
les Auto. Mein Fahrer, er hieß Simon, hatte seine Krawatte

abgelegt. Anzug trug er noch, aber darunter ein weißes T-Shirt. Im landläufigen Sinne war er hübsch. Für mich war es wichtiger, dass er auch klug war.

Aléria also: Wieder würden wir Korsika überqueren müssen. Im Stau zu stehen war eine gute Gelegenheit, mit Berlin zu telefonieren. Ich rief Lüders an.

»Ach, Lena, wo treibst du dich rum?«, waren die ersten Worte meines Stellvertreters. Die Frage konnte ich ihm beantworten. Ich fasste knapp zusammen, was ich ihm mitzuteilen hatte, schließlich war ich diejenige, die etwas wissen wollte.

»Zwei Dinge werden dich vor allem interessieren«, meinte Lüders. »Die Kidnapper haben sich bisher nicht wieder gemeldet. Wenn sie, wie du sagst, auf der Flucht sind, haben sie wohl im Moment andere Sorgen. Das Geld liegt aber nach wie vor in der Pariser Polizeizentrale und kann jederzeit erneut übergeben werden. Tja, und dann hat die Scholz ihr Schweigen gebrochen. Ich habe sie unseren beiden Bodybuildern überlassen. Nein, nein, von ihren Körperkräften haben sie keinen Gebrauch gemacht, aber du kennst doch ihre monotone, fast gleichgültige Art. Wenn du ihr drei Stunden lang ausgesetzt bist, kriegst du einen Nervenzusammenbruch, oder du packst aus.«

»Und was hatte sie auszupacken?« Der Cours Napoléon nahm kein Ende. Simon, der ein wenig Deutsch sprach, lauschte meinem Gespräch, aber es sah nicht aus, als ob er viel verstünde. Das sollte er auch nicht.

»Viel. Achim Priebe ist der Spiritus Rector dieser ganzen Entführungsgeschichte. Wobei er mit dem Kidnapping mehrere Fliegen mit einer Klappe schlagen wollte. Zum einen braucht er immer Geld, denn er lebt auf großem Fuß, hat aber kein bedeutendes Einkommen. Dann suchte er schon lange eine Gelegenheit, seinem erfolgreichen Cousin Krossmann eins auszuwischen. Und mit Rudi konnte er die Krossmanns an ihrer empfindlichsten Stelle treffen. Zum Dritten … Es fällt mir nicht leicht, dir das zu sagen. Du weißt ja, dass er schwul ist. Aber nicht nur das, er scheint auch ein Pädo zu sein. Die Bremer Kripo hat mehrere Schließfächer von Priebe mit Kinderpornos entdeckt; womöglich will er in diese Branche sogar einsteigen. Nun sind die Familienbande bei Krossmann ja mehr oder weniger gestört, trotzdem trifft sich die Familie bei bestimmten Anlässen, bei Geburtstagen oder zu Ostern. Bei einer solche Familienfeier muss sich Priebe in Rudi verguckt haben. Und er beschloss, die Entführung des Jungen zu forcieren.«

»Scheiße«, rief ich nur.

»Merde«, wiederholte Simon.

»Das kann man wohl sagen«, bestätigte Lüders. »Wir müssen damit rechnen, dass er dem Jungen etwas angetan hat. Deswegen … nun, du weißt selbst, was schnellstens erreicht werden muss.«

»Wie ist er aber an Albrecht und seine französischen Helfer gekommen?«, fragte ich.

»Nun, zuerst hat er die ganze Sache mit zwei Typen aus der Bremer Halbwelt geplant«, fuhr Lüders fort. »Die haben sich in Krossmanns Umgebung umgeschaut, sind irgendwann auf Biegel gestoßen und schließlich auch auf Annekathrin Scholz. Nachdem Biegel sie gefeuert hatte, hat er dafür gesorgt, dass sich in Anwaltskreisen herumsprach, mit wem man es bei ihr zu tun hatte, mit einer Diebin nämlich. Überall, wo sie sich bewarb, wurde sie abgelehnt. Auch bei Krossmann, der sich an ihre Bewerbung übrigens nicht mehr erinnern konnte. Scholz, das ist ja ein Dutzendname. Jetzt hat er mal nachgeschaut und nicht einmal die Unterlagen gefunden. Er ist sich aber sicher, dass er die Bewerbung deswegen abgelehnt haben muss, weil er einfach keine neue Mitarbeiterin brauchte. Die Scholz hat das natürlich anders aufgefasst. Priebe und seine Handlanger bekamen sie deshalb schnell ins Boot. Außerdem hat auch sie eine Finanzspritze nötig.«

»Wofür sie sich an Rudis Fersen heftete«, ergänzte ich.

»So ist es. Sie ist euch auch ins Reisebüro gefolgt und hat, während ihr eure Tickets bestellt habt, an einem Nebenschaltet gesessen und zugehört. Unter dem Vorwand, sich für eine Tunesienreise zu interessieren.«

»Weder ich noch Jim noch Margrete können uns an sie erinnern«, sagte ich.

»Vielleicht, weil sie eine so unscheinbare Person ist«, vermutete Lüders. »Oder weil ihr viel zu aufgeregt wart.«

»Na ja, mit der Reise, das ging wirklich drunter und drüber«, gab ich zu.

»Priebe wusste nun also, dass ihr in Paris Urlaub machen werdet. Und er kannte eure Flugdaten. Und hatte sechs Wochen Zeit, sich auf eine Entführung im Ausland vorzubereiten. Das erschien ihm nahezu ideal, weil man vortäuschen konnte, die Kidnapper seien ausschließlich Franzosen. Trotzdem, er ist ein Amateur, hat sich nicht überlegt, dass wir uns fragen werden, woher Franzosen so genau über die Berliner Familie Krossmann Bescheid wissen. Außerdem hätte er nicht selbst zu Krossmann den ersten Kontakt aufnehmen dürfen, verstellte Stimme hin oder her, wir haben ja doch mitbekommen, dass sein Akzent auf einen Deutschen hinweist.«

»Aber sechs Wochen sind wenig Zeit«, stellte ich fest. »Vor allem für einen Amateur. Oder Amateure.«

»Ja, und er brauchte natürlich Helfer in Frankreich. Vor etlichen Jahren, als das Verhältnis zwischen Priebe und Krossmann noch halbwegs in Ordnung war, hat Krossmann bei irgendeiner Hochzeit oder so seine Urlaubsfotos von den Wanderungen auf der Grande … auf diesem berühmten Wanderweg jedenfalls …«

»Grande Randonnée zwanzig«, sagte ich.

»Ja, diese Fotos hat Krossmann also herumgereicht. Und auf ihnen war natürlich neben Landschaft vor allem Klaus Albrecht zu sehen. Dem ist dann Priebe einmal kurz begegnet, was Rudis Vater vergessen hatte, weil es eben schon lange zurückliegt. Immerhin müssen sich die beiden Männer gut verstanden haben, denn Priebe hat, als Albrecht schon auf Korsika lebte, ein paar Tage dort verbracht. Auch vor Jahren. Es war also ein Vabanquespiel für Priebe, seine letzte Penunse zusammenzukratzen und nach Bastia zu fliegen, wo er nur die alte Adresse Albrechts hatte. Soweit es der Scholz überhaupt bekannt ist, stimmte die wohl auch nicht mehr. Trotzdem hat Priebe, der ja leidlich Französisch sprechen muss, Albrecht ausfindig gemacht. Wir wissen alle nicht genau, womit Albrecht sein Geld verdient, nicht wahr? Priebe muss es wissen oder zumindest geahnt haben, wie hätte er sonst hoffen können, den Mann mit ins Boot zu bekommen? Albrechts Geschäfte scheinen also nicht nur von Unternehmungsgeist, sondern auch von krimineller Energie getragen zu werden.«

Die Vororte von Ajaccio lagen endlich hinter uns, Simon konnte die N 193 in Angriff nehmen. Mein Gespräch mit Lüders würde Cinquini einiges kosten, aber er hatte es ja.

»Und Klaus Albrecht hat dann sicher seine hiesigen Truppenteile mobilisiert«, überlegte ich laut. »Genauer gesagt, Christophe Sébastiani. Der wiederum hat in Paris gewirbelt. Nach meiner Ansicht müssen noch mindestens zwei weitere Personen beteiligt sei, davon eine Frau. Sie hat die Wohnung in Bobigny angemietet, das erste Versteck.«

»War nicht mal von einer Simone oder so die Rede?«

»Simone Pasquet? Nein, die stieß erst später zu den Entführern. Das erklär ich dir alles, wenn ich wieder in Berlin bin. Hoffentlich bald. Johannes, bei der geplatzten Geldübergabe in der Nähe von Nangis haben die Leute von der CRS zwei Entführer erschossen. Ich bin sicher, dass es sich bei ihnen um Christophe Sébastiani und Simone Pasquet handelt. Die dritte Person, also der Fahrer des Lieferwagens, wurde verletzt. Er steht also noch auf der Liste der unbekannten Mittäter. Und diese Frau eben, die nicht Simone Pasquet gewesen sein kann.«

»Vielleicht die Lebensgefährtin von Albrecht«, gab Lüders zu bedenken.

»Ich glaube, sie hat nichts mit der Sache zu tun.«

»Glaubst du's nur, oder weißt du es?«

»Mich hat sie überzeugt. Aber sicher ist nur, was man auch beweisen kann.« Ich schämte mich dieser Binsenweisheit nicht. »Allerdings sind wir hier nicht in Amerika, wir müssen Corinne Sébastiani ihre Schuld beweisen, nicht sie uns ihre Unschuld.«

»Gewiss. Wer der Fahrer des Lieferwagens war, kann ich dir sagen.«

»Was kannst du?«

»Dein Freund Ziegler hat es mir geflüstert. Der Mann heißt Reginald Kasch und ist einer der beiden Bremer Komplizen von Priebe. Der zweite, ein gewisser Uwe Sauer, ist ausgestiegen, als es darum ging, die Sache in Frankreich durchzuziehen. Die Bremer Kollegen kümmern sich um ihn. Du siehst, der Fall ist im Prinzip aufgeklärt. Jetzt musst du nur noch Rudi befreien.«

»Das klingt aus deinem Munde so, als wäre das eine leichte Aufgabe«, sagte ich. »Korsika ist aber etwas größer als, nun, sagen wir, als Amrum. Noch etwas, Lüders. Biegel können wir als Tatverdächtigen streichen?«

»Schon geschehen. Nachrichten aus der Schweiz haben wir noch immer nicht, aber die brauchen wir auch nicht mehr.«

»Okay. Und dann … Also ich halte nicht viel von diesem Kriminalrat Lonke, aber da er nun mal der Verbindungsmann des BKA nach Frankreich ist, sollte er nicht diesen Reginald verhören?«

»Unmöglich«, entgegnete mein Stellvertreter kurz angebunden.

»Warum? Leloirs Leute lassen keinen an ihn ran, was?«

»Kasch ist verstorben. Vor drei Tagen. In einem Krankenhaus. Warte! Im Militärhospital von Percy.«

Wir hatten Pech, Pech auf der ganzen Linie. Da wir es ohnehin durchfahren mussten, hatte ich in Corte einen Zwischenstopp einlegen lassen, aber Corinne Sébastiani hatte zwei freie Tage genommen und befand sich deshalb nicht im Zentrum für korsische Studien. Der Tankwart bei Aléria warf uns achtkantig hinaus, weil ihm schon ständig die Flics auf den Geist gingen und er es ablehnte, auch uns seine Geschichte zu erzählen. Ich konnte mir denken, wer ihm noch auf die Pelle gerückt war, und während wir in Aléria den Tavignano anstarrten, sah ich nur eine Möglichkeit, in die Nähe von Albrecht und Priebe zu kommen: Leloir oder Leloirs Leute mussten mich hinführen. Also rief ich Marguerite Nicolas an. Ihre letzte Information besagte, dass Leloir im Commissariat de Police von Bastia meine Liebste verhörte. Ich bat Simon, nach Bastia zu fahren; dort würde ich vielleicht auch meine Gefolgschaft wieder sehen.

Wir mussten vorsichtig sein, also stellte Simon den Wagen in respektvoller Entfernung zu dem Betonbau in der Rue Commandant Luce de Casablanca am Straßenrand ab. Da Leloir ihn nicht kannte, konnte er es sich leisten, vor das Commissariat zu schlendern und nach Fahrzeugen mit Pariser Kennzeichen zu suchen. Er fand keins. Entweder hatte Leloir die Polizeistation wieder verlassen, oder er war per Flugzeug angereist und nutzte ein Auto, das ihm die hiesigen Behörden zur Verfügung gestellt hatten. Wir hatten jedenfalls ein schlechtes Blatt; ohne den geringsten Hinweis auf einen möglichen Aufenthaltsort konnten wir die Entführer nicht ausfindig machen, und der Hinweis konnte nur von der korsischen Polizei kommen. Angeblich wollte der zuständige Bulle zuerst Marguerite Nicolas informieren, aber ob er sein Versprechen hielt, war fraglich. Jetzt war Leloir da, und Leloir hatte Einfluss. Jeder einigermaßen helle

Polizist würde mit ihm kooperieren. Das Telefon fiepte. Ich nahm ab.

»Cinquini«, meldete sich der Mann, der auf diesen Namen hörte. »Ich habe einen ernst zu nehmenden Hinweis erhalten, dass sich unsere beiden Ganoven im Sartenais aufhalten. Der Hinweis kommt von meinen Leuten, die alle Augen und Ohren offen halten. Das heißt, wir wissen jetzt vielleicht mehr als die Polizei.«

»Sartenais? Wo ist das?«

»Geben Sie mir bitte Simon. Ich beschreibe ihm alles genau.«

Die beiden redeten eine ganze Zeit, während der ich zwei Zigaretten rauchte und Überlegungen zu Cinquini anstellte; dass der Baulöwe und Abgeordnete überall auf der Insel seine Leute zu haben schien, bestärkte mich erneut in meinem Verdacht, er müsse auch in inoffizielle Geschäfte verstrickt sein. Oder er war einer jener mächtigen korsischen Clanchefs, die die Geschicke der Insel bestimmten und ebenfalls auf der Feindesliste der Untergrundbewegungen standen. Oder beides.

Simon hatte das Telefonat beendet, doch kurz bevor er den Wagen starten konnte, sah ich Leloir und einen zweiten Mann, dessen Gesicht eine entfernte Ähnlichkeit mit dem von Gabriel Guéro aufwies, wenn es auch nicht so zerklüftet war, sondern feist. Ich legte meine Hand auf Simons, der gerade nach dem Schlüssel griff, schüttelte den Kopf und zog ihn dann ein. Leloir und der andere hatten das Commissariat verlassen, sie standen unschlüssig vor dem Gebäude und sprachen miteinander. Schließlich setzten sie sich in Bewegung, allerdings gingen sie nicht zu einem Auto, sondern zu Fuß in Richtung der Place Saint Nicolas. Ich bat Simon, ihnen in gehörigem Abstand zu folgen, aber wir waren noch nicht am Polizeikommissariat vorbei, als Margrete heraustrat. Sofort gab ich Befehl zu bremsen. Simon, den meine wechselhaften Anordnungen irritierten, trat so heftig aufs Pedal, dass ich mich vor der Straße verbeugte. Er übrigens auch.

Margrete entdeckte mich und lief sofort auf den Rover zu, Leloir und der andere waren verschwunden. Ich öffnete den Schlag, meine Liebste fiel mir um den Hals.

»Ach, Lena, Lena«, stammelte sie. Wie Simon auf diese heftige Begrüßung reagierte, blieb mir verborgen, da ich ihn nicht sehen konnte. Vermutlich gab er sich cool. Etwas anderes blieb ihm schließlich nicht übrig.

»Wir steigen nach hinten um«, sagte ich und schob Margrete sanft von mir fort. Von der Rückbank konnte ich Simons Augenpartie im Spiegel ausmachen. Mir kam es vor, als ob sich seine Augen etwas verengt hätten. Von mir aus konnte er denken, was er wollte. Er war nur ein Handlanger, mehr nicht.

»Tun Sie jetzt, was Cinquini Ihnen aufgetragen hat«, sagte ich. Seine Augen wurden noch schmaler. Mit Margrete an meiner Seite war es mir gelungen, die Chefin herauszukehren. Solange er mich fuhr, war ich sie für Simon auch, aber mir war klar, dass er als echter Korse nicht gern auf eine Frau hörte. »Meine Liebste«, flüsterte ich Margrete ins Ohr. Simon war sicher diskret, weil Indiskretion ihn das Leben kosten konnte. Alles musste er dennoch nicht mithören. Wenn er überhaupt genau verstand, was ich sagte, für seine Deutschkenntnisse hatte ich ihm längst ein Mangelhaft erteilt. Das war eine bessere Note als die, die ich mir für mein Französisch gab. »Was ist dir passiert?«

»Oh, Leloir«, sagte Margrete und gab ihrer Miene einen verschmitzten Ausdruck. Simon fuhr los. »Und Monsieur Guéro. Sie wollten wissen alles und noch mehr. Aber was soll man machen mit arme Norwegerin aus Bergen? Die nur immer sagen kann: Ich muss erst sprechen mit norwegischem Botschafter oder Generalkonsul. Sie haben auch Renata und Angelika geholt. Renata hat immer nur geschimpft. Angelika hat geweint. So viele Frauen, Leloir wusste gar nichts mehr am Ende.«

»Frauen an die Macht«, sagte ich und nahm Margretes rechte Hand in meine Hände.

»Wie ich immer sage. Und bei dir?«

Ich unterrichtete sie in groben Zügen. Dann gab ich ihr, Simon hin und her, einen Kuss auf die Nasenwurzel, bevor ich die Landkarte konsultierte. Mit einer fast göttlichen Gelassenheit registrierte ich, dass wir auf der Fahrt ins Sartenais die Nationalstraße Eins-Neun-Sechs benutzen mussten. Sie war mir schon fast so vertraut wie mein Berliner Arbeitsweg.

»Casamozza, Ponte Nuovo, Ponte Leccia, Corte«, betete ich die Orte herunter, die ich mir gemerkt hatte.

»Venaco, Vivatio, Vizzavona«, fiel Simon ein. Jetzt waren seine Augen ganz groß. Und schön braun. Ich leistete mir für ein paar Minuten Glücksgefühle, weil meine Wikingerin bei mir war.

Wir waren heute bereits von jenseits der Berge nach diesseits der Berge gefahren, und nun waren wir von diesseits nach jenseits unterwegs. Statt eines Sonnenuntergangs im Meer bekam ich einen Sonnenuntergang hinter den Bergen geboten, und der war auch nicht von schlechten Eltern. Monsieur Sonne erlaubte sich, den Himmel über den schroffen Bergkuppen in verschiedene Gelb- und Rottöne zu tauchen. Er räumte das Feld nur sehr schwerfällig, aber hinter Vizzavona bekamen wir es dann mit Madame Mond zu tun. Sie war gerade dabei abzunehmen, aber wir alle wussten, dass die Diät nicht anschlagen würde. Das Problem kannten alle Übergewichtigen, ob nun Männlein oder Weiblein; sie hungerten sich ein Jahr lang zehn Kilo vom Fleisch, um sich im Folgejahr zwanzig auf die Rippen zu fressen. *La lune* nahm immer nur um das zu, um das sie auch abgenommen hatte.

Ich befand mich in gelöster Stimmung, meine Gedanken wurden albern. Margrete bewunderte, was man des Nachts von der Landschaft zu sehen kriegte, und im Mondlicht sah das alles tatsächlich noch bizarrer aus als bei Tage. Ich bekam Lust auf eine Flasche Wein. Une bouteille de vin corse. Domaine sowieso. Une bouteille de vin corse war nicht da. Aber

Pastis. Simon trank mit. Als wir ein paar Kilometer vor Ajaccio nach Süden abbogen, sang er die korsische Hymne *Diu vi salvi Regina*. Für diesen Moment war er mir sympathisch. Mit einem *Deutschland, Deutschland über alles* belohnte ich ihn aber nicht, das kam mir nicht über die Lippen. Hinter Petreto-Bicchisano gerieten wir in eine Straßenkontrolle von CRS und Gendarmerie. Die Männer von der CRS zeigten uns ihre Maschinenpistolen, die Gendarmen filzten den Wagen. Als sie meine Automatikpistole, die ja gar nicht meine war, in der Reisetasche entdeckten, filzten sie auch Simon. Simon besaß eine Luger. Margrete und ich bekamen schon wieder Handfesseln angelegt. Durchsuchen durften uns offenbar nur Frauen. Wir wurden in einem Mannschaftswagen nach Ajaccio gebracht. Als wir im Gendarmerieposten eintrafen, waren schon zwei Rechtsanwälte da, deux avocats. Cinquini beschäftigte sie. Sie erklärten alles Mögliche. Nachdem sie ein Dutzend Mal Cinquini gesagt hatten, wurde er geholt. Die Gendarmen sprachen nicht sehr lange mit ihm. Dann durften wir unsere Zellen wieder verlassen.

»Beide Waffen sind rechtmäßig erworben und registriert«, meinte Cinquini zu mir. Er hatte wieder sein Baulöwenlächeln aufgesetzt. Simon, der etwas zerknittert aussah, schaffte immerhin ein Grinsen. Cinquini reichte ihm den Schlüssel für den Rover.

»Grüßen Sie Marguerite Nicolas«, trug ich ihm auf.

»Das kann ich leider nicht.« Cinquini deutete zum Abschied eine Verbeugung an. »Sie ist vor zwei Stunden verhaftet worden.«

Die Straßensperre hinter Petreto-Bicchisano war verschwunden.

Wir hatten noch Orte wie Olmeto und Propriano passiert, die allesamt an der Nationalstraße lagen, aber vor Sartène, von dem ich annahm, dass es dem Sartenais den Namen gegeben hatte, bogen wir ab auf die so genannte Route des Mégalithes. Simon versuchte, uns etwas über Menhire und das Megalithikum zu erklären, aber das war vergebliche Liebesmüh. Die nüchterne Bezeichnung D 21 für die Straße reichte mir.

Grossa hieß das Dorf, das unser Ziel zu sein schien. Es war sehr klein, um nicht winzig zu sagen, und als wir einfuhren, war es zwei Uhr, aber nicht still: Mehrere Hunde schlugen an. Ein verwirrter oder durchgedrehter Hahn krähte, und dann ging tatsächlich in einem der aus Feldsteinen errichteten Häuser das Licht an. Mir war ein wenig mulmig zumute, denn ich erwartete, einen mit einer Flinte bewaffneten Mann aus dem Haus treten zu sehen. Die Hunde bellten anhaltend, der Mann, der das Haus verließ, trug keine Waffe bei sich. Aber er kam auf uns zu und klopfte gegen das Fenster auf der Fahrerseite. Simon versenkte es per Knopfdruck. Der Mann, ich schätzte ihn auf Ende vierzig, redete auf unseren Chauffeur ein. Französisch sprach er nicht.

»Iesch muss Ihnen … sage?«, versuchte Simon.

»Sagen.« Er sollte ja auch was lernen.

»Iesch muss Ihnen sagen, die Mensch sind weg. Mit diese … voiture?«

»Parlez français!«, bat Margrete.

Simon war dankbar für die Möglichkeit, seinen Kopf nicht quälen zu müssen. Was er mir sagen wollte, hatte ich allerdings schon kapiert.

»Die Männer mit dem Caravan sind heute Abend weitergefahren«, sagte Margrete. »Nach … zum Meer. Jedenfalls in die direction. Richtung.«

Zum Meer also. Da konnte ich nur eine Entscheidung fällen: hinterher. Nach ein paar Minuten wusste ich, dass die D 21 auch ans Meer führte. An die Westküste. Was immer auf uns zukam, ein Sonnenaufgang war es nicht. Mir genügte auch vollkommen, dass *la lune* uns auf unserer Fahrt begleitete. Bereits um drei Uhr zwölf begann sie zu verblassen. Über Belvédère-Campomoro war die Mondin verschwunden. Wir benötigten ihr weibliches und daher weiches, zärtliches Licht auch nicht. Der Mercedes Caravan wurde von Scheinwerfern angestrahlt. Und ich sah so viele bewaffnete Männer wie im Krieg, den ich nicht kannte.

9

Um uns ein Schauspiel zu bieten, waren sie alle angerückt: CRS, Gendarmerie, Kriminalpolizei. Womöglich auch die Geheimdienste, denn Zivilisten sah man nicht an, welcher Behörde sie angehörten. Sie hatten den Wohnwagen in einer Weise umstellt, die man weiträumig nannte. Entkommen konnten Albrecht und Priebe nicht mehr. Die Situation sah auf den ersten Blick nach einem Patt aus. Dennoch war ich sicher, dass sich die CRS-Leute auf die Erstürmung des Wohnwagens vorbereiteten. Und sie würden ohne Rücksicht auf Verluste stürmen. Die Männer, die ihnen die Befehle gaben, wünschten Albrechts und Priebes Tod. Rudis Tod auch. Sie wollten keine Geisel befreien, sondern Zeugen beseitigen. Ich stieg aus dem Wagen. Mir zitterten die Knie. Überhaupt zitterte ich, wo man nur zittern konnte. Ich war eine regelrechte Zitterpappel, als ich mich dem Caravan näherte. »Nein«, schrie Margrete.

»Non, Lena!«, schrie Simon und sprang aus dem Rover. Bisher hatte er nicht gewagt, mich beim Vornamen zu nennen.

Simon lief zu mir, nahm meine Hand. Er war weiß wie ein Schafskäse, und das bei seinem Teint. Er musste gewaltigen Schiss haben. Ich hatte ihn auch.

»Albrecht? Priebe?«, rief ich dem Wohnwagen zu. »Ich bin Lena Wertebach. Sie wissen, wer ich bin. Und ich …«

»Madame Wertebach, go back, go back!«, befahl ein Mann über Megaphon. Es war Leloir, und seine Stimme klang eher besorgt als siegessicher. »It is danger … dangerous!«

»Lena!« Margrete kreischte. Aber dann war sie neben mir und nahm die Hand, die noch frei war.

»Clint Eastwood wäre mit dieser Situation spielend fertig geworden«, sagte ich. Meine Jeans, von einer Firma namens *Hugo Boss* hergestellt, und ausgerechnet das schoss mir durch den Kopf, war an der Vorderseite nass. Ich hatte eingepullert. Ich hatte eine verdammte Angst. Noch nie in meinem beschaulichen Berliner Kriminalistenleben hatte ich solche Angst gehabt. Mein Beruf war normalerweise ungefährlich.

»Albrecht? Priebe?«, rief ich. Die vermummten Männer in den Kampfanzügen begannen loszulaufen. Da lief auch ich. Und ich war schneller. Die Tür des Caravan war nicht verriegelt. Ich war zuerst drin.

»Gott sei Dank«, murmelte der Mann, der Klaus Albrecht war. Ich brauchte eine Sekunde, um ein Bild wahrzunehmen, für dessen Aufnahme man unter normalen Umständen viel länger gebraucht hätte. Albrecht und Priebe saßen an einem Tisch und hatten Rudi zwischen, die Schnapspulle vor sich. Rudi war nur mit T-Shirt und Shorts bekleidet, aber er war nicht gefesselt. Sein Shirt war sehr bunt. Figuren aus dem Kinderfernsehen von *RTL*, von *KRTL*, bevölkerten seine Brust. *KRTL*, das stand unter den Figuren, ansonsten hätte ich es nicht gewusst. Rudi liebte Kindersendungen. Kindersendungen und meinen Sohn. Und ich liebte meinen Sohn auch. Und Rudi. Als er sich an meine Brust warf, bemerkte ich erst, dass ich die Knarre in der Hand hielt. Albrecht und

Priebe hatten nicht die Arme erhoben. Die CRS-Bullen, die nach mir eindrangen, schossen trotzdem nicht. Ich weinte. Und ich war, aus sicher sehr albernen Gründen, froh, dass Rudi vor mir zu weinen begonnen hatte.

»Wenn alles vorbei ist, geh ich zu Mama«, sagte er. Das war das Sinnloseste, was in diesem Moment gesagt werden konnte. Der Mutterkuh Lena Wertebach explodierten die Tränenkanäle. Es rührte nun mal ihr Mutterkuhherz, wenn ein dreizehnjähriger Junge *Mama* sagte.

Siebentes Kapitel

1

»Nichts zu machen?«, fragte Angelika Lüders-Duvic. Rudis Mutter, deren Teint trotz unseres Aufenthaltes am Mittelmeer grau war, sagte überhaupt nichts, Jim schlug mit dem Kaffeelöffel rhythmisch auf den Tisch, Guillaume kaute an seinen Fingernägeln. Das Geräusch machte mich nervös, aber ich mochte ihn nicht zurechtweisen.

»Nichts zu machen«, bestätigte ich und schaute Margrete an. Margrete schüttelte betrübt den Kopf. Rudi, aus den Händen der Entführer befreit, befand sich schon wieder in Gefangenschaft. Offiziell hatte ihn Leloir zur Vernehmung nach Ajaccio mitgenommen. Der Mann war dermaßen hirnkrank, er hatte nicht einmal erlaubt, dass der Junge zuerst zu seiner Mutter gebracht wurde. Da er die Absicht haben dürfte, seine eigenen Spuren zu vertuschen, glaubte ich Rudi in höchster Gefahr.

»Wenn wir«, überlegte meine Liebste, »diesen Polizisten aus Paris …?«

»Gabriel Guéro? Ob der sich noch einmal so weit aus dem Fenster lehnt, jetzt, nachdem Leloir und sein Bruder an allen Fronten gesiegt haben?«, zweifelte ich.

»Und dieser Korse? Cinq?«

»Cinq heißt fünf«, erklärte Jim.

»Cinquini?« Das war nur eine schwache Chance, denn auf die GICOT hatte der Baulöwe keinen Einfluss. Und in deren Fängen war Rudi nunmehr. Es würde ein Leichtes sein, ihn für immer aus dem Verkehr zu ziehen, falls Leloir dies beabsichtigte: Ein aus der Gewalt von Kidnappern befreiter, psychisch angeknackster Junge, in der Vernehmung gezwungen, sich an jedes Detail zu erinnern, sprang schon mal aus dem Fenster. Das war tragisch, aber nicht die Schuld der Vernehmer. Sie hatten den Jungen gut behandelt, aber plötzlich, in einem Zustand der Verwirrung, in dem er die Polizisten und Geheimdienstler für die Entführer hielt, war der Junge eben durchgedreht. Ich sprang auf. Alle starrten mich an. Ich hatte den grandiosen Einfall nicht, den sie von mir erwarteten. Cinquini konnte ich immerhin anrufen.

»Mir sind die Hände gebunden«, sagte er. »Tut mir Leid. Nein, das ist keine Floskel. Leloir und Guéro diktieren nun wieder die Spielregeln. Ich kann ihnen nur so viel sagen: der Junge, Rüdí, ist ins Commissariat von Ajaccio gebracht worden. Meine Leute beobachten das Gebäude. Es scheint so, als hätte man den Jungen bisher noch nicht fortgeschafft.«

»Wenn Marguerite Nicolas auspacken würde«, sinnierte ich.

»Dann würde Leloir stürzen.«

»Auspacken? Vor wem? Vor Leloirs Leuten? Oder vor dem Untersuchungsrichter? Der wird ihr kein Wort glauben. Und das gilt auch für Albrecht und Priebe. Wenn Sie meinen Tipp hören wollen: Leloir und Adolphe Guéro werden alles daransetzen, eine Verschwörung von Nicolas, Priebe und Albrecht zu konstruieren. Sie basteln im Moment sicher an den Beweisen. Und sie werden auch dem Jungen etwas eintrichtern, das ihr Manöver untermauern wird. Deshalb müssen Sie sich jetzt keine Sorgen machen. Noch brauchen sie ihn.«

»Wenn ich wenigstens einmal mit Albrecht und Priebe reden könnte«, sagte ich.

»Das werden Sie nicht. Allerdings …«, Cinquini ließ offen, was ihm eingefallen war.

»Ja?«

»Über einen Anwalt natürlich«, meinte er.

»Natürlich«, bestätigte ich.

»Wenn die beiden nicht schon einen haben oder überhaupt einen wollen.«

»Kann es auch ein deutscher Anwalt sein?« Ich hatte spontan gefragt; kaum hatte ich die Frage ausgesprochen, war mit schon klar, wie die Antwort ausfallen würde.

»Falls es einen deutschen Anwalt gibt, der vor einem französischen Gericht zugelassen ist, dann ja. Ich bezweifle allerdings …«

»Ich auch.«

»Nehmen Sie einen von meinen«, bot Cinquini an. »Monsieur Barticcioni, das wird der Richtige für Sie sein. Wo sind Sie?«

»In Bastia.«

»Sie müssten sich allerdings nach Ajaccio bemühen. Soll ich Ihnen einen Wagen schicken?«

»Mit der Bahn wäre es vielleicht ein wenig mühevoll«, umging ich eine deutliche Erwiderung. Cinquini verstand.

»In einer Stunde vor Ihrem Hotel«, sagte er.

»Es ist das Hotel …«

»Aber das weiß ich doch«, sagte Cinquini. »A bientôt!«

Ich stand noch eine Welle da, mit dem Hörer in der Hand, ohne es zu bemerken. Erst als der Mann von der Rezeption etwas zu mir sagte, kam es mir zu Bewusstsein. Ich hängte den Hörer ein und rief nach Renata. Wie immer sie im Augenblick zu ihrem Gatten stand, er war Anwalt, und er war Rudis Vater. Ich war nicht gewillt, einem Advocat Barticcioni voraussetzungslos zu vertrauen; auch er sang das Lied seines Mandanten, dessen Brot er aß, und das war Cinquini. Der deutsche Anwalt Krossmann, der ja die französische Sprache einigermaßen beherrschte, an der Seite des Korsen, war eine Vorstellung, die mir besser gefiel. Auch wenn Krossmann nicht vor einem hiesigen Gericht zugelassen war, konnte er Barticcioni kontrollieren.

Renata sagte zu, mit ihrem Mann zu sprechen. Während sie ihn in Berlin anrief, kehrte ich in den Frühstückraum zurück. Angelika, Margrete und Guillaume saßen fast unverändert an unserem Tisch und bliesen Trübsal. Jim war verschwunden. Vermutlich wollte er allein sein mit seinem Kummer und hatte sich auf mein Zimmer zurückgezogen. Ich zündete mir eine Zigarette an.

»Du, Mam?«, rief mich jemand aus Richtung der Rezeption. Ich wandte mich um. Jim war nicht allein. Ein weitaus jüngerer, blonder Knabe stand neben ihm, sein Blick wechselte zwischen meinem Sohn und mir hin und her, und mir kam es vor, als läge eine gewisse Bewunderung in diesem Blick, die entweder mir, Jim oder gar uns beiden galt. »Das ist Maxim«, stellte Jim vor. »Wir wollen ein bisschen die Stadt erkunden.«

Ich hatte nichts dagegen, dass sich mein Sprössling ablenkte, und obgleich ich neugierig war, erkundigte ich mich nicht, mit wem ich es bei Maxim zu tun hatte.

»Habt ihr schon ein Ziel?« Das zumindest wollte ich wissen.

»Na, Tätowierstudio«, platzte der Jüngere heraus. Jim verzog unwillig sein Gesicht.

»Tätowierstudio?« Ich trat näher. »Was wollt ihr da?«

»Gucken«, sagte Jim schnell.

»Gucken«, bestätigte Maxim, der eine Scharte auszuwetzen hatte. Ich glaubte ihnen kein Wort.

»Jim?«, fragte ich streng.

»Ja, Mam?« Er schaute mich aus großen, großen Augen an und mimte die reinste Unschuld. Zu seinem Pech kannte ich ihn schon zu lange, um diesem Spiel noch aufzusitzen.

»Ich will nicht, dass du dich tätowieren lässt. Mehr noch: Ich verbiete es dir.«

»Aber …«

»Ohne Wenn und Aber.«

»Ich wollte …«

»Was wolltest du?«

»Hier.« Mit vor Verlegenheit geröteten Wangen reichte mir Jim eine Fotografie. Maxim, seinem neuen, älteren Freund gegenüber loyal, war auch ein wenig rot geworden. Das Bild zeigte Rudi, wie er, ein Palästinensertuch um den Hals geschlungen, ernst in die Kamera blickt.

»Das wolltest du dir …?«

»In die Schulter«, bekannte mein Sohn und senkte den Blick. Ich machte noch ein paar Schritte, legte meine Hand auf seinen Kopf.

»Überleg's dir nochmal«, mahnte ich ihn. »Eine Tätowierung ist was fürs ganze Leben.«

»Rudi nicht?«

Darauf wusste ich nichts zu erwidern. Ich gab meinem Sohn einen leichten Klaps auf die Schulter und ließ ihn ziehen, hoffend, dass die Einsicht die Oberhand gewinnen würde über seine Gefühle. Das war natürlich viel verlangt.

»Wer ist denn dieser Maxim?«, wollte ich von Renata, Margrete oder Guillaume wissen; eine Ahnung hatte ich schon.

»Der macht mit seinen Eltern Urlaub hier«, sagte Guillaume, »und langweilt sich schrecklich. Hat sich deswegen mit Jim angefreundet. Gestern hat Jim ihm stundenlang Geschichten von deiner Arbeit erzählt.«

»Von meiner Arbeit?« Wahrscheinlich hatte mein Sohn Maxim tüchtige Räuberpistolen aufgetischt.

»Ja«, sagte Margrete und lächelte. »Von deiner Schießerei mit den Bankräubern.«

»Und wie du dich damals vom Hochhaus abgeseilt hast, um diesen verrückten Mörder zu stellen«, ergänzte Angelika. »Der sich im achtzehnten Stock verschanzt hatte, weißt du noch?«

»Und dann die Story von der Verfolgungsjagd in der Kanalisation«, sagte Guillaume.

»Wie du dich dreimal mit dem Auto überschlagen hast.«

»Die Ballerei in der Nervenklinik.«

»Als dich fünf Gangster in ihre Gewalt gebracht hatten.«

»Mein Mann kommt«, sagte Renata Krossmann, die in den Durchgang von der Rezeption zum Frühstücksraum getreten war.

Es war nicht Simon, der mich nach Ajaccio fuhr, sondern ein Mann mittleren Alters, den ich nicht kannte und mit dem ich mich nicht verständigen konnte, jedenfalls nicht über die mir geläufigen französischen Floskeln hinaus. Auch war ich nicht allein mit ihm, sondern teilte mir den Peugeot mit Renata, die sich mit Zähnen und Klauen dagegen gewehrt hatte, von mir in Bastia zurückgelassen zu werden. Wir wussten nun, wo Rudi sich aufhalten musste, und sie wollte ihrem Jungen so nahe wie möglich sein. Meine Argumente, die von mir beschworene Gefahr vermochten sie nicht davon abzuhalten.

»Jim wollte sich deinen Sohn in die Schulter tätowieren lassen«, berichtete ich ihr.

»Ja«, sagte Renata bloß. Sie war mit ihren Gedanken sonstwo, hatte mir wohl gar nicht richtig zugehört. Noch immer hoffte und wünschte ich, dass Jim sein Vorhaben nicht ausführen würde, obgleich man Tätowierungen wieder entfernen konnte, aber das war eine mühsame und unangenehme Prozedur. Eines jedoch hatte mir Jim verraten, womöglich ohne es zu wollen; dass er immer ein Foto von Rudi bei sich hatte. Meine letzten Zweifel, dass die beiden ein ausgesprochen junges, ein zu junges Liebespaar waren, sie waren damit ausgeräumt.

Der Weg von diesseits nach jenseits der Berge war mir schon so vertraut, dass ich sofort stutzig wurde, als unser Chauffeur an einer Kreuzung links abbog, wo er nach meiner Ansicht rechts hätte fahren müssen. Ich erkundigte mich bei ihm, unbeholfen nach Vokabeln suchend, und er erklärte mir auch, was er vorhatte; nur Renata vermochte, den Sinn seiner längeren Rede zu erfassen.

»Wir fliegen«, fasste sie zusammen. »Und zwar, glaube ich, nicht mit einer Linienmaschine. Aber beschwören kann ich es nicht.«

Ob Linienflug oder nicht, es war ein kleines, zweimotoriges Propellerflugzeug, die uns in Poretta an Bord nahm, ein Flugzeug mit zwölf Sitzplätzen, für uns also mehr als geräumig. Eine Maschine mit Strahltriebwerken wäre mir lieber gewesen, denn ich hatte, ohne es begründen zu können, kein Vertrauen zu Propellern. Ich war in meinem Leben noch nicht oft geflogen, aber wenn, dann immer mit Flugzeugen, die von Turbinen angetrieben wurden; mein Misstrauen mochte also bloß das des Bauern sein, der nicht isst, was er nicht kennt. Mir kam es unvorstellbar vor, dass es ein Flugzeug mit Propellern über die Berge schaffte. Die Maschine schaffte es. Mir war übel, Schweiß stand mir auf der Stirn, aber wir landeten ohne Zwischenfall auf dem Airport Campo dell'Oro. Im Abfertigungsgebäude nahm uns dann Simon in Empfang und brachte uns in die Stadt.

An den Verhandlungen mit Monsieur Barticcioni scheiterten wir. In seiner Kanzlei auf dem Cours Napoléon wurden wir zwar mit Kaffee, Törtchen und Pralinen verwöhnt, und der weißhaarige, etwas gebeugte Herr umtänzelte uns wie ein Torero, aber obwohl Renata viel besser Französisch sprach als ich, fiel es ihr schwer, ihn zu verstehen und unser Anliegen verständlich zu machen. Vielleicht war das auch gar nicht nötig, Cinquint hatte seinen Anwalt bestimmt längst instruiert. Bis zum Eintreffen von Rudis Vater waren uns die Hände gebunden. Wir ließen uns von Simon ins *Hôtel Dolce Vita* chauffieren, wo Cinquini hatte reservieren lassen, allerdings nur für mich. Offenbar hielt man für ihn immer ein Zimmer in Bereitschaft, denn schließlich war Hochsaison und das Hotel ausgebucht; selbst wenn wir mit Engelszungen geredet hätten, was wir nicht konnten, ein zweites Zimmer war nicht drin. Der Gedanke, mit Renata Krossmann ein Bett zu teilen, war mir nicht angenehm, dennoch bot ich es ihr an. Simon, der Geduldige, wartete in der Lobby auf uns, während wir duschten. Zum ersten Mal sah ich Rudis Mutter unbekleidet. Sie hatte um die Hüften ziemlich viel Kummerspeck angesetzt.

Als wir in die Lobby zurückkehrten, war Simon nicht zu sehen. Das bedeutete aber keineswegs, dass wir nicht erwartet wurden: Leloir gab sich die Ehre. Ich reagierte nicht schnell genug, sodass es mir nicht gelang, Renata zurückzuhalten. Sie stürzte sich auf ihn und schlug ihm ein paar Mal so heftig ins Gesicht, dass er taumelte. Sein Gefolge, bestehend aus zwei Männern, war sofort zur Stelle, aber Renata entwickelte in ihrer Wut solche Bärinnenkräfte, dass auch sie noch etwas von ihren Schlägen abbekamen. Nun griffen auch drei Männer vom Hotelpersonal ein, und mit vereinten Kräften gelang es ihnen und den Männern Leloirs, Rudis Mutter zur Räson zu bringen. Leloir grinste. Doch plötzlich verzog er das Gesicht vor Schmerz, jaulte auf und ging in die Knie. Irgendwie, ich konnte nicht sehen, wie, musste Renata ihm noch in den Schritt getreten haben. Mir gefiel das eigentlich ganz gut. Und nicht nur mir: Zwei ältere, arg zerknitterte Damen mit Schoßhündchen, denen ich das nie zugetraut hätte, spendeten Applaus.

»The only thing you can do with a man«, meinte die eine.
»Or cut it«, erwiderte die zweite. Sie kicherten wie Schulmädchen.

Renata wurde von den Hotelangestellten zu einem Sessel geschleift, während sich die beiden Bullen, oder was immer sie sein mochten, um den angeschlagenen Leloir kümmerten. Zu unserem Freund hatte Renata ihn mit ihrer Attacke nicht gerade gemacht, aber unser Freund würde er ohnehin nie werden.

»Ich will meinen Sohn sehen«, rief Rudis Mutter auf Deutsch. »Ich will ihn sehen, sofort. Oder ich zertrete diesem Schwein alle Eingeweide.«

Renata hatte gut gezielt. Leloir hatte sich mit Hilfe seiner Mitarbeiter aufgerichtet, aber er musste sich am Rezeptionstresen festhalten, und Schmerzen schien er immer noch zu haben. Unter normalen Umständen hätte man mit einem krebskranken Mann, der derart malträtiert worden war, Mitleid haben müssen; mit Leloir, der selbst ein Krebsgeschwür war, hatte ich es nicht. Ihm wünschte ich sogar einen raschen, aber qualvollen Tod, und wenn ich ihn mir als ausgezehrtes, dahindämmerndes Männchen zwischen den Apparaturen einer Intensivstation vorstellte, bekam ich fast Glücksgefühle. Gern hätte ich gegenüber Leloir eine entsprechende Anspielung gemacht, doch musste ich fürchten, damit ein Todesurteil gegen Rudi auszusprechen: Dieser Mann, dieser widerwärtige Zwerg, der nichts mehr zu verlieren hatte, wollte noch immer um jeden Preis siegen.

»Monsieur Leloir«, sprach ich ihn an und verleugnete meine Empfindungen, »es tut mir Leid. Aber Sie müssen verstehen, dass Madame Krossmann außer sich ist, weil sie ihren Jungen nicht besuchen darf.«

„Sie kann ihn ja besuchen«, ächzte Leloir. »Wir halten ihn nicht fest. Dafür haben wir keine rechtliche Handhabe. Der Junge hat seine Aussage gemacht, wir sind mit ihm fertig. Gerade wollten wir Madame Krossmann abholen.«

Nun musste ich wirklich für das beste Wetter sorgen. Mir schlug das Herz bis zum Hals hinauf bei dem Gedanken, dass wir nahe davor gestanden hatten, Rudi nicht bloß wieder zu sehen, sondern ihn auch mitnehmen zu können, Renata dies aber womöglich verdorben hatte. Meinen Ekel unterdrückend, trat ich ganz nah an Leloir heran. Der hatte sich wieder etwas erholt.

»Sind Sie bereit, Madame Krossmann ihren Gefühlsausbruch zu verzeihen?«, fragte ich, nachdem ich meine Stimmbänder in Schmalz gebadet hatte.

»Nein«, sagte Leloir entschieden. »Verzeihen werde ich ihr nie. Trotzdem bringen wir Sie jetzt aufs Commissariat. Wir halten uns an Recht und Gesetz, Madame Wertebach.«

Das bezweifelte ich. Es gab keinen Grund, diesen meinen Zweifel laut zu äußern. Stattdessen ging ich zu Renata, die still in sich hineinweinte, legte ihr beide Hände auf die Schulter und flüsterte ihr ins Ohr. Augenblicklich klärten sich ihre Züge auf, und sie erhob sich.

»Kommen Sie«, forderte Leloir uns auf, ihm zu folgen. Renata schaute an ihm vorbei. Eine Entschuldigung brachte sie nicht über die Lippen, und ich teilte ja ihre Überzeugung, dass Leloir die Schläge und den Tritt verdient hatte.

»Eigentlich hätten Sie Rudi hier im Hotel abliefern können«, sagte ich zu ihm. Seine Antwort war ein Brummen.

Eine Viertelstunde später wusste ich, was dieses Brummen zu bedeuten hatte. Und dass Leloir tausend weitere Hiebe, tausend weitere Tritte verdiente.

3

Ich war in den vergangenen Tagen arg gebeutelt worden, aber was mir nach dem Betreten des Commissariat de Police von Ajaccio widerfuhr, stellte alle bisherigen Ereignisse in den Schatten. Ein paar aufgeregte Polizisten kamen auf uns zu, sie schnatterten durcheinander, redeten auf Leloir ein, der übersetzte, aber seiner Übersetzung hätte es nicht bedurft: Rudi war abgehauen. So jedenfalls sagten sie. Ich brauchte mich nur einmal umzuschauen, um zu begreifen, dass sie nicht die Wahrheit sagten. Das Polizeikommissariat war zwar ein öffentliches Gebäude, aber wenn die Flics nicht wollten, dass ihnen jemand entwischte, dann gelangte man auch nicht hinaus. Ich rannte vor die Tür, rief laut Cinquinis Namen; nicht dass ich mit seiner Anwesenheit rechnete, aber ich wusste, dass seine Leute das Commissariat beobachteten, und hoffte einfach darauf, dass sie meinen Hilferuf verstanden. Außer einigen Passanten reagierte niemand. Auch Renata war mittlerweile aus dem Polizeigebäude gekommen. Sie war allein, aber als ich mich umwandte, konnte ich durch ein Fenster sehen, dass Leloir so tat, als gäbe er Anweisungen. Das war sicher nicht mehr nötig. Rudi hatte seine Aussage gemacht. Wahrscheinlich hatten Leloir und Adolphe Guéro von dem erschöpften und verstörten Jungen zu hören bekommen, was sie hören wollten.

»Hallo, Mam!« Auch das noch. Mir wurden die Knie weich, und ich schloss die Augen. Als ich sie wieder öffnete, war mein Sohn bei mir. Dass er mich umarmte, tat mir wohl, dennoch konnte ich ihn hier nicht gebrauchen. Und auch Margrete, Angelika und Guillaume nicht. Aber sie waren da. Waren von Bastia nach Ajaccio gekommen und hatten natürlich sofort das Commissariat de Police gesucht. Schon wieder wusste ich nicht aus noch ein.

»Police nationale und Gendarmerie suchen ihn«, sagte Leloir in meinem Rücken. Das mochte wohl sein, nur finden würden sie ihn nicht. Ich griff ins Schulterhalfter, zog die Knarre, entsicherte sie und drehte mich um: Das war beinahe eine einzige Bewegung. Leloir lachte bloß. Entweder hatte er sich mit seinem Tod längst abgefunden, oder er glaubte nicht, dass ich abdrücken würde.

»Madame Wertebach!« Schon wieder wurde nach mir gerufen. Diesmal war es Cinquini. Leloir wurde bleich, als er den Unternehmer sah. In wenigen Sekunden musste ich nicht nur die Situation erfassen, sondern auch Entscheidungen treffen. Cinquini war mit zwei Wagen vorgefahren, mit dem Rover und einem Jeep. Vor dem Commissariat durfte ich keinen von denen zurücklassen, die zu mir gehörten. Das waren fünf. Cinquini stand neben dem Rover, den Simon lenkte. Im Jeep saß nur ein Mann. Die Plätze reichten nicht. Nicht für das, was ich plante.

»Margrete, Angelika, Jim, nehmt die Beine in die Hand!«, schrie ich und hieb gleichzeitig den Pistolenlauf in Leloirs Gesicht. »Guillaume, komm her!« Aus Leloirs Nase schoss Blut. Abermals schlug ich zu. Knochen splitterten, das hörte ich. »Greift zu! Schnell! Renata! Guillaume!« Polizeibeamte waren schon an der Tür. »Zum Wagen!« Margrete, Angelika und Jim standen wie erstarrt. »Rennt!«, rief ich. Zum Glück hatten Renata und Guillaume begriffen, was ich von ihnen wollte. Leloir wehrte sich noch. Ich schlug ihm auf den Schädel. Die Polizisten hatten das Commissariat verlassen. Renata und Guillaume schoben Leloir auf die Rückbank des Jeeps, sprangen hinterher. Ich hechtete in den Rover. Cinquini, nicht dumm, saß schon drin.

»Donnerwetter!«, sagte er. Wir rasten davon. Ein Wagen der Police nationale verfolgte uns. »Meine Männer haben gesehen, wie sie den Jungen wegschleppten«, sagte Cinquini. »Sie haben sich natürlich gleich drangehängt. Das Blatt hat sich gewendet, Madame Wertebach.« Der Bauunternehmer reichte mir sein Handy. »Fragen Sie Ihre Freunde, wie das werte Befinden des Monsieur Leloir ist«, forderte er mich auf. »Die Nummer ist programmiert.«

Ich rief also den Jeep. Zuerst ging der Fahrer an den Apparat, aber als er mein unbeholfenes Sprechen bemerkte, gab er den Hörer weiter. Guillaume meldete sich.

»Wie geht es Leloir?«, erkundigte ich mich.

»Er ist zu sich gekommen. Die Nase ist sicherlich gebrochen, und am Hinterkopf hat er eine Platzwunde. Nichts Ernstes. Nur … Ich glaube, er hat furchtbare Angst, weil er … Es stinkt nach … Er hat eingemacht.«

Obwohl eigentlich kein Anlass bestand, prustete ich los: Leloir mit voll geschissenen Hosen, das war einfach zu schön. Natürlich wollte Cinquini wissen, was mich zum Lachen bewogen hatte, und ich sagte es ihm. Er verzog keine Miene.

Wir verließen Ajaccio auf einer Küstenstraße. Cinquini nahm das Telefon wieder an sich und führte mehrere Gespräche in seiner Heimatsprache. Was er erfuhr, schien ihn zu befriedigen, denn er nickte. Noch immer verfolgte uns die Police nationale, mit zwei Wagen mittlerweile, und sie hatten auch den Christbaumschmuck eingeschaltet. Weder Simon noch der Fahrer des Jeeps machten Anstalten, die Flics abzuhängen. Hin und wieder verkündeten Hinweisschilder am Straßenrand, dass die Piste zum Pointe de la Parata und den Iles de Sanguinaires führte. Über dem Golf von Ajaccio begann es zu dämmern.

»Stop!«, befahl Cinquini plötzlich. Simon trat auf die Bremse, der Rover kam am Straßenrand zu stehen. Auch der Jeep hielt an, während die Polizeiwagen in Wildwestmanier mit quietschenden Reifen stoppten. Die Polizisten sprangen mit gezückten Pistolen heraus, rannten auf uns zu. Cinquini stellte sich ihnen in den Weg und rief sie an.

»Un instant!«, brüllte jemand, dessen Stimme mir bekannt vorkam. »Attendez tous!«

Es war Gabriel Guéro, der am Straßenrand auf uns gewartet, sich aber gut verborgen hatte. Er eilte zu den Flics, präsentierte ihnen seinen Dienstausweis, redete auf sie ein. Ich warf einen Blick in den Jeep: Renata und Guillaume hatten sich an dem derangierten Leloir festgekrallt und wagten nicht, die Hände von ihm zu lösen. Ich öffnete die Tür. Guéro legte mir die Hand auf den Arm.

»On y va?«, fragte er. Ich schaute erst ihn, dann Guillaume hilflos an.

»Ob Sie mitkommen, fragt er«, erklärte Angelikas Sohn. Wir gingen etwa hundert Meter bis zu einer Kurve. Wir, das waren Gabriel Guéro, Cinquini und vier Flics. Unmittelbar vor der Kurve sprangen drei junge Männer aus dem Gebüsch. Die Flics griffen schon wieder an ihre Pistolentaschen, Guéro wies sie mit ein paar Worten in die Schranken. Noch ein paar Meter, und ich sah, was ich sehen sollte. Ich, vor allem aber die Bullen.

Auf der Straße taumelte Rudi, den man offenbar unter Drogen gesetzt hatte, wie ein Betrunkener und scheinbar völlig desorientiert in Richtung Pointe de la Parata. Der Junge trug nur ein T-Shirt und eine Turnhose, und trotz des geringen Lichts vermochte ich zu erkennen, dass seine Beine bluteten. Er ging ein paar Schritte, wenn man von Gehen überhaupt sprechen konnte, er strauchelte, schlug hin. Ich war drauf und dran, auf ihn zuzulaufen, aber sowohl Guéro als auch

Cinquini hielten mich zurück. Nach einer Welle versuchte Rudi sich aufzurichten, ein mehr als mühsames Unterfangen, aber schließlich kam er doch auf die Beine und torkelte weiter. In der Ferne sah ich die Umrisse eines Transporters, der ohne Licht fuhr. Ich brauchte nicht lange, um zu erkennen, welchen Tod man Jims liebstem Freund zugedacht hatte; einen Unfalltod auf der Straße nämlich. Bei der Obduktion, zu der es nicht kommen würde, hätte der Prosektor festgestellt, dass der arme, verzweifelte und verängstigte Junge Unmengen von Alkohol zu sich genommen hatte.

Auch die Flics hatten begriffen. Sie hielten ihre Waffen in den Händen und setzten sich in Trab.

»Jetzt«, sagte Cinquini. »Holen Sie ihn.«

Das ließ ich mir nicht zweimal sagen. Der Transporter raste noch immer auf uns zu, er war schon gefährlich nahe. Auch Rudi hatte ihn bemerkt, aber er war vollkommen unfähig, sich in Sicherheit zu bringen. Verwirrt starrte er den großen Wagen an. Die Flics gaben ein paar Schüsse ab. Ich umfasste Rudi von hinten und riss ihn von der Fahrbahn. Auch der Transporter kam von ihr ab. Fast zum Greifen nahe sauste er an uns vorbei die Böschung hinunter auf den Strand. Die Bullen folgten ihm. Ich presste Rudi an mich, der nur lallen und gurgeln konnte. Dann erbrach er sich und kotzte mir die Bluse voll. Trotzdem ließ ich ihn nicht los. Der Transporter krachte gegen einen Felsen. Die Flics liefen bereits neben ihm, rissen die Türen auf. Drei Männer zerrten sie von den Sitzen. Ich führte Rudi zurück zu Rover und Jeep, übergab ihn Renatas Obhut. Dann eilte ich hinunter an den Strand.

Guéro war schon da, Cinquini auch. Die Flics hatten die Männer gefesselt und durchsuchten ihre Kleidung. Ein vierter Mann lag noch im Wagen. Ein sauberer Blattschuss hatte Adolphe Guéro niedergestreckt.

»This is the end«, sagte sein Bruder Gabriel erstaunlicherweise auf Englisch; wahrscheinlich zitierte er Jim Morrison. Dann klopfte er mir auf die Schulter, zog einen Flachmann aus der Tasche und reichte ihn herum. Die Flics durften nicht. Cinquini nahm eine Anstandsschluck, ich einen tüchtigen Hieb. Guéro nahm den Rest. »C'est la vie«, sagte er und grinste.

»Ist dies das Ende des Albtraums?«, fragte ich Cinquini. Der Baulöwe übersetzte.

»Oh«, meinte Gabriel Guéro, und sein Grinsen gefror, »die französische Geschichte ist reich an Albträumen. Vichy, Indochina, Algerien, Muraroa. Beim nächsten bin ich pensioniert.« Er stapfte davon. Wir taten es ihm gleich.

Rudi war in Renatas Armen eingeschlafen. Das Gesicht seiner Mutter war klitschnass. Ich hatte die Schnauze voll von Tränen. Aber meine Wangen wurden auch feucht. Guillaume stand dabei und schaute ergriffen, Cinquinis Männer hielten sich abseits, pafften und flüsterten. Die Stimmung war fast sakral. Die Pieta, dachte ich und lachte hysterisch. Ich lachte, und ich kreischte, bis meine Lenden schmerzten. Ich lachte und kreischte trotzdem noch.

»Das Happy End«, meinte Cinquini sarkastisch. Er zeigte auf Leloir, der sich am Dach des Jeeps abstützte und sich nur mit Mühe auf den Beinen hielt. Er sah aus wie der Tod. Auch ihm legten die Flics Handschellen an.

4

Beim Frühstück im Hotel *Posta Vecchia* war Rudi wiederhergestellt. Er sah nicht gerade wie das blühende Leben aus, er hatte tiefe, dunkle Ringe unter den Augen, seine Mutter und Jim wetteiferten miteinander, wer ihn am besten bediente. Ständig fummelten sie an ihm herum. Und da der Mensch durchlittenen Schmerz schnell vergaß, regte sich bereits Eifersucht zwischen ihnen.

Wir Übrigen, also Margrete, Angelika, Guillaume und ich, saßen an einem separaten Tisch und beobachteten die Szene mit Rührung. Lüders fehlte mir: Er hätte jetzt seine Bemerkung über Mütter und Söhne anbringen können und die Situation etwas entkrampft. Natürlich wusste er längst, wie alles ausgegangen war. Mein ganzes Kommissariat war angetreten und hatte mir telefonisch gratuliert. Ich hatte das seltene Vergnügen, eine Heldin zu sein, jedenfalls im MK acht. Alle hatten ein Geschenk für mich gekauft. Und sie übten, Patricia hatte es verraten, auf Lüders Geheiß die korsische Nationalhymne für mich: *Diu vi salvi Regina.* Ich musste befürchten, dass sie im Sekretariat einen Muttergottesschrein mit meinem Antlitz einrichteten.

»Möchtest du noch was?«, fragte Renata ihren Sprössling. Rudi schüttelte den Kopf.

»Einen Saft vielleicht?«, wollte Jim wissen. Rudi schüttelte den Kopf.

»Du musst doch essen«, meinte Renata. Rudi hatte einen Kater, mehr als ein Croissant mit Butter hatte er nicht geschafft.

»Vielleicht hilft Aspirin«, sagte Jim.

»Morgen, Leute!«, trompetete Maxim in den Frühstücksraum. Jim zuckte zusammen.

»Sei nicht so vorlaut«, schalt ihn seine Mutter.

»Hi, Jimmy«, begrüßte Maxim seinen neuen Kumpel. Rudi betrachtete Jim mit einem fragenden Blick.

»Nun lass doch die Leute zufrieden«, verlangte Maxims Vater. Er trug Shorts, und ich starrte gebannt auf seine Stachelbeerbeine. »Wir fahren heute nach Ajakkio«, erklärte er mir, als ob er sich vor mir rechtfertigen müsse.

»Ist das dein bester Freund?«, wollte Maxim wissen und zeigte ungeniert mit dem Finger auf Rudi. »Der entführt worden ist?«

»Mhm«, brummte Jim verlegen.

»Rudi, stimmt's? Cool. Das musst du mir auch alles erzählen.«

»Jetzt nicht«, sagte der Vater streng. »Wir müssen uns beeilen, sonst ist der Zug nach Ajakkio weg.«

»Ach, Scheiß!« Maxim setzte sich zu Rudi an den Tisch. »Hat er's dir schon gezeigt?«

»Was?«, fragte Rudi müde.

»Na, auf seiner Schulter.« Maxim blinzelte Jim zu. Mein Sohn war knallrot geworden. Ich, das Schlimmste befürchtend, sprang auf.

»Was ist mit deiner Schulter?«, wollte Rudi wissen.

»Nichts.« Am liebsten wäre Jim vor Scham im Boden versunken.

»Zeig es uns allen«, befahl ich. Jim schüttelte den Kopf.

»Maxim!« Seine Eltern winkten den Bengel an den Tisch, den sie ausgewählt hatten.

»Ich hab mir was aufs rechte Schulterblatt tätowieren lassen«, gestand mein Sohn schließlich flüsternd.

»Und was?«

»Na, dich.« Maxim stand auf, ging zu seinen Eltern. Ich hob Jims T-Shirt hoch. Ein Bild bekam ich nicht zu sehen, nur vier Buchstaben: R-U-D-I.

»Du Idiot!«, fluchte ich.

»Geil«, sagte Rudi, zog Jim zu sich hinab und legte seinen Kopf auf die Tätowierung.

»Jetzt … bist du … immer … bei mir«, stammelte Jim.

»Ach je, ach je«, kollerte Renata.

Um diesem Rührstück ein Ende zu setzen, hätte ich die Automatik gebraucht. Ein paar Schüsse in die Decke, und alle wären in Deckung gegangen. Die Automatik hatte ich Gabriel Guéro übergeben. Der hatte sie kommentarlos in Empfang genommen. Erst, als er uns vor dem Hotel *Posta Vecchia* abgesetzt hatte, hatte er noch eine Katze aus dem Sack gelassen. *Die Tokarew,* hatte er gesagt, *ist heiß. Man hat sie vor sechs Jahren bei einem Banküberfall in Brüssel benutzt. Die Brüsseler bedanken sich für das Beweisstück.*

»Bonjour, Mesdames, Messieurs!« Der Advocat Barticcioni

gab sich die Ehre. Nicht er allein, denn er hatte seinen Kollegen Krossmann im Schlepptau.

»Papa!« Rudi war sofort auf den Beinen und fiel seinem Vater um den Hals. Renata erhob sich auch, allerdings im Zeitlupentempo. Krossmann ließ von seinem Sohn nicht ab, streckte aber eine Hand nach seiner Frau aus. Bevor es erneut Tränen gab, flüchtete ich zum Telefon. Ich rief KHK Ziegler in Wiesbaden an, erstattete ihm Bericht. Auch von ihm erntete ich Lobeshymnen und Glückwünsche. Dass mein Anteil an der Befreiung und Rettung von Rudi geringer war, als allgemein angenommen, verschwieg ich ihm.

»Wir haben übrigens Nachricht aus der Schweiz«, sagte Ziegler abschließend.

»Tatsächlich?«, gab ich mich überrascht.

»Unglaublich, aber wahr«, entgegnete der KHK.

»Ich höre.«

»Winfried Biegel«, sagte Ziegler, »um den ging es ja bei unserer Anfrage …«

»Ist er verdächtig?«

»Absolut nicht.« Ziegler legte eine Pause ein. Er hatte den ironischen Unterton in meiner Frage wahrgenommen. »Lena?«

»Warum nicht?«, fragte ich.

»Weil er beim Wandern einen Unfall hatte. Biegel liegt seit zwei Wochen im Kantonsspital Glarus.«

5

Wir hatten nie einen richtigen Spaziergang durch Bastia gemacht. An unserem letzten Tag holten wir ihn nach.

Es war eine größere Gesellschaft, die sich vor dem Hotel Posta Vecchia in Richtung Vieux Port in Bewegung setzte, und wer nicht Händchen hielt, der hatte zumindest seine Hand auf einer Schulter liegen. Die Kriminalhauptkommissarin Lena Wertebach und ihre Geliebte Margrete bildeten die Schlusslichter. Die Führung hatten Angelika und Guillaume übernommen, Mutter und Sohn, Hand in Hand. Ihnen folgten die Krossmanns. Sie hatten ihren Sprössling in die Mitte genommen, umarmten ihn auf ungeschickte Weise über Kreuz. Jim ging nebenher. Auf seiner Schulter ruhte Krossmanns Rechte. Für alle, die uns entgegenkamen oder die uns überholten, bot sich ein Bild vollkommener Harmonie. Zumindest zwischen Rudis Eltern jedoch konnte noch nicht alles in Ordnung sein.

»Rudi?«, rief ich den Jungen. Er löste sich von seinen Erzeugern, drehte sich zu mir um.

»Lena?«

»Mam?« Auch mein Sohn hatte etwas beizusteuern.

»Falls es noch nicht zu früh dafür ist, Rudi«, ich tippte ihm dort auf die Schulter, wo bei Jim ein Name eingraviert war, »erzählst du mir, was dir widerfahren ist?«

»Uns«, mischten sich die Krossmanns ein.

»Uns allen«, sagte Familie Duvic.

Rudi nickte. Wir stiegen die Treppe zur Mole hinauf. Links befand sich das Mittelmeer, rechts der Alte Hafen. Es war ein wenig windig, die Segelstangen der Bote spielten Xylophon. Rudi setzte sich auf die Hafenmauer, wir umstanden ihn in einem Halbkreis. So ungefähr stellte ich mir Speaker's Corner vor.

»Was soll ich denn erzählen?«

»Von Anfang an«, bat ich.

»Weiß nicht.« Rudi fuhr sich mehrmals über die Unterlippe.

»Es hat zuerst mächtig gekracht.«

»Und wie«, bestätigte Jim.

»Da in Vincennes. Vor dieser Kaserne«, fuhr Rudi fort. »Es war … Ich weiß nicht … Chaos … Dann haben mich welche gegriffen. In so 'nen Lieferwagen getragen. Ich dachte, das sind Ärzte. Ich hab geschrien. Nach Jim. Komisch, wieso sind Ärzte schon da? Aber ... In meinem Kopf ging alles durcheinander.« Rudi atmete tief durch. Renata, Angelika, Margrete und ich, wir vier versuchten, ihn zu berühren. Der Junge schüttelte den Kopf, sprang von der Mauer.

»So richtig wieder da war ich erst später«, meinte er. »In dieser Wohnung. Sie haben mich an so ein Campingbett gefesselt. Ich hatte so viel Schiss. Und den Mund ... mit Klebeband ... Aber sie waren dann immer ganz nett.«

»Nett?«, fragte Renata bestürzt.

»Wer?«, wollte ich wissen.

»Klaus, Achim und der Franzose. Seinen Namen weiß ich nicht. Manchmal kam auch eine Frau.«

»Und deren Name?«

Rudi zuckte die Schultern. Wir waren weitergegangen, hatten die Molenspitze erreicht. Hoch über dem Alten Hafen thronte als Symbol einer alten Besatzungsmacht der Gouverneurspalast der Genueser.

»Mich wundert, dass die zwei sich vor dir kenntlich gemacht haben«, sagte ich.

»Das war ja erst hier. Zuerst waren sie immer vermummt. Aber dann ...«

»Was hast du gegessen?«, stellte Renata eine typische Mutterfrage.

»Mal so, mal so«, erwiderte Rudi. Wir bewegten uns zurück. »Imbisszeug. Chinesisch, indisch und so weiter. War ganz okay. Wir haben dann immer Mau-Mau gespielt. Nach meinen Regeln. Achim hat so 'ne Liste geführt. Ich habe neunzehn Punkte Vorsprung.«

»Mau-Mau?« Krossmann schüttelte den Kopf.

»Skat kann ich ja nicht.« Rudi sagte es beinahe schuldbewusst.

»Du musst doch gehabt haben ... sehr viel Angst«, sagte Margrete. Wir stiegen die Treppe hinab.

»Zuerst ja. Aber die hatten viel mehr Schiss. Die wollten mir nichts tun, nicht wirklich.«

»Als sie noch vermummt waren«, sagte Krossmann, »da hast du Achim nicht an der Stimme erkannt?«

»Sie haben kaum gesprochen. Und wenn, dann Französisch.«

»Irgendwann wurdest du dann nach Korsika gebracht«, erinnerte ich.

»Ja.« Rudi nickte. Jim war nun bei ihm, hielt ihn umfangen. »In diesem Caravan. Zuerst wusste ich natürlich nicht, wohin es ging. Sie haben mich ja wieder gefesselt. Aber nur noch ganz locker. Tat nicht mehr weh. Außerdem waren die da total nervös. Dann war da wieder so 'ne beschissene Wohnung. Aber da sind wir auch nicht lange geblieben.«

»Zurück zu dieser Frau«, meldete sich die Bullin in mir zu Wort. »Kannst du sie beschreiben?«

»Hab ich doch alles schon gemacht«, sagte Rudi. »Und wozu auch? Ist doch jetzt sowieso egal. Ich will nur nach Hause.«

Das verstand ich. Das verstanden wir alle. Aus einem großen Spaziergang durch Bastia wurde nichts. Es war eine schöne Stadt, aber nach Hause, nach Hause wollte sicher jeder von uns, also lenkten wir unsere Schritte zum Hotel zurück.

»Und Priebe, und Achim Priebe hat dir wirklich nichts angetan?«, erkundigte ich mich.

»Nein. Zuerst, als sie sich noch nicht trauten, mich von dem Bett abzubinden, da hat er mich sogar gefüttert.«

»Aber wenn ich mir überlege«, raunte Krossmann mir zu, »dass diese Verbrecher ihre Gesichtsmasken abgelegt haben … Das bedeutet doch … Man musste doch befürchten …« Er sprach nicht zu Ende. Ich wusste, was er vermutete. Und Rudi hatte doch ein paar der für ihn nicht bestimmten Worte verstanden.

»Nein«, sagte er überzeugt. Fast gewann man den Eindruck, als seien ihm seine Entführer sympathisch gewesen. »Das hätten sie nicht getan. Am Ende … also als wir dann auf Korsika waren … Sie sind total konfus gewesen. Und hatten nur

Angst. Die sind doch bloß irgendwie rumgekurvt und wussten nicht mehr, was sie machen sollten. Weil …«

»Ja?«, fragte Renata.

»Sie hatten sich mit jemandem angelegt … Genau weiß ich es nicht …«

»Mit jemandem, der keine Gnade kannte«, vollendete ich.

»Und der dazu noch sehr viel Macht in den Händen hielt.«

»Genau.« Rudi kam zu mir, suchte auch meine körperliche Nähe. Und das animierte Jim. Kurz bevor wir das Hotel erreichten, wurde ich von Sohn und Schwiegersohn beinahe erdrückt. »Sie haben immer wieder gesagt, dass sie nicht bloß die Polizei gegen sich haben. Nicht nur die Bullen. Sondern auch …«

»Einen Verein von psychopathischen Killern.« Ich presste die beiden Knaben noch fester an mich, obgleich dies kaum mehr möglich war. »Von psychopathischen Killern, die sich für die Retter des Staates hielten. Die so krank sind wie die Terroristen, die sie bekämpfen wollten. Und eigentlich noch viel, viel irrer. Womöglich halten sie sich sogar für Christen. Man solle nicht Gleiches mit Gleichem vergelten, also treiben sie es extremer als die Extremisten.«

»Männerspiele«, meinte Margrete verächtlich.

»In unserem Fall haben aber auch ein paar Frauen die Fäden gezogen«, widersprach ich.

»Genau«, bestätigte Rudi. »Weißt du, Lena, wann Achim und Klaus so richtig durchgedreht sind? Ich wusste ja nie genau, wo ich bin, aber es war die letzte Wohnung, also schon auf der Insel. Achim war wohl einkaufen oder so. Und als er zurückkam, da hat er ziemlich geblutet. Jemand hat versucht, ihn zu erstechen. Das war eine Frau.«

»Eine Frau?«, fragten wir alle.

»Ja«, sagte Rudi. »Eine Frau.«

Die Maschine hatte Strahltriebwerke. Wenn ich aus dem Fenster blickte, konnte ich sie sehen. Die Triebwerke, die Tragflächen und unter uns Frankreich. Aus der Luft sah Frankreich aus wie Deutschland. Es gab Äcker, Straßen, Wälder, Seen. Vielleicht sah auch Russland so aus. Oder Belgien. Oder Ungarn. Amerika gar. Die halbe Welt. Ich wandte mich zu Margrete und küsste sie aufs Ohr. Margrete lächelte fein.

Die Krossmanns saßen in der Reihe hinter uns. Rudis Eltern flüsterten miteinander, und was sie sagten, ging mich nichts an. Ich stand auf und zwang damit Margrete, sich ebenfalls zu erheben. Drei Meter musste ich zurücklegen, um die Reihe zu erreichen, in der es sich Rudi und Jim bequem gemacht hatten. Es gab etwas, das mir auf der Seele lag und das ich mit meinem Sohn besprechen wollte. Die beiden Knaben blätterten gemeinsam im Bordmagazin von *Air France*. In einer Stunde würden wir Berlin erreichen. Ich hatte Lust auf eine Zigarette. *Air France Flight 1572* war ein Nichtraucherflug. Wie der Hinflug auch.

Vor knapp einer Stunde hatten wir uns auf dem Airport *Charles de Gaulle* von Angelika Lüders-Duvic und Guillaume verabschiedet. Tränen hatte es nicht gegeben, dafür heftige Umarmungen. Wir hatten jetzt Freunde in Paris. Diese Freunde würden wir gewiss besuchen, aber nicht so bald. Ich freute mich vor allem auf unsere Wohnung in der Aroser Allee. Ich freute mich darauf, eine stressfreie Nacht mit meiner Margrete zu verbringen. Und ich freute mich sogar auf mein Kommissariat. In drei Tagen würde ich wieder eine Kriminalbeamtin sein, der ein ganzer Polizeiapparat zur Verfügung stand.

Eine Kriminalbeamtin war ich auch an Bord des Flugzeugs. Wenigstens zwei Fragen bohrten in meinem Kriminalistenhirn. Noch immer wusste ich nicht, wer die Frau gewesen war, die für die Kidnapper eine Wohnung in Bobigny angemietet hatte und die womöglich mit einem provenzalischen Dialekt sprach. Gabriel Guéro wusste es sicher, aber wir hatten uns nicht mehr gesehen. Es genügte eigentlich, wenn es ihm bekannt war, nur mein bürokratischer Komplettierungswahn verlangte nach einer Antwort. Die zweite Frage betraf Jim und Rudi. Die Antwort ging nur mich und meinen Sohn etwas an. Ich winkte Jim von seinem Platz.

»Wollen wir ein bisschen spazieren gehen?«, fragte ich ihn.

»Wo denn, Mam? Auf den Tragflächen?«

»Bitte, komm mit.«

Jim gehorchte. Rudi betrachtete mich skeptisch. Ich nahm meinen Sohn bei der Hand, was ihm vor dem aus Fluggästen bestehenden Publikum unangenehm war, aber er folgte mir. Im Heck der Maschine, vor den Toiletten, legte ich Jim meine Hände auf die Schultern.

»Ich will dir nur sagen«, erklärte ich ihm, »dass ich es wunderbar finde, wie sehr du Rudi liebst.«

»Er ist mein bester Kumpel«, sagte Jim bloß.

»Natürlich.« Mir war unser Gespräch etwas peinlich, aber ich wollte es jetzt wissen. »Ich wollte nur sagen … wenn zwei Menschen sich mögen … ich meine also …«

»Mam?«

»Ich …«

»Was denn nun, Mam?«

»Ihr seid ja jetzt auch fast vierzehn«, sagte ich. Schweiß rann mir über das Gesicht.

»Ich versteh dich nicht«, bekannte mein Sohn.

»Es ist auch in Ordnung, wenn ihr miteinander schlaft.« Es war doch noch über meine Lippen gekommen.

»Miteinander schlafen? Ich und Rudi?«

»Ich hab's doch gehört«, sagte ich. »Als wir in Paris angekommen sind, in Vitry. Die erste Nacht. Da hab ich gehört … wie ihr …«

»Aber Mam!« Jim griente. »Weißt du, was wir gehört haben?« Ich schüttelte den Kopf. »Du bist doch dauernd aufs Klo. Und du hast an unserer Tür gelauscht, stimmt's? Und da haben wir … Wir haben nur so getan.«

»Nur so getan?«

»Klar. Bisschen rumgestöhnt und so. Damit du dir 'nen Kopp machst.«

»Ihr habt nicht … miteinander …?«

»Nö.«

»Aber falls … ich meine nur, wenn …« Mein Sohn hatte mich in die größte Verlegenheit gestürzt.

»Schon kapiert, Mam.« Jim ging zurück zu seinem Platz.

Ich ging erst einmal pinkeln und ließ mir Zeit. Rudi und Jim hatten mich an der Nase herumgeführt. Das hatte ich verdient. Ich zündete mir eine Zigarette an und nahm schnell drei Züge. Bevor der Rauchmelder anschlagen konnte, hatte ich die Kippe schon im Klo hinuntergespült.

Margrete blätterte in dem Roman, den Guillaume mir mitgegeben hatte, aber nachdem ich wieder auf meinem Platz saß, legte sie ihn in meinen Schoß. Den Roman hatte Angelika Lüders-Duvic, die Cousine meines Stellvertreters, den ich bald wieder sehen würde, aus dem Amerikanischen ins Französische übersetzt. *La Trilogie de l'Espace*, so lautete sein Titel. Es war ein Science-Fiction-Roman, aber Guillaume hatte ihn mir nicht in die Hand gedrückt, um mich für dieses Genre zu begeistern. Nachdem Angelika ihren Wunsch ausgesprochen hatte, uns möglichst bald wieder in Vitry-sur-Seine begrüßen zu können, hatte ihr Sohn mir das Taschenbuch präsentiert. Das Original sei in einem ausgesprochen simplen Englisch verfasst, hatte er gemeint, also sei die französische Übersetzung auch nicht besonders anspruchsvoll. Wenn ich also ein bisschen Französisch lernen wolle, sei dies die richtige Lektüre.

Ich hatte nichts dagegen, ein bisschen Französisch zu lernen. *Je suis en vacances*, das konnte ich schon. *Je, tu, il, elle,* rekapitulierte ich. Dann schlug ich die erste Seite des Buches auf.

La trilogie est terminée, las ich. Das war ein ungewöhnlicher Eröffnungssatz: Die Trilogie ist beendet.